당신이 어떻게 내게로 왔을까

1

당신이 어떻게 내게로 왔을까

김탁환 장편소설　**1**

해냄

누군가를 사랑한다면
사실상 그 사람이 되어야 해요.
　　　─아녜스 바르다*

'당신이 어떻게 내게로 왔을까.'
질문을 삼키자 눈물이 고였다.
고마운 일이다.

이번 생에선 당신을 만나지 못할 가능성이 훨씬 컸다. 수백 가
지 조건 중 하나만 어긋나도 그날 그곳에 나는 없었다. 당신도 마
찬가지다. 만인에서 만물로 '당신'을 확장하면 이 만남이 더욱 귀
하다. 그 사람을, 그 노을을, 그 길을, 그 책을, 그 노래를 만난 덕
분에 나는 내가 되었다. 달라진 내 몸과 맘이 묻는다. 어떻게 당신
이 내게로 왔지?

이야기로 풀어보려 했다. 직관이나 격언이나 수식은 가짜다. 비
유이면서 사실인 세계가 소설의 육체이므로, 오래 낯선 곳에 가

머물렀다. 거기서 만난 이야기들이 당신을 만들었고, 당신의 이야기에 나도 물들었다. 습지의 나무 위로 떠오른 봄 별 밤.

'일과 사랑'으로 나누어도 좋고 '사랑이라는 일'로 묶어도 괜찮다. 독자여! 당신의 만남을 평하진 않으리. 물음을 꽉 쥐고 끝의 끝까지 가서, 열망의 언어를 발견하길 바란다.

강을 보러 나섰다. 한 시간이면 충분한 흙길인데, 두 시간이 넘게 걸렸다. 흐르는 물소리가 응원하듯 힘찼던 탓이다. 내 소설도 그랬으면, 하는 바람을 처음으로 품어본다.

2021년 3월
김탁환 쓰다

차례

1부

아서라는 마음

사랑이 부드러워?
너무나 거칠고 난폭하고 시끄럽고
가시처럼 찌르는데.
— 윌리엄 셰익스피어, 『로미오와 줄리엣』,
1막 4장, 로미오의 대사*

1
풍차를 향하여

"CEO가 갖춰야 할 능력 중 가장 중요한 게 글솜씨야.
직원들에게 내 생각과 감정을 충분히 전하려고,
정말 많은 시간을 글쓰기에 투자했어.
최소한 한 달에 한 번씩은 전체 메일을 띄웠거든.
그게 함께 풍파를 견딘 뿌리였던 거야."
— 독고찬

커튼을 걷고 창을 열었다.

빗장뼈를 풀려다가 실패한 바람이 콧등으로 짭조름하게 올라왔다. 장단과 강약을 예측하기 힘든 갈매기 울음이 그 바람을 타 넘었다. 수평선에 철망처럼 널린 새털구름들이 흐늘흐늘 떨며 가라앉았다가 떠오르고 또 떨기를 반복했다. 구름이라 여긴 몇몇은 물새였고, 물새라고 여긴 몇몇은 수면을 뚫은 물고기였다.

나른한 객실을 휘돈 바람이 엉덩이를 지나 어깻죽지를 만진 후 두 귀를 할퀴며 열린 창으로 나갔다. 무게중심이 앞으로 쏠렸지만, 창틀 아래로 웅크리는 대신 발뒤꿈치가 들릴 만큼 양팔을 한껏 올렸다. 먼 바다 건너느라 주리고 지친 선원들을 반기듯 손을 흔들었다. 묵힌 걱정과 건진 기대가 열 손가락 사이사이로 드나들었다.

차들은 해안을 따라 볼록거울처럼 나가고 오목거울처럼 들어섰다. 허리와 어깨를 감은 연인들이 한 쌍 두 쌍 세 쌍 산책을 나왔다. 멈춰 사진을 찍기도 하고 걸으며 셀카봉을 흔들기도 했다. 애써 커플룩을 갖춘 것도 아닌데, 옷차림과 자세와 웃음까지 묘하게 닮았다. 일주일 한 달 일 년쯤 스몄으리라 여기다가, 하루 만에 그러니까 여기서 처음 서로를 급히 삼킨 연인도 있을까 궁금했다. 내 사랑의 시작들이 겹쳤다.

마지막 작품이 최고의 작품이길 갈망한다는 소설가의 인터뷰를 읽은 적이 있다. 시작보다 끝이 더 치명적인 사랑이 있을까. 죽고 죽이는 파탄이 아니라, 마지막까지 밀도를 유지하는, 산정호수에서 말간 얼굴로 헤어지는 사랑! 바다가 포말을 흩뿌리며 출렁였다. 파도가 파도를 밀어내듯 쓴웃음이 더 쓴 웃음을 지웠다.

바다로만 객실을 낸 무인텔이었다. 투숙객은 일 층에 차를 넣고 전용 계단을 올라가서 이 층에 묵었다. 월풀 욕조에서 바라본 낙조 사진이 예약 사이트에 떠 있었다. 목욕 가운까지 장밋빛이었다.

9월의 햇살과 작별하듯 돌아섰다. 목과 등을 두드리는 바람이 벌써 시렸다. 거기, 모서리에 전신 거울이 놓였다. 매일 아침저녁으로 거울을 뜯어보며 허점을 찾던 날들이 있었다. 움직이다가 멈추고 또 움직이다가 멈췄다. 몸을 어떻게 놀려야 돋보이는지 배우고 익히기도 했다. 반복된 실패 속에서 내가 '나'라고 생각하는 몸짓과 그들이 '나'로 선보이고 싶은 몸짓이 다르다는 것을 알았다. 그들은 최대한 빨리 덧붙이거나 깎아내려 했는데, 열에 예닐곱은 그렇게 되었지만, 둘셋은 달라지지 않거나 매우 느리게 바뀌어 변화가 없는 것으로 간주되었다. 연습일지를 적도록 강요받기도 했다. 객관적인 숫자보다 거울 속 나를 꼼꼼히 살펴 적는 것을 즐겼으므로, 관찰기에 가까웠다. 내 눈으로 보는 것과 내 문장으로 쓰는 것의 차이도 그때 실감했다. 이런 식이다.

'머리카락은 어깨를 쓸며 찰랑거림. 이마에서 콧날을 지나 입술까지 이어진 선이 허리를 돌린 방향으로 자연스럽게 15도쯤 기울면, 보조개가 더 깊게 드러남.'

온기를 잃은 침대에 구겨진 이불은 알몸만 빠져나간 자리를 산자락처럼 드리웠다. 바닥에 점점이 놓인 속옷은 방금 내가 지운 보조개를 닮아 싸늘했다. 사이드 테이블엔 샤넬 보이백과 탱크 솔로 메탈 시계와 C 드 까르띠에 스퀘어 다이아몬드 목걸이와 아이폰이 나란했다.

외출할 때 제일 공들여 고르는 것은 가방이다. 인스타그램에 올라오는 가방과 여인 들로 이야기를 짓는 것이 취미 아닌 취미였다. 특별한 가방이 있는 곳이면 어디든 갔다. 보름 전에도 제주도로 날아가선 서귀포 해녀들 곁에서 태왁과 망시리와 질구덕을 스케치했다. 초면에 가방부터 봐도 되느냐 묻고, 또 그 가방을 사겠다고 말한 적이 오십 번도 넘었다.

한 입 먹다 만 깨 송편을 보며 아랫입술을 혀끝으로 훑었다. 입맞춤만으로도 남자의 마음을 읽을 수 있다던 친구가 있었다. 반작용이었을까. 그 말을 들은 후 디올 립스틱을 더욱 짙게 바르고 다녔다. 키스의 여운이 사라지기도 전에 립스틱부터 찾았다.

사랑을 나눈 내가 창으로 가듯, 독고찬은 나비잠을 즐겼다. 몸과 맘이 꽉 차서 꿈도 덧붙이지 않는다고 했다. 새벽마다 접영으로 다져진 근육은 쿼터백의 보호장구처럼 크고 단단했다. 또다른 취미인 등산과 산악자전거는 날씬한 허리와 탱탱한 허벅지를 선물했다. 키는 185센티미터가 넘었지만 몸무게는 십 년째 76킬로그램을 유지했다. 눈은 크고 턱은 갸름하며 이마가 튀어나온 앞짱구였다. 머리카락은 반곱슬로 끝만 말려 올라갔다. 콧잔등이 넓은 매부리코에서 한참을 돌다 나온 동굴 비음이 매력적이었다.

그는 항상 수첩을 지니고 다녔다. 대화 도중에 모르는 책이나 장소나 사건이나 개념이 나오면, 자신의 무지함을 기분 좋은 웃음으로 인정한 후 재빨리 수첩을 꺼내 적었다. 매주 네댓 권의 책을 읽었지만 열독 중인 책을 애인인 내게도 밝히지 않았다. 어느 잡지에서 도서 추천을 요청한 적이 있었는데, 책 대신 걷기 좋은 제주의 숲길 몇 군데를 소개하며 빠져나갔다. 자기 관리에 철저하면서도 호기심이 많고, 경쟁을 즐기면서도 자신을 숨길 줄 아는 반투명 유리창 같은 영혼이었다.

독고찬은 시간이 넉넉했다. 우주비행선이 빛의 속도로 달리는 동안 캡슐에 누워 쉬는 우주인처럼, 일 년을 잠만 자도 충분할 여유가 있었지만, 지독한 불면증에 시달렸다. 나를 만나지 않았다면

트리아졸람이나 졸피뎀을 달고 지냈을 것이다.

먼저 가도 좋다고 했지만 나는 곁을 지켰다. 대단한 일을 한 것은 아니다. 수첩에 단상들을 끼적이고 시집을 뒤적이고 노트북으로 영화를 보고 기타를 튕기며 노래를 읊조리고, 그가 끙끙 앓는 소리를 내거나 잠꼬대를 하면 등을 어루만지며 속삭였다. 창을 활짝 열고 방금처럼 손을 흔들기도 했다. 그는 섹스를 마친 후 짧게는 두 시간 길게는 예닐곱 시간을 몰아서 잤고, 그다음엔 깜짝 선물을 내밀었다. 함께 다니면서 내 눈길이 머문 것들.

내가 나들이를 가자며 전라남도 바닷가를 짚었을 때, 그는 이것저것 재지도 않고 응했다.

"백수(白岫)? 이름이 정말 백수야? 좋네. 딱 나야."

평생 백수(白手)로 지내고도 남을 부자였다. 창업하고 오 년, 낮밤 없이 몰두한 후 언제 그랬느냐는 듯이 회사를 팔았다. 이 년만 쉬었다가 다시 시작하겠다고 했다. 우리는 그즈음 만났다.

스탠딩 파티가 열린 회랑에 오십여 명의 청춘남녀가 모였다. 내 인생이 실패에 실패를 거듭하던 때라서 그런 자리에 낄 형편이 아니었지만, 대학 시절부터 얼굴과 이름 정도는 알고 지낸 친구의 친구로부터 초대를 받았다. 하루라도, 반나절이라도, 저녁만이라도 실컷 먹고 마시며 걱정 근심을 잊고 싶어 초대에 응했다. 파티 주최자가 오랫동안 나를 짝사랑해 왔다는 사실은 나중에 알았다. 그에 대해선 특별히 기억나는 것이 없다. 파티가 열린 날 내가 너무 빨리 취해 혼자 회랑을 나가버렸던 탓이다.

회랑을 떠나 도착한 뒷마당 팽나무 아래에서 내키는 대로 노래를 불렀다. 야외 조명이 닿지 않는 구석이었다. 내게 알코올과 노래는 연습과 실전에서 오랫동안 우의를 다진 테니스 복식조와 같았다. 모처럼 와인을 양껏 마시니 노래가 혀끝까지 올라왔다. 슈만의 녹턴에 이어 쇼팽의 녹턴이 흐르는 회랑에선 노래할 수 없었다. 뒷마당에 홀로 선 팽나무를 발견하곤 은둔자처럼 그 아래로 갔다. 청둥오리들이나 묶어 세운 짚단이나 졸고 있는 젖소들 앞에서 노래한 적도 있었다.

"브라바!"

박수를 치며 남자가 다가왔다. 와인 두 잔이 양손에 들렸다. 우리는 달고 맑은 웃음을 동시에 머금었다.

"한 곡 더 청해도 될까요?"

"못할 것도 없죠. 〈날고 싶어〉라고 요즘 연습하는 곡이에요."

"자작곡?"

"그건 아니지만……."

달콤한 맛이 노래로부터도 아니고 와인으로부터도 아니고 서로의 입술로부터 왔음을 확인하기까진 몇 번의 만남이 더 필요했다. 〈날고 싶어〉란 노래를 다른 장소에서 다른 표정으로, 나는 부르고 그는 들었다.

그날로부터 730일이 지났다. 독고찬에겐 나 유다정이 일터였고 나 유다정도 그러했다. 유다정에겐 독고찬이 침실이었고 독고찬도 그러했다. 한 달을 한 생(生)으로 여길 만큼 서로에게 집중했다. 스물네 번째 생이 저물고 있었다.

　팔꿈치를 창틀에 얹곤 다시 서해를 향했다. 해가 지려면 아직 세 시간은 기다려야 했다. 열다섯 살 이후로, 기다림에 익숙했다. 기다려도 영원히 오지 않는 사람들 때문이다.
　삼각돛을 편 요트 한 척이 등장했다. 돛의 양면은 바탕색도 무늬도 달랐다. 서풍일 땐 검은 바탕에 노란 달이 은은했고, 동풍일 땐 흰 바탕에 붉은 해가 이글댔다. 아랫배를 창틀에 걸친 채 목을 뽑아도 출항 지점이 보이진 않았다. 무인텔이 앉은 언덕 아래로 선착장이 배꼽처럼 붙은 듯했다.
　보이지 않는 것을 억지로 보려 애쓰는 마음의 부질없음을, 처음이라고 굳게 믿던 순간을 향해 쌓인 질문들의 헛헛함을 이제는 안다. 그 저녁 독고찬은 파티가 열린 회랑에서 정말 내 노래에 끌려 팽나무까지 왔을까? 샤또 디켐은 언제 어디서 준비했지? 내 노래가 형편없었더라도, 와인을 건네지 않았을까?
　연습실과 무대에서 수백 번은 불렀던 〈날고 싶어〉의 후렴구가 떠오르지 않았다. 딴 건 다 잊더라도 영원히 기억하리라 여긴 노래였다. 갈매기 두 마리가 돛을 중심에 두고 돌았다. 낮이었다가 밤이고, 만남이었다가 이별이고, 탄생이었다가 소멸이고, 출항이었다가 귀항이었다. 입술을 둥글게 내밀며 휘파람을 불었다. 열 살도 채 되기 전에 내 어머니 형숙 씨를 따라 배웠다. 콧노래에 휘파람을 더하니, 오래 누군가를 기다리는 새들의 노래에 가까웠다. 화답하듯 서풍이 불자, 돛과 그 돛을 감싼 백수의 바다가 갑자기 어둑어둑해졌다. 점심시간 운동장으로 쏟아져 나온 초등학생들처럼, 요트 바로 위로 모인 먹장구름이 해를 가린 것이다. 창틀이 덜컹 울었다. 반걸음 물러나며 초승달 모양 손잡이를 쥐었다. 창문을 닫아걸고 침대로 돌아가 웅크리고 싶을 만큼 바람살이 맵찼다. 그러나 발뒤꿈치에 힘을 싣고 버텼다.

서울에서 백수까지, 독고찬은 단숨에 차를 몰았다. 네 시간이 넘는 거리였다. 교대로 운전석에 앉자고 했지만 듣지 않았다. 어젯밤 수면제는 챙겨 먹었느냐고 물어도 웃기만 했다. 이틀 전에 만났으니, 약 기운을 빌리지 않았다면 사십팔 시간을 꼬박 깨어 있는 셈이다. 휴게소가 가까워질 때마다 오히려 속력을 냈다. 다행히 그는 졸지 않았고 하품하는 쪽은 나였다.

착!

두 뺨을 양손으로 감쌌다.

코끝이 시큰거리거나 턱이 당기며 하품할 조짐이 없었는데도 뺨을 감싼 것은, 어깨를 누르며 침대 맡까지 난입한 빛 때문이었다. 갈라진 구름 사이로 해가 나온 것이다. 갈매기들이 해안으로 방향을 돌려 사라졌다. 요트는 움직이지 않았다. 빛은 백수의 바다 전부를 골고루 비추는 것이 아니라, 요트를 중심으로 무리를 짓듯 원을 그렸다. 요트를 삼킬 정도이니 매우 큰 빛이지만, 내 눈앞에 펼쳐진 바다 전체로 보자면 그 넓이는 지극히 작고 또 작았다. 선택된 빛의 우물을 채운 것은 고요한 푸른 물결 대신 무수한 반짝거림이었다. 독해가 불가능한, 아름답고 불안한 신(神)의 문장이 시시각각 펼쳐진 듯했다. 그 윤슬을 바라보는 것만으로도 특별한 자리로 이끌려 은총을 받는 기분이었다. 예수의 재림을 그린 성화처럼, 누군가 저 빛을 사다리 삼아 내려온대도 이상하지 않았다.

고요가 깃든 바다를 사진에 담아두고 싶었다. 사이드 테이블에서 아이폰을 집어 창가로 오기까진 삼 초면 충분했다. 그사이 사라질 빛은 아니지만 마음이 바빴다. 그렇지만 창가에서 돌아서지도 못했다. 독고찬의 더운 가슴이 먼저 등에 닿은 것이다. 그의 양손이 내 배꼽에서 깍지를 꼈다. 나는 어깨를 흔들고 턱을 들며 고개를 돌리려 했다. 쇠사슬을 두른 듯 갑갑했다. 햇빛의 긴 손가락이 어둠의 경계에 걸친 폰을 건드리기 직전이었다.

"왜 이렇게……?"

그의 입술이 내 질문을 와인 코르크처럼 막았다.

입을 맞추고 귓불을 깨물고 목덜미를 핥는 것보다 먼저, 질문이 떠오르곤 했다. 그 질문을 던지고 나서야 충분한 전희가 가능했다. 그렇지 않으면 그의 몸과 맘을 열고 내 몸과 맘이 열리다가도 불쑥불쑥 솟는 질문 탓에 몰입이 깨졌다.

그에겐 질문보다 입맞춤이 먼저였다. 몸과 몸의 대화에선 질문 따윈 필요 없다고 여겼다. 그가 내 안으로 또 내가 그의 안으로 들어가선, 손짓 발짓 몸짓에 신음과 비명과 한숨을 주고받고, 미완성 구(句)와 절(節) 들이 흘러나간 다음에, 질문을 해도 늦지 않다는 것이다. 몸을 섞다가 답하는 것보다 우스꽝스런 일은 없다고도 했다.

나도 침대에서 명쾌한 답을 기대하진 않았다. 스스로 질문을 멈출 수 없었을 뿐이다. 등에 붙인 가슴, 깍지를 풀고 젖가슴을 움켜쥔 손, 서로의 성기를 번갈아 삼킨 입술이 질문의 답일 순 없었다. 자신을 설명하고 나를 설득할 마지막 기회가 그때였음을, 독고찬은 몰랐다.

그가 침대에 누워 거친 숨을 쏟다가 고요해지자, 요술이 풀리듯 바람이 몰아쳤고 구름이 모여들었고 요트가 흔들렸다. 나는 빛이 가 닿지 않은 폰부터 챙겨 가방에 넣었다. 볼만 살구색으로 고쳐 만졌다. 짙은 화장을 즐기진 않았다. 립스틱에 마스카라 그리고 볼 터치가 전부였다.

독고찬이 인기척에 깬 듯 눈을 비비며 느릿느릿 말했다.

"로또라도 사야 할까 봐."

"갑자기 로또는 왜요?"

운을 믿지 않는 남자에게 어울리지 않은 단어다.

"꿈에 당신이 가죽 자르는 칼을 들었더라. 끝이 뾰족한 단검 말고 둥글게 돌아가는 재단 칼. 침대로 다가와선 잠든 내 목에 갖다 댔어. 경동맥이라도 자르려고 그랬을까? 웃기지? 재단 칼 쥐어본 적 있어?"

"없어요."

"꿈은 반대라니 길몽이겠지."

"로또 산 적 있어요?"

"없어. 그래도 귀한 꿈이니, 뭐든 할까 싶은데……. 투자 결정을 미룬 스타트업에 오늘까지 답을 주기로 했거든."

나는 말을 보태진 않았다. 꿈 때문에 투자처를 바꾸는 남자도 아닌 것이다.

"산책로 멋지더라. 늦지 않게 깨워. 월풀 욕조에서 낙조는 봐야지."

"대실만 했어요."

세 시간이 벌써 가까웠다.

"연장하면 되지. 자고 내일 올라가자."

요금을 치른 건 나였다. 숙박비를 내가 낸 건 처음이지만 그는 별다른 의미를 두진 않았다. 바닥에 떨어진 조그마한 섬이 팬티가 되고 커다란 섬이 브래지어로 바뀌는 것을 지켜본 후 내게 물었다.

"그냥 가자고? 낙조도 안 보고? 여긴 전라남도야. 백수라고."

"대답부터 할게요."

"무슨 대답?"

"이틀 꼬박 한숨도 못 잤어요."

불면증은 그의 몫이다. 나는 매일 여덟 시간 이상을 꼭꼭 잤다. 일이 많을수록 취침 시간이 느는 스타일이다. 야밤에 커피를 석 잔 내려 마시고도 숙면을 취했다.

이틀 전, 독고찬은 사업 재개를 통보했다. 시애틀로 백 일 뒤 건너갈 예정이니 준비할 수 있겠느냐고 물었다가, 준비할 필요 없이 우선 몸만 가면 된다고 스스로 답했다. 나는 즉답하지 않았다. 그는 자신이 내린 답을 최종 결론으로 간주했지만, 나는 달랐다. 이번만큼은 그에게 순순히 끌려가지 않았다. 춤에서 중요한 건 스텝이다. 발을 놀릴 줄 알아야 엉덩이도 허리도 어깨도 머리도, 원할 때 원하는 방향으로 원하는 만큼 옮길 수 있다. 움직이는 발보다 멈춰 견디는 발이 더 중요하다. 무게를 감당해야 다채로운 몸짓이 가능하니까. 독고찬을 흉내 낸 것은 아니지만 사십팔 시간 동안 자지도 먹지도 않은 채 답을 찾고 또 찾았다.

사람은 누구나 자기만의 방식으로 사랑을 한다. 독고찬도 그의 방식대로 나를 사랑했다. 그가 다시 사업에 몰두하면 나는 외로울지도 모른다. 그러나 그것은 사랑이 부족해서가 아니다. 내가 그 방식을 받아들이기만 하면, 우리는 유능한 사업가와 예술이 취미인 사업가의 아내로 살아가리라. 자식이 생기면 또 최선을 다해 키울 테고.

독고찬의 부(富)를 폄하하지 않는다. 내가 평생 만져보지 못할 거금을 오 년 만에 번 것은 재능이다. 다만 그것은 그의 재능이지 나의 재능은 아니다.

햇빛 아래 요트가 멈추고 그 풍경을 폰에 담으려 할 때까지도, 마지막 답을 정하진 않았다. 학창 시절 '나무늘보'란 별명이 붙을 만큼 충분히 경험하고 고민하며 여기까지 왔다. 백 명 중 아흔아홉 명이 같은 결론에 도달하더라도, 절대다수를 따르는 대신 내

감각과 생각을 더 믿었다. 양자택일로 간주하는 문제에서도, 열 개 혹은 스무 개의 다양한 답을 만들고 그중에서 어느 것을 택할지 심사숙고하는 사람이 바로 나였다. 무인텔을 나와 바다가 내려다보이는 카페에서 마주 앉은 다음, 질문을 더 던지고 답을 보태는 식으로 흘렀을 수도 있다. 그런데 독고찬이 등 뒤에서 나를 품고 흔들었을 때, 그 힘에 요동치는 바다와 하늘과 요트와 햇빛을 보며, 나는 깨달았다. 더 이상 질문이 필요 없단 것을, 이것이야말로 변치 않을 답이란 것을! "왜 이렇게……"로 마무리 짓지 못한 내 질문을, 그는 '왜 이렇게 빨리 깼느냐?'는 정도로 가볍게 넘겼다. 그러나 내가 던지려던 질문은 '왜 이렇게 나를 흔드느냐?'였다. 이런 식으론 더 이상 흔들리지 않겠다고 밝혀야 한다면, 바로 지금이다.

그가 해왔던 방식대로 통보했다.

"함께 가지 않겠어요. 여기서 멈추겠어요."

멈, 춘, 다.

그는 내 대답을 소리 내진 않고 입술로만 따라 했다. 오른손으로 두 눈을 지그시 누르며 물었다.

"이유가 뭐야?"

"그 이유를 지금도 모른다면 영원히 모르는 거죠."

무인텔을 나온 뒤 해안도로를 따라 걸었다.

이큅먼트 실크 블라우스와 띠어리 테일러드 팬츠 그리고 스튜어트 와이츠먼 누디스트송까지 모두 흰색이었다. 어깨에 걸친 보이백의 푸른빛이 시원함을 더했다.

도로는 한적했다. 가끔 오가는 차들이 느릿느릿 스쳐갔다. 열린 차창으로 경쾌한 음악이 흘러나왔다. 질주를 즐기는 스피드광도 백수 해안도로에선 속력을 늦췄다. 사람들이 이곳을 찾는 이유는 웅혼한 바다를 목도하기 위해서다. 섬과 섬 사이에 갇힌 바다가 아니라 수평선까지 탁 트인 바다.

차도 아래로 내려섰다. 나무 데크를 깐 산책로는 걸음을 디딜 때마다 삐걱거렸다.

서울에서 출발할 때는 백수로 가서 따져 묻고 답을 듣는 데까지만 생각했다. 독고찬과 함께 상경하지 않는다면 어떻게 할 것인지 대책이 없었다. 이별은 그런 것이다. 부서지는 순간까진 표정과 걸음걸이와 마지막 건네는 말과 날아드는 말을 가늠하지만, 그다음부터는 순식간에 그믐이다. 어떻게든 되겠지, 헤어진 다음은 어떻게 되어도 상관없다.

막상 닥치니 걷는 것 외엔 할 일도 없고 하고 싶은 일도 없었다. 한 걸음 한 걸음 그 사람으로부터 멀어질 수 있어 다행이랄까. 또 하나 다행은 지도를 꺼내 확인할 만큼 고민스런 갈림길이 없다는 것이다. 아니다, 갈림길이 있었대도 지도 따위 찾지 않고 그냥 걸었겠다. 어차피 지금 여기서부턴 모든 길이 새 길이니까.

오른편은 바다 왼편은 숲. 나무에 부딪혀 올라오는 바람이 쉭쉭 휘감는 소리를 냈다. 걷다가 지치면 그때 다음을 궁리하기로 했다. 드문드문 오가는 버스, 전화로 호출하는 택시, 혹은 저녁 식사를 마친 식당의 승합차여도 상관없었다.

산책로가 끝났다. 바다는 여전히 광대했다. 도로와 바다 사이에 들어선 빽빽한 소나무들이 시야를 가렸다. 데크를 더 깔려면 나무를 베야 했다. 펼친 부채꼴 전망대에서, 무인텔을 벗어난 후 처음으로 멈췄다. 들숨과 함께 허리를 숙이곤 무릎을 양손으로 번갈아 감쌌다. 통증은 없었다. 백수에서 이렇듯 걸을 줄은 몰랐다. 무릎이든 발바닥이든 만져주며 칭찬하고 싶었다. 날개를 스스로 자른 백조이니 걷는 것이 당연했다. 지금부터는 타조처럼 걸으며 살아야 한다. 타조가 아니라 개미일지도 모른다. 창공에서 내려다보며 몇 개의 산 몇 개의 강을 훌쩍훌쩍 건너뛰던 습성부터 버릴 것! 밥 짓는 농가 굴뚝의 저녁연기처럼 숨을 길게 뱉으며 서서히 어깨를 폈다. 파도가 두 눈 가득 넘실거렸다.

허리를 서로 감은 연인이 전망대로 다가왔다. 영원을 믿던 시절의 사진 엽서처럼, 그들은 입을 맞추다가 바다를 보다가 웃다가 속삭였다. 나는 자리를 내준 뒤 서둘러 차도로 올라왔다. 아스팔트를 밟으며 바삐 두 다리를 움직였다. 방풍림을 지나쳤지만 데크가 깔린 산책로는 이어지지 않았다. 무인텔도 카페도 식당도 없었으며, 파도 소리만 더 거칠고 또렷했다. 걷는 동안 파고(波高)가 높아졌을까. 빛의 우물에 요트가 머물렀던 자리를 눈대중으로 훑었다.

경적이 울렸다.

뱃고동보다 짧고 표창보다 날카롭다.

반걸음 바다 쪽으로 비켜섰다. 차가 지나가길 기다리며 땅을 내

려다보았다. 아스팔트 이차선 도로와 가드레일 사이 길 아닌 길엔
잔돌이 두꺼비 등판처럼 우둘우둘 많았다. 자질구레하게 여겼다
간 발목을 다치기 십상이다. 살짝만 접질려도 오도 가도 못한다.

이젠 싫었다.

사랑이 핑계가 되지 않아야 한다.

주저한 순간도 끌려다닌 나날도 내 잘못이므로.

벤틀리 컨티넨탈이 나를 따라 나란히 움직였다. 걸음을 멈추자
차도 멈췄다. 보조석 차창이 내려갔다.

"같이 올라가자."

걷기 시작했다. 차는 느렸고 독고찬의 목소리는 빨랐다.

"데려다줄게. 여기 혼자 두곤 못 가."

다시 멈췄다. 차를 향해 허리를 틀었다.

타겠다는 뜻으로 받아들인 그가 조수석 너머로 팔을 뻗어 차
문을 열었다. 목소리를 가라앉혔다.

"가면서 얘기해."

타지 않고 말했다.

"갈 데가 있어요."

"어디? 여긴 처음이랬잖아? ……어딜 갈 건데? 데려다줄게. 타!"

불편한 시선이 마주치는 순간 긴 경적이 울렸다. 그와 나는 달
려오는 트럭을 곁눈으로 동시에 봤다. 봄물 오른 장죽(長竹)이 단
칼에 잘려나가듯, 죽음이 콧잔등을 때리기 직전이었다. 저 트럭과
부딪친다면, 나는 물론이고 독고찬까지도 차와 함께 도로 밖 절벽

으로 밀려 떨어질 것이다.

비명을 지르기도 전에 트럭이 아슬아슬하게 중앙선을 넘어 피해 갔다. 트럭 운전사는 경적을 한 번은 짧게 한 번은 길게 울렸다. 속력을 늦추거나 멈춰 선 후 돌아와 따지진 않았다. 독고찬이 내게 경고했다.

"마지막이야, 지금 타지 않으면……."

이미 내린 결단을 그는 아직도 알아차리지 못했다. 연인이 되고 이 년 동안 결정은 그의 몫이었다. 이번에도 그는 하던 대로 했고, 나는 하던 대로 하지 않았다. 그가 내린 크고 작은 결정들을 단번에 지워버린 단 한 번의 결정. 집착이 미련으로 바뀌는 것은 늦게 깨달은 자의 불행이다. 나는 조수석 차문을 힘껏 닫고 먼저 걸음을 뗐다. 독고찬의 차가 내 곁을 지나치더니, 백수 해안에 어울리지 않는 무시무시한 빠르기로 멀어졌다.

보이백의 체인을 양손으로 쥐곤 줄다리기를 하듯 팽팽하게 당긴 후 어깨에 고쳐 메며 하늘을 우러렀다. 어디서 그 남자와 처음 만날 줄은 몰랐지만 이별할 곳은 가방을 고르듯 내가 정하고 싶었다. 눈을 질끈 감았다가 실눈을 떴다. 음악도 조명도 갖춰지지 않은 막간무대에 서서, 산만하게 오가는 관객들을 향해 서툰 연기를 선보이는 무명 배우가 된 기분이었다.

형숙 씨는 작정하고 딸에게 무엇인가를 가르쳐주는 사람은 아니었다. 딸에게 책을 읽어주는 대신, 들판을 바라보며 맥주를 들이켰다. 취한 형숙 씨는 자주 절망의 구렁텅이에 빠졌지만 또 금방 희망을 찾아 까마득한 바닥에서 기어 올라왔다. 그리고 내게 오랫동안 술주정을 하듯 자신의 절망과 희망에 대해 이야기했다. 형숙 씨의 응달과 양달을 어린 내가 충분히 이해한 것은 아니다. 솔직히 술에 취해 들려준 이야기 중에서 열에 아홉은 어렵거나 시시하거나 지루하거나 앞뒤가 맞지 않았다. 그런데도 내가 형숙 씨의 이야기들을 잠자코 들은 까닭은, 절망으로 세끼를 전부 먹어치우다가 바람의 방향을 바꾸듯 던지는 질문이 좋아서였다. 단어는 물론이고 조사 하나 틀리지 않았다.

"그래도 살아봐야지. 당신네가 내 인생 대신 살아주는 것도 아니잖아?"

혀로 윗니와 입천장을 문질렀다. 뿌리에서부터 가지 끝까지 끊어지지 않고 뻗어 올라가는 수액을 상상하며 입맛을 다셨다. 아무 것도 시작하지 않았지만 이미 시작된 듯했다. 꿈꾸는 순간부터 여행은 시작된다는 문장이 새삼스러웠다.

하늘과 바다가 맞닿은 곳까지 시선을 내렸다. 규칙 없이 아득하게 늘어선 새하얀 기둥들이 낯설었다. 풍력발전기였다. 기둥마다 달린 세 개의 날개가 힘차게 돌아가는 중이었다. 산과 평지 또 해안에서 돌아가는 발전기는 어림잡아 서른 개가 넘었다. 바다를 향해 경쟁하듯 내닫는 거인들.

무인텔 창에서 발뒤꿈치까지 들며 양팔을 한껏 올렸을 때도 거인들이 눈에 들어오긴 했었다. 산책로가 끝나는 전망대에서 또 한번 그들을 쳐다보며 결정했다. 해 지고 밤이 들이닥치더라도 끝까

지 걷기로 했다. 풍력발전기가 많다는 것은 바람 잘 날 없다는 뜻
이다. 바람의 한가운데로 찾아들기엔, 내 몸과 맘에 덕지덕지 붙
은 허물과 티끌을 날려버리기엔, 그림자를 살라먹는 꽃불의 스텝
을 밟으며 춤추기엔, 딱 좋은 풍차였다.

　기둥처럼 서고 날개처럼 돌고 싶었다.

2
엄지와 검지의 추억

당신 자체가 내겐 빛나는 문장이야, 라는 고백을 읽은 적이 있다. 연애소설이거나 소설가가 쓴 에세이로 기억하는데, 밑줄을 그어두곤 작품 제목은 잊어버렸다. 엄마라면 '빛나는 문장'을 '부드러운 가죽'으로 바꿨을 것이다.

가죽을 처음 책처럼 곁에 두고 만진 이는 외할머니였다.

외가는 삼대에 걸쳐 시장 초입에서 소머리 국밥집을 했다. 야밤에 도축장에서 실려 오는 부위는 머리만이 아니다. 온 가족이 트럭과 주방을 오가며 힘자랑을 했다. 외할아버지는 손바닥에 번갈아 침을 뱉었고, 외할머니는 부엌 문 옆에 비스듬히 기대 둔 짧은 담뱃대를 뻐끔뻐끔 들이마셨으며, 엄마는 우족을 골라 품에 안곤

엇송아지처럼 울었다. 그렇게 울면 앞발인지 뒷발인지 쉽게 안다는 외할아버지 설명은 거짓이었다. 어려서부터 눈썰미 좋던 엄마는 홀로 네발의 특징을 파악했다.

엄마의 손재주 역시 시장에서 목청 높여 솜씨 자랑하던 장사꾼들에게 지지 않았다. 외할머니 어깨 너머로 가죽 동전 지갑이며 비녀집이며 손모아장갑 만드는 것을 훔쳐보곤 몰래 익혔다. 외할머니는 담뱃대로 엄마의 머리를 탁탁 치며 나무랐지만, 불 꺼진 방에서 이불을 뒤집어쓰고 바느질에 바쁜 딸을 보곤 마음을 바꿨다. 무릎을 맞대고 본격적으로 가르치니, 그 솜씨가 아침 다르고 저녁 달랐다. 중학교 입학 무렵부터는 외할머니보다 엄마를 찾는 동네 아낙이 더 많았다.

삯을 따로 받진 않았다. 외할아버지가 정한 원칙이었다. 돈은 국밥만으로 벌고 나머진 선심을 썼다. 아낙들은 외할아버지 몰래 쌀이며 보리며 배추며 깻잎이며 고구마며 달걀을 두고 갔다. 가죽을 만지는 이가 외할머니에서 엄마로 바뀌어도 정겨운 선물은 그대로였다.

엄마는 자기 자신을 위해선 가죽을 만지지 않았다.

검지 골무만 빼곤.

외할머니는 평생 골무 없이 가죽을 자르고 구멍을 뚫고 바느질을 했다. 베이거나 찔리거나 박히는 상처가 잦았지만 맨손으로 버텼다. 왜 골무를 끼지 않느냐는 딸의 물음에 한 번은 짧게 또 한 번은 길게 답했다.

"촉이 달라, 촉이!"

"피아니스트가 장갑 끼고 연주하는 거 봤니? 골무에 의지하느니 솜씨를 더 갈고닦는 게 나아. 골무 덕분에 아예 다치지 않거나 덜 다칠 수는 있겠지. 하지만 손가락보다 더 깊은 상처가 생기고 자꾸 덧나는 게 뭔지 아니? 그건 바로 요 마음이란다."

외할머니는 구슬픈 노래를 부르면서 '요 마음'이란 가사가 나올 때마다, 담뱃대로 자신의 말라버린 젖가슴을 가리키거나 쪽진 흰머리를 가리키거나 막 잘라놓은 가죽을 가리켰다. 그때부터 엄마도 '요 마음'이 가죽에 깃든다고 믿었다.

외할머니는 마치 무슬림 여자들이 히잡을 써서 머리카락을 숨기듯, 평생 손을 내보이지 않았다. 외할아버지와도 손을 잡지 않았으며, 딸이 손을 달라고 해도 거절했다. 어깨 너머로 그 손을 본 엄마의 증언에 따르면, 외할머니의 양손은 포탄이 휩쓸고 간 전장 같았다. 검버섯과 주름살을 바탕에 깔고 갖가지 흉터가 가득했다. 내가 외할머니로부터 물려받은 것 중에 딱 하나 싫은 것이 바로 손이다. 뜨뜻미지근한 물에 닿기만 해도 손등과 손바닥 가릴 것 없이 살갗이 딸기처럼 벌겋게 부풀어 오르면서 칼로 당장 도려내고 싶을 만큼 가려웠다. 외할머니가 그 고통을 참으며 평생 국밥집을 한 것이 신기할 정도였다. 치료제가 없는 불치병을 잠시나마 잊기 위해 가죽을 쥐기 시작했는지도 모른다. 그렇게 살갗이 가렵고 나면 양손 어딘가에 꼭 흉터가 남았다.

엄마는 처음 만난 이에게도 선뜻 손을 내밀었다. 비법을 묻는 이들에겐 양손을 들어 보였다. 저는 모르지만 이 두 손은 알겠죠? 당연히 알 거예요.

작업 중에 손을 다쳐 신음하거나 미간을 찡그린 엄마를 본 적이 없다. 오른손 검지에 끼워진, 버펄로 가죽으로 만든 골무는 선언이자 경고였다. 원하는 수준에 이를 때까진 먹지도 씻지도 자지도 않았다.

엄마는 손을 강조했지만 나는 눈이 더 좋았다. 엄마의 눈은 크거나 눈매가 곱진 않았다. 새벽부터 밤까지 억척스럽게 일하느라 돌보지 못한, 두툼하고 잡티 많은 눈꺼풀은 시장에서 마주치는 아낙들의 것과 마찬가지였다. 그러나 그 눈꺼풀이 올라가고 나면 세상에서 가장 작은 블랙홀이 나타났다. 흰자위가 바다라면 눈동자는 그 위에 뜬 검은 빙산이었다. 매혹적인 암흑에 갇힌 남자가 바로 아빠였다.

엄마가 아빠를 만난 곳도 외할아버지의 국밥집이다.

여상을 졸업한 엄마는 은행에 취직하고도 곧 사표를 던지고 돌아와 국밥을 날랐다. 국밥 나르는 일을 좋아하진 않았다. 뜨거운 국밥에 반찬까지 따로 들고 주방과 홀을 오가다 보면, 한겨울에도 땀이 흐르고 손목과 팔꿈치와 어깨와 뒷목과 무릎과 발목이 시큰거렸다. 은행에서 근무했더라면 평생 관절염 걱정은 없었을 것이다.

엄마가 국밥집으로 돌아온 이유는 가죽 때문이다. 하루라도 가죽을 만지지 않으면 불안했다. 퇴근 후 골무를 끼면 되지 않느냐고 외할아버지가 따졌을 때, 엄마는 앙가슴만 세게 쳤다. 그 소리가 담장 밖까지 들릴 정도였다.

영감이 찾아들면 삼십 분 안에 가죽을 집어 들어야 했다. 엄마는 자신이 만든 것을 종종 '작품'이라 부르곤 혼자 좋아했다. 국밥집은 점심과 저녁 사이 한 시간만 겨우 짬을 낼 수 있었다. 그때 혹시 손님이 와도 외할머니에게 미룬 후 주방에 딸린 골방에서 작업에 몰두했다. 창문도 없고 몸 하나 누이기에도 좁았지만, 도구함엔 작업에 필요한 도구들이 완비되어 있었다. 재봉틀 앞에 앉아 손만 뻗으면, 가죽과 실과 바늘과 가위와 연필과 줄자를 비롯한 각종 소도구들이 자석처럼 척척 잡혔다.

은행에선 아무리 멋진 착상을 해도, 퇴근할 때까지 기다려야 했다. 업무용 책상엔 가죽은 물론이고 도구함도 없었다. 애꿎은 골무만 검지에 꼈다 벗었다 하느라 실수가 잦았다. 가죽을 자를 때는 0.1밀리미터 차이까지 따졌는데, 매일 출입금을 결산할 때는 적게는 몇천 원 많게는 몇만 원씩이 많거나 적었다. 단번에 맞아떨어져 정시에 퇴근한 적이 없었다. 결국 스스로 은행을 그만두었다.

아빠는 평생 가죽을 가까이하지 않았다.

엄마가 만들어 건넨 마음들을 마지못해 사용하는 시늉만 했다.

엄지 골무만 빼곤.

엄지 골무는 엄마가 아빠에게 건넨 첫 선물이다.

국밥집이 삼대나 이어진 것은 마을 언덕에 철강 회사가 있고 그 언덕에서 멀리 보이는 해변에 조선소가 있기 때문이었다. 노동자

중엔 월 식권을 끊고 아침과 저녁을 해결하는 이들이 적지 않았다. 점심 손님이 없어도 망할 일은 없었다. 낮 손님을 위해 국수나 비빔밥을 넣어보라 권하는 이도 있었지만, 외할아버지는 단칼에 잘랐다. 메뉴는 오로지 소머리 국밥뿐이었으니, 주문 없이 들어오는 순서대로 음식을 내왔다.

아빠는 말수가 적고 부끄러움은 많은 남자였다. 여자들과 눈도 맞추지 못했다. 국밥집에 와서도 고개를 푹 숙인 채 묵묵히 숟가락만 놀리다가 일어섰다. 반년이나 월 식권을 달아놓고 월요일부터 토요일까지 아침저녁 오갔는데도, 엄마는 아빠의 콧매와 눈매를 몰랐다.

엄마가 아빠에 대해 알아차린 사실은 따로 있었다.

월요일 아침이면 오른손 엄지를 일회용 밴드로 감고 숟가락질을 했다. 월요일 저녁 밴드를 떼고 숟가락을 쥔 엄지는 상처투성이였다. 손톱이 긁히고, 도장 대신 쓰는 지문이 보이지 않을 만큼 피딱지가 앉았다.

다른 노동자들 손도 오가며 살폈다. 월요일 아침마다 엄지에만 피딱지가 앉는 이는 없었다. 손가락이 잘리거나 살갗이 짓이겨져 붕대로 칭칭 감은 채 힘겹게 숟가락질하는 이들에 비한다면, 사소한 상처이긴 했다. 그러나 옷을 젖게 하는 가랑비처럼, 아빠의 엄지가 엄마 눈에 자꾸 어른거렸다.

월요일 아침이었고, 아빠는 또 엄지에 밴드를 감은 채 나타났다. 엄마는 첫 손님의 탁자에 국밥을 놓으며 물었다.

"어쩌다 그랬어요?"

아빠는 고개를 들었다가 눈이 마주치자 곧바로 숙였다. 블랙홀로 빨려 들어가지 않으려는 몸짓이었다.

"…… 갔다가 ……."

엄마가 들은 것은 '갔다가'뿐이다. 웅얼웅얼 얼버무린 앞과 뒤를 확인하려는데, 손님이 몰려들었다.

그 주엔 주문량이 많아 야간 잔업이 이어졌는지, 아빠는 국밥집에 오지 않았다. 꼼꼼한 노동자는 미리 전화를 걸어 월 식권에서 날짜를 빼기도 했지만, 아빠는 그런 적이 없었다. 손해를 감내할지언정 전화를 따로 걸어 양해를 구하는 성격이 아니었다. 훗날 아빠는 엄마에게 털어놓았다. 흐르는 쳇물을 보며, 그냥 둬야 하는 것이 세상엔 많음을 깨달았다고. 구름도 바람도 월 식권도 마음도, 붙들려 애쓰지 않고 흐르도록 뒀다. 왜 흐르도록 두냐고, 막을 건 막고 챙길 건 챙기라고 간섭하는 사람과는 다시 만나지 않고 피했다. 소머리 국밥집을 계속 오간 것은 그 흐름에 질문을 던지지 않았기 때문이다.

엄마는 토요일까지 내내 아빠의 '갔다가'를 붙들고 지냈다. 뼈가 도드라진 남자였다. 질문을 던진 후 눈이 마주쳤을 때, 눈썹 뼈와 광대뼈부터 보였다. 작고 깊은 눈은 뼈로 만든 동굴 같았다. 수저를 쥔 손에도 뼈들이 굳은살과 엉켜 튀어나왔다. 손가락 마디마디 웃자란 뼈들이 두둑둑 소리를 내는 바람에 옆자리에 앉은 노동자들이 종종 돌아보기도 했다. 아빠는 크지 않은 키에 근육도 자랑

할 만큼 울퉁불퉁하지 않았지만 공장에선 쇠판을 번쩍번쩍 들어 옮겨 '작은 거인'으로 통했다. 적어도 두 사람 때론 세 사람 몫을 하고도 남았다. 힘을 모아 붓기에 좋은 통뼈라고 모두 인정했다.

엄마는 추측을 이어갔다. 일요일마다 엄지를 다친다는 것, 일회용 밴드로 반나절 감아둘 상처라는 것, 그 정도는 감내하고 같은 일을 반복한다는 것. 토요일 아침 장사를 마친 후 엄마는 검지 골무를 꼈다.

아빠가 국밥집에 온 것은 토요일 저녁이었다.

엄마는 국밥과 반찬을 놓은 뒤, 선물 하나를 숟가락 옆에 뒀다.

엄지 골무였다. 손톱은 물론이고 엄지 전체가 쑥 들어갈 정도로 길었다. 아빠가 당장 줍지 않고 묵묵히 국밥을 먹는 동안, 맞은편에 앉은 엄마는 외할머니에게서 들은 이야기 하나를 들려줬다. 골무가 아니라 가방이 주어였다.

"씨 육수 같은 얘기예요. 퍼내고 퍼내고 또 퍼내도 끝까지 남는 맛! 그토록 진한 맘 먹은 적 있어요? 난 요렇게 검지에 골무를 끼지만 엄만 평생 골무 없이 가죽을 자르고 바느질을 해요. 왜 그러시냐 따져도 답을 잘 주시진 않죠. 그런데 한번은 가방이 맨 처음 어떻게 만들어졌는지 아느냐고 되물으시곤 이런 이야길 들려주셨어요.

가방을 가방이라고 부르기 훨씬 전 어느 마을에, 언제나 가방을 들고 다닌 사냥꾼이 있었대요. 토끼든 노루든 사냥을 해도 그 가방에 넣지 않았다는군요. 사냥감을 허리에 차거나 어깨에 메고 돌아오곤 했죠. 그걸 왜 빈 채로 들고 다니느냐고 물어도 답하지 않고 웃기만 했다는군요. 숲을 지나고 강을 건너 바다 가까이까지 갔는데도 그날따라 들짐승도 날짐승도 없었답니다. 돌아서려는데, 갑자기 어깨에 두른 가방이 파도처럼 넘실대며 바다 쪽으로 가더래요. 죄수가 포승줄에 딸려가듯 가방이 가는 대로 어깨를 맡겼죠. 피투성이 여자가 해변에 쓰러져 있었다는군요. 가방을 열고 여자를 넣었더니 가방이 저절로 커졌대요. 잠시 후 칼과 활을 든 남자들이 와선 마을에서 도망친 여자 노예를 찾는다고 했대요. 돌아보니 가방은 어느새 커다란 바위로 변해 있었고요. 사냥꾼은 숲과 강을 지나 여기까지 오는 동안 사람을 만난 적이 없다고 했죠. 남자들이 떠난 후, 사냥꾼은 가방과 함께 집으로 향했습니다. 길 위에서 사람들을 만나면, 가방은 다시 바위가 되기도 하고, 아름드리 은행나무나 느티나무나 느릅나무가 되기도 했죠. 집으로 돌아와서 가방을 열었더니 여자가 환하게 웃으며 나왔대요. 상처는 그사이 말끔히 나았고요. 사냥꾼은 여자를 아내로 맞았고, 그후론 가방을 들고 사냥을 나서지는 않았다는군요. 이웃들이 요즘은 그걸 왜 빈 채로 들고 다니지 않느냐고 물으면, 그딴 걸 갖고 다닌 적이 아예 없는 사람처럼, 처음 듣는 이야기란 듯이, 자신이 들고 다닌 것의 이름이 무엇이냐고 되물었답니다. 가방을 가방이라고 부르기 훨씬 전 이야기니까요."

아빠는 엄지 골무를 바지주머니에 넣고 일어섰다.

그다음 월요일 아침에도 아빠가 첫 손님으로 국밥집 문을 열고 들어왔다. 둥근 양철통을 엄마에게 내밀었다. 뚜껑을 열어보니 고등어가 세 마리 담겼다. 아빠는 자리에 앉고선 오른 엄지에 낀 골무를 벗었다. 피딱지가 전혀 없었다.

"낚싯바늘을 뺄 때마다 여기저기 자꾸 긁히고 찔렸습니다. 골무를 끼니 입이든 아가미든 어디든 잡아도 멀쩡해요."

엄마는 따라 웃지 않았다. 반년이나 일요일에 낚시를 가선 엄지를 다쳤으면서도, 대책을 세우지 않는 남자가 바로 아빠였다.

"저녁에 오시나요?"

"오늘은 어렵습니다. 잔업 때문에…… 밤 열한 시나 되어야 끝이 날까 말까네요."

"그래도 들르세요."

아빠는 자정을 넘겨 겨우 국밥집에 도착했다. 주방에는 엄마뿐이었다. 국밥집을 연 뒤 처음으로 가게에 비린내가 그득했다. 엄마가 준비한 저녁 식사는 소고기 국밥이 아닌 고등어 찌개였다.

찌개가 든 냄비를 가운데 놓고 마주 앉았다. 아빠는 숟가락으로 국물을 떠먹었고, 젓가락으로 고등어 살점을 집어 삼켰다. 엄마는 수저를 들지 않았다. 칭찬 한마디를 기다리는 중이었다. 돈이 아니더라도, 가죽으로 무엇인가를 만들면, 곡식이든 채소든 과일이든 칭찬이 따라왔다. 엄지 골무에 고등어 찌개까지 솜씨가 탁월하다는 칭찬을 이제 이 남자에게 받을 차례였다. 말 한마디가 고작일 것이라고 예상은 했다. 노동자인 남자의 자취방에는 곡식도 채소도 과일도 없었다. 국밥집에서 오로지 허기를 채웠고 다른 곳에선 고작 물로 목만 축였다.

아빠는 칭찬하지 않았다.

정확히 적어보자면, 엄마가 원하는 때에 기다린 말을 아빠가 건네지 않은 것이다. 충분히 흐르게 됐더라면, 그러니까 식사를 마친 다음, 자기에게 익숙한 말투로 몇 마디 했을지도 모른다. 그러나 엄마는 기다리지 않고 막는 쪽을 택했으니, 아빠의 칭찬은 영원히 쏘지 않은 화살로 남았다.

엄마는 갑자기 젓가락을 들곤 고등어 살점을 연이어 석 점이나 먹었다. 그리고 목을 잡곤 컥컥댔다. 아빠가 내민 물이 든 유리잔을 후려쳐 깨버렸다. 컥컥 컥컥컥. 사람이 낼 수 없는 괴성을 지르며 괴로워했다.

아빠는 바지주머니에서 골무를 꺼내 오른손 엄지에 꼈다. 그리고 엄마의 머리를 양손으로 당겨 붙든 뒤, 골무 낀 오른손 엄지를 입술 사이에 문고리 걸듯 넣었다. 엄마가 힘껏 깨물었다. 골무에 잇자국이 났지만 아빠는 손을 거두지 않았다. 엄지를 더 깊이 넣자 엄마의 볼이 복어처럼 부풀어 올랐다. 왼손 엄지와 검지까지 입 안으로 넣어 훑었다.

그리고 아빠는 낚싯대를 쳐올리듯 왼손을 어깨 위로 빼냈다. 그의 왼손엔 낚싯바늘이 들렸다. 바다에서 고등어를 낚으면, 아빠는 엄지 골무를 끼고 낚싯바늘부터 찾아 제거했다. 그런데 어떻게 된 일인지 엄마에게 건넨 고등어의 몸에 낚싯바늘이 남아 있었던 것이다.

엄마의 입술에서 턱으로 붉은 피가 침과 섞여 흘렀다. 아빠는 겨우 고개를 들고 엄마의 눈을 보며, 그 눈 속으로 빨려 들어가며 뒤늦게 사과했다.

"이렇게 골무를 끼고 바늘을 찾아 뺐습니다. 다 뺐는데 왜 그게 남았는지 저도 이유를 모르겠네요. 미안합⋯⋯."

엄마는 아빠의 입술에 자신의 피를 묻히는 것으로 사과를 받아들였다. 아빠는 입맞춤을 마칠 때까지 골무를 뺄 겨를도 없었다.

아빠는 낚시 갈 시간이 아닌데도 가끔 엄지 골무를 끼곤 했다. 검지에 낀 엄마의 골무가 만인을 향해 작업 개시를 알리는 표시라면, 아빠의 골무는 오로지 엄마만을 향했다. 엄지 골무를 낀 후 엄마에게 눈짓하던 아빠의 작은 눈과 눈썹 뼈가 떠오른다. 다행히 나는 엄마를 닮아 둠벙 같은 눈이 딱딱한 뼈들을 덮어 눌렀다. 내 눈동자가 블랙홀처럼 새까맣지 않은 것이 유감이지만.

엄마가 아빠의 사과를 입술로 받아내고 나서 열 달 후 태어난 아들이 바로 나다. 그리고 일 년 뒤 돌상에는 돈과 연필과 실과 함께 엄지와 검지에 끼우는 골무 두 개가 놓였다. 엉금엉금 기어 간 내가 무엇을 쥐었는지는 밝히지 않아도 알 것이다. 당신 짐작이 맞다.

3
자작나무처럼 기다리는 남자

"그들에게도 이롭고 내게도 이로운 일을 찾도록 해.
그게 사업이란다."
— 고정목

쌓이는 건 눈만이 아냐, 라고 일러준 사람이 있다. 여름 해변에서 들은 탓에 오래 잊히지 않았다. 사랑이야말로 쌓인다고. 그러니 사랑에 닿았구나 싶으면, 매끄러운 표면만 품지 말라고. 켜켜이 쌓인 시간을 헤집고 꺼끌꺼끌한 바닥까지 내려가보라고.

동서울에서 강원도 횡성까지는 두 시간 남짓이었다. 차를 몰고 가겠다고 했을 때, 시외버스를 권한 이는 고정목이다. 오후부터 눈 소식이 있다는 것이다. 귀를 덮는 모자에 트레킹화까지 챙겨오라 했다. 내려간다 내려간다 말만 하고 약속을 지키지 않은 것이 벌써 5년이다.

횡성역에 마중 나온 정목의 품으로 곧장 가서 안겼다. 그가 내 어깨를 밀었다.

"저리 떨어져! 땀도 못 닦고 나섰구나."

"새벽부터 일하셨어요?"

쿵쿵 냄새 맡는 시늉을 하곤 눈썹까지 은발인 정목을 올려다보았다. 이제 겨우 아침 아홉 시다.

"아픈 녀석들이 있어서…… 둘러보고 왔지. 간 김에 길도 좀 다듬고."

"사람을 쓰시라니까요. 또 혼자 올라가신 거예요, 이 겨울에?"

"슬슬 하면 돼. 밥 먹고 그거라도 해야지."

"가요. 오늘은 제가 도와드릴게요."

"숲 사람들과 아웅다웅은 내 몫이야. 넌 편히 쉬다 가면 되고."

숲 사람, 정목은 나무들을 그렇게 불렀다.

"두어 시간쯤 걸을 건데, 괜찮지? 점심 지나면 아무래도 눈이 올 것 같으니, 걷고 밥 먹자."

"어딜 가시게요?"

정목이 답을 않고 주차장에 세워둔 트럭으로 먼저 걸었다. 나는 먹구름이 잔뜩 내려앉은 하늘을 올려다보곤 뒤따랐다. 올해 아직 눈 구경을 못했다. 서울 같은 대도시에 살면 매일 사람에 치이느라 구경다운 구경을 하기 힘들다. 별 구경, 달 구경, 꽃 구경, 새 구경.

십오 분 만에 닿은 곳은 횡성호수였다.

내게도 익숙한 지명이다. 정목의 산책길에서 빠지지 않는 곳! 감청색 데이백을 멘 그는 지도가 그려진 안내판까지 또 앞장을 섰다.

"유난히 5구간을 아끼시는 이유 뭔가요?"

구석구석 크게 돌면 9킬로미터쯤이다. 정목은 5구간을 자주 사진에 담아 보냈다.

"호수 길이란 게 거기가 거기야. 구간을 여럿 나눠도, 결국 호수를 뼁 둘러 걸으니까. 횡성 댐을 만들면서 다섯 마을이 수몰되는 바람에 횡성호수가 생겼단 얘긴 했었지? 물이 들고 나니 봉우리들만 겨우 수면 위로 나온 거야. 그 땅들이 희한하게 끊어지지 않고 죽 연결이 됐네. 횡성호수 5구간은 호수의 중심으로 들어가 둘레를 보는 거야. 다른 호수 길에선 상상도 못할 풍경이 펼쳐진단다."

속에서 겉을, 안에서 밖을 보는 길. 정목이 좋아할 만했다.

베이지 컬러 몽클레르 오니아를 입고 하얀 털모자를 쓴 나는 등산화 대신 택한 골든 구스 하이탑 스니커즈를 고쳐 신었다. 정목은 털모자가 내 귓불을 덮는지 꼼꼼하게 확인하고, 목덜미를 완전히 감싸도록 목도리까지 매줬다. 변함없는 친절이다. 가죽장갑을 낀 다음 산책을 시작했다.

바람이 불 때마다 흙길을 따라 호수 물이 찰랑거렸다. 흙과 물을 경계 짓는 울타리는 없었다. 흙길에 뿌리를 둔 채 물로 가지를 뻗기도 하고, 물 밑에 뿌리와 줄기의 밑동까지 숨기고는 흙길로 가지를 드리우기도 했다. 이 또한 정목이 즐길 만한 풍경이다. 나는 경계부터 분명하게 짓고 움직이는 쪽이고, 정목은 누가 언제 어디서 어떻게 보느냐에 따라 경계는 바뀌거나 사라진다는 쪽이다. 내게 그는 가족이 아니고, 그는 가족이든 아니든 그건 정하기 나름이라고 했다. 버드나무와 물푸레나무와 개복숭아나무 사이로 순간순간 풍경이 바뀌었다. 나란히 걸었다.

"회사엔 안 나가세요?"

"무슨 회사?"

물 가까이에서 신나게 노는 두 아이와 강아지는 사람인가 싶었는데 동상이다. 아이들 뒤에 나란히 선 동판은 가운데가 비었다. 그 꼴이 광주리 인 아낙과 지게 진 남자다. 수몰된 마을에서 오순도순 살던 가족을 옮겨놓았다.

"궁금하면 네가 가든가. 절반은 네 몫이니."

정목은 은퇴하고 오 년 동안 횡성에 파묻혀 지냈다.

"아저씨 회사죠."

"내가 대표이사이긴 했지. 그 전 대표이산 경신이고."

경신(京信).

서울 경에 믿을 신.

오랜만에 아버지 이름을 들어서였을까.

코를 훌쩍이며 저만치 앞서 내려가선, 동판에서 아낙의 자리를 내 등으로 채운 채 호수를 보며 섰다. 또다른 뜨거운 이름 하나를 싸늘한 수면에 띄웠다.

내 어머니 형숙 씨는 자신의 젊은 날을 시시콜콜하게 외동딸에게 들려주곤 했다. 등장인물들이 사라지거나 덧붙고 시간과 장소가 바뀌기도 했지만, 따져 묻기보다 형숙 씨가 같은 이야기를 또 한 번 할 때까지 기다렸다. 연애 시절 이야기를 열 번 이상 했는데,

할 때마다 달라지는 장면이 백 군데도 넘었다. 그리고 또 하나 어머니는 자신을 '형숙 씨'라고 부르도록 했다. 형숙 씨 대신 어머니라고 했다며 저녁밥을 굶긴 적도 있었다. 어머니를 형숙 씨라고 부르기 시작하면서 아버지도 경신 씨로 바뀌고 정목도 정목 씨가 되었다. 일종의 반항이었다. 세 사람은 그 호칭을 순순히 받아들였다. 동등한 방식이면 어떻게 불러도 좋다는 웃음까지 띠면서.

형숙 씨 고향이 바로 횡성이다.

스무 살, 신입생 유경신과 고정목과 조형숙은 대학 교정에서 만났다. 경신과 정목은 공과대학 금속공학과를 같이 다녔고, 경영대에 입학한 형숙 씨는 '산하'라는 노래 동아리방에서 그들과 첫인사를 나눴다. 부모의 강권으로 경영대에 가긴 했지만, 노래패 '산하'를 시작한 뒤론 동아리방에만 머물렀다. 경신과 정목이 번갈아 리포트를 써주지 않았다면, 졸업도 힘들었을 것이다. 형숙 씨는 여행과 노래로 자신의 인생을 채우고 싶었다. 술과 담배를 곁들이니 더욱 좋았다.

나는 외할아버지와 외할머니를 만난 적이 없다. 형숙 씨가 그들과 의절한 탓이다. 자세한 내막은 모르지만, 어린 나를 앉혀놓고 돈과 예술은 양립할 수 없다며 푸념한 적은 있다.

풍족하진 않았지만 끼니를 굶을 정도는 아니었다. 대학을 졸업할 때까지 형숙 씨와 경신과 정목은 통장 하나에 각자 번 돈을 모두 넣고 매달 말일 똑같이 삼등분으로 나눠 가졌다. 형숙 씨 방에서 경신과 정목의 방까진 걸어서 채 오 분도 걸리지 않았다. 생활비가 부족하면 그 길 중간에 모여 삼중창을 부르기도 했다. 버스킹이 정착하기 훨씬 전이지만, 일주일 밥값을 하룻밤에 번 적도 있었다.

경신과 정목 중 누가 먼저 형숙 씨에게 고백을 했는지는 아직까지도 분명치 않다. 서로 자신이 먼저라고 주장하며 술에 취해 다투는 것을, 내 나이 여덟 살 때도 봤고 열두 살 때도 봤다. 어린 나는 그때부터 어른들이란 참 한심하구나 하는 생각이 들었다. 먼저 고백하는 게 뭐 그리 중요하담!

더 중요한 사실은 형숙 씨가 새내기 두 남자의 고백을 모두 받아주지 않았다는 것이다. 냉정하게 거절하기 전, 형숙 씨는 언제 어디서 사랑이 시작되었고 자신을 얼마나 사랑하는지 그들 각자에게 물어 낱낱이 알아냈다. 경신과 정목은 대학을 졸업할 때까지 호시탐탐 재도전 기회를 엿보았지만 헛수고였다. 형숙 씨는 그 사이 다섯 번 연애를 했다. 남자친구와 헤어질 때마다 경신과 정목을 불러내 동이 틀 때까지 마시다가 노래를 부르다가 울다가 다시 마셔댔다.

졸업 후 나란히 강원도 화천에서 보병으로 군대를 마친 경신과 정목은 함께 자취를 시작했고 동업으로 원주에 회사를 차렸다. 사명(社名)은 둘의 이름에서 한 글자씩을 뽑아 '목신정밀'로 정했다. 그 이름을 들은 형숙 씨가 혀를 끌끌 찼다.

"차라리 '목신의 오후'라고 하지?"

최고의 이름을 놓쳤다는 핑계로, 그들은 형숙 씨와 마시고 함께 노래방에 갔다. 형숙 씨가 줄담배를 피우는 동안 경신과 정목은 마이크를 쥔 채 아껴둔 노래로 차례차례 다시 고백했다. 노래는 정목이 더 잘 불렀지만, 형숙 씨는 경신의 사랑을 받아들였다. 훗날 내가 선택의 근거를 묻자, 형숙 씨는 가사를 잊고 반 박자 빨리 부르며 음정까지 불안한 경신을 품어주고 싶었다고 했다. 그 저녁엔 노래를 망쳤지만, 잔잔히 깔리면서 이중창에 어울리는 화음을 근사하게 넣어왔었다고 덧붙였다.

정목은 형숙 씨와 경신의 결혼식에서 사회를 봤다. 형숙 씨와 정목이 결혼했다면 경신이 사회를 봤을 것이고, 형숙 씨가 정목과 경신이 아닌 다른 남자와 결혼했다면 정목과 경신이 축가를 불렀을 것이라고, 셋은 일어나지 않은 일들까지 내다보며 떠들었다. 형숙 씨는 정목의 결혼식에 사회를 보겠다고, 경신의 손을 꼭 쥐곤 약속했지만, 그 약속을 지키지 못했다.

정목은 종종 내게 형숙 씨와 경신의 결혼 전후를 '대동소이(大同小異)'로 단정 짓곤 했다. 작은 차이라면, 경신이 정목과 자취방에서 뒹굴다가 형숙 씨와 신혼방을 얻어 사는 정도였다. 신혼여행까지 따라가진 않았지만, 정목은 자주 신혼부부와 어울렸다. 경신과 회사에서 종일 지내다가, 퇴근 후 형숙 씨까지 합세하여 셋이서 보내는 저녁이 많았다. 셋이서 영화도 보고 밥도 먹고 술도 마시고 노래도 불렀다. 형숙 씨와 경신이 대취한 정목을 신혼방으로 데려가 재운 적도 있었다. 딱 한 번이었다.

결혼 후 일 년 만에 유다정, 그러니까 내가 태어났다.

정목은 그 후도 대동소이로 정리하곤 했지만, 달라진 구석이 작지 않았다. 달라지지 않았다면 나는 열다섯 살에 목숨을 잃었을 것이다.

내가 세상에 나온 후론 넷이서 낮과 밤을 쌓았다. 둘씩 둘씩 어울리기도 했다. 경신이 회사에서 야근하고 형숙 씨가 합창단 연습에 재미를 붙인 밤엔, 정목이 나를 돌보았다. 어린 내가 원하는 것들을 같이 하며 놀았다. 인형 놀이도 하고 종이접기도 하고 공기놀이도 하고 색칠 놀이도 했다. 순정 만화도 보고 그 만화 주인공의 인형을 사기 위해 저녁 내내 원주 시내를 돌아다니고, 만화 영화도 미리미리 약속을 잡아 영화관 제일 앞자리에 나란히 앉아 봤다. 나는 내 몸이 다 들어가고도 남을 가방을 사달라고 했다. 이 세상이 다 들어가는 가방까지 탐내진 않았다. 정목은 가방 대신 공주들이 모여 사는 장난감 성을 선물하겠다고 했지만, 나는 고집을 꺾지 않았다.

"왜 꼭 가방을 원해?"

대답 대신 두 번 다르게 되물었다.

"숨기기 좋잖아요?"

"꺼내기 좋잖아요?"

정목이 고쳐 물었다.

"어느 쪽이야? 숨기는 거? 꺼내는 거?"

쉽게 이어버렸다.

"숨겼다가 꺼내기 좋고 꺼냈다가 숨기기 좋고. 그게 가방이니까요."

정목이 질문을 더했다.

"뭘 숨기고 또 뭘 꺼낼 건데?"

나는 몇 가지를 떠올렸지만 마음에 들지 않았다. 그래서 형숙 씨를 흉내 냈다.

"마음! 마음을 숨기기도 하고 꺼내기도 할래요."

형숙 씨가 마음을 숨기고 꺼내는 곳은 노래였다. 훗날 나도 마음을 숨기거나 꺼내며 노래하였지만, 그때는 몰랐다.

결국 정목은 직접 가방을 만들어 왔고, 나는 그 속에서 하루 종일 잠도 자고 여러 가지 놀이도 했다. 내게 가장 소중한 물건들을 옮겨두었다. 처음 만들어 온 가방은 정목이 어깨에 걸곤 산책을 나갈 정도였지만, 그다음부턴 바닥에 두고만 썼다. 내 키가 자라는 만큼 가방도 점점 커졌다. 정목은 가죽 값을 두둑하게 얹어 내 몸에 맞게 세상에서 하나밖에 없는 가방을 주문했다. 형숙 씨는 내 가방이 뒤집힌 종 같다고도 했고 말라버린 우물 같다고도 했다.

가방 때문에 학교에서 곤란한 일을 겪기도 했다. 초등학교에 갓 입학한 봄날 오후였다. 담임 선생은 다양한 책가방들을 설명한 뒤, 학생 각자의 책가방에 대해 발표하는 시간을 가졌다. 내 차례가 되었을 때, 나는 등에 메고 온 가방에 대해, 다른 친구들처럼 누구와 함께 어디로 가서 샀고 또 사용해 보니 어떤 점이 좋다거나 부족하다는 이야길 하지 않았다.

"저는 책가방이 없어요."

"책상 옆에 놓인 그건 뭐니?"

"꿈가방이에요."

친구들이 잠깐 움츠러들었다가 웃음을 터뜨렸다. 담임 선생이
또 물었다.

"왜 꿈가방이야? 꿈이라도 들었어?"

"맞아요. 이것저것 많이."

정목으로부터 보름 전에 입학 선물로 받은 것이었다. 그즈음 나
는 계속 악몽을 꿨다. 다리가 길어지다가 삭둑 잘리는 꿈, 바다를
헤엄치다가 아가미가 생겨 상어로 바뀌는 꿈, 잠에서 깨어나 보니
내가 누군가의 그림자가 된 꿈, 엘리베이터를 탔는데 불이 꺼지고
바닥이 사라져 아래로 떨어지는 꿈, 동굴이 무너지는 꿈, 내 방에
불이 났는데 가방들만 타는 꿈 등이었다. 선물을 받은 그 밤에도
악몽을 꿨다. 크고 작은 가방들을 열려고 했지만 단 하나도 열리
지 않는 꿈이었다. 울면서 꿈에서 깼고, 형숙 씨 품에 안겨 꿈 이
야기를 털어놓았다. 옆에서 잠자코 듣고만 있던 경신이 가방을 가
져와선 내밀며 말했다.

"열어보렴. 그리고 거기에 그 꿈을 가둬."

"꿈이 가방에 갇혀요?"

"갇히지."

"그럼 안 되는데……."

"왜? 가뒀다고 널 괴롭힐까 봐?"

내가 고개를 끄덕이자, 경신이 빙긋 웃었다.

"원래 꿈들은 어둡고 좁은 곳에서 평생을 살다가 소풍 가듯 딱

한 번 사람에게 찾아가는 거야. 그러니까 우리 입장에선 가두는 것이지만, 꿈들은 원래 자리로 돌아간 거란다. 게다가 가방 속은 꿈들이 처음 머물던 곳보다는 만 배는 더 넓으니까, 오히려 네게 고마워할 거야. 게다가 꿈들끼리 가방 속에서 사귀며 신나게 놀지.”

내가 갑자기 울먹이자, 경신은 난처한 표정으로 물었다.

“또 왜 그래?”

“가방으로 들어가서 꿈들이랑 놀고 싶어요. 가고 싶단 말야.”

그 후로도 나는 학교에 갈 때 종종 빈 가방을 들고 다녔다. 가방에 왜 책이 없느냐는 질문을 받을 때면 꿈가방이라서 그렇다고 사실대로 말했다.

내가 정목과 지내는 동안 형숙 씨가 어디서 무얼 하는지 늘 궁금했다. 같이 가겠다며 따라나선 적도 있고 울음을 터뜨린 적도 있었다. 형숙 씨는 그런 나를 데리고 몇 번 나들이를 다녀오기도 했다. 가기 전에 내게서 약속을 받았다.

“충분히 즐기는 거다. 넌 너대로 난 나대로. 챙겨달라 떼쓰기 없기!”

어린 내가 즐기긴 힘든 곳이 대부분이었다. 심심해하는 내 코를 가볍게 톡톡 치며 형숙 씨는 환하게 웃었다. 내가 떼를 쓰기 전에 먼저 챙겨주었다. 가장 기억에 남는 곳은 자연사박물관이다. 백악기의 거대한 육식 공룡 아크로칸토사우루스의 골격 화석 아래에서 형숙 씨는 말했다.

“다정아! 너를 아끼고 사랑한단다. 하지만 곁에서 너만 돌보면, 곧 내가 지루해질 거야. 하품 나오게 지루한 사람은 너도 싫지?

돌아와선 네게 제일 먼저 얘기해 줄게. 흥이 나면 노래도 부르고. 이 세상이 얼마나 근사한지 전부 다!"

직접 가서 보고 듣는 것보다 형숙 씨 이야기가 백배는 더 흥미롭다는 것을 깨달았다. 형숙 씨는 집을 비운 만큼 내게 이야기를 들려줬다. 화살처럼 갑자기 날아드는 질문에도 척척 답했다.

"땅끝이란 마을이 정말 있다고요? 땅끝이 있으면 바다끝도 있고 하늘끝도 있고 노래끝도 있겠네요?"

"바다끝과 하늘끝이란 마을엔 못 가봤어. 근데 노래끝은 왜 묻는 거니?"

"어제 노래를 부르는데 끝이 나는 게 싫었어요. 눈물이 나더라고요. 노래끝이란 마을이 있으면 거기까지 가는 동안엔 끝날 걱정 않고 노래를 계속할 수 있으니, 좋을 거예요. 근데 그럼 땅처음이란 마을도 있나요? 바다처음, 하늘처음……."

"그리고 노래처음?"

"응."

"그런 마을은 없어. ……우리가 만들까?"

"만들어도 되요?"

"그럼. 뭣부터 만들까?"

"난 노래처음을 만들게요. 형숙 씨는 노래끝을 만드세요. 두 마을을 오가는 길엔 백 년 아니 천 년 아니 만 년 동안 노래가 계속 나오는 거고요."

"그래, 그러자. 다음엔 그 길을 걸으며 우리 노래할까?"

"좋아요. 그다음에 또 만들어도 되죠?"

"뭘 만들고 싶은데?"

"가방처음과 가방끝이요."

"가방이 왜 좋아? 정목 씨에게 들었는데, 자꾸자꾸 가방을 구해 달라고 한다며?"

나는 육식 공룡처럼 두 발로 잘 버티고 서선 시간들을 보냈지만, 가끔 옆구리로 파고드는 외로움을 처음으로 털어놓았다.

"형숙 씨 같아서요, 가방이!"

형숙 씨는 알 듯 말 듯한 미소를 지으며 말했다.

"너도 내겐 가방이란다."

경신은 모녀의 대화에 미소로만 참여했다. 내가 그에게 질문을 던지더라도, 그는 형숙 씨에게 대신 답해 주라는 윙크를 보냈다. 그 윙크가 너무나 멋있어서, 나는 대답을 듣기도 전에 손뼉부터 쳤다.

가방에 들어가서 놀 때 정목은 가끔 자신을 '아빠'라고 불러보라 했지만, 나는 침묵을 지켰다. '엄마'라고 불러보라 했다면 울음을 터뜨렸을 것이다. 정목이 아무리 친근해도, 내 어머니는 형숙 씨고 내 아버지는 형숙 씨 남편 경신이다. 정목이 내게 정성을 쏟는 동안, 형숙 씨와 경신은 둘만의 데이트를 즐겼다. 내가 열다섯 살 되던 그 봄도 마찬가지였다.

토요일 저녁, 형숙 씨와 둘만 있을 때 물었다.

"혹시 정목 씨가 내 친아버진가요?"

형숙 씨는 흥미로운 듯 내 얼굴을 빤히 쳐다보며 되물었다.

"왜 그렇게 생각해?"

정목이 내게 아빠라고 부르라 한 것은 고자질 같아서 말하지 않았다.

"지금까지 내 곁에 줄곧 머문 사람이니까요. 형숙 씨와 경신 씨가 산으로 들로 놀러 다닐 때, 정목 씨는 날 돌봐줬죠."

"정목이가 아버지면 좋겠어?"

이 질문엔 답하기 어려웠다. 정목이 편하긴 했지만, 그렇다고 아버지면 좋겠다고 생각한 적은 없었다. 형숙 씨가 간명하게 답했다.

"네 친아버진 정목이가 아니라 경신이야."

"그걸 어떻게 확신해요?"

형숙 씨는 두 손으로 배를 잡곤 입천장이 보일 만큼 웃었다.

"마음만으로 아버지가 될 순 없으니까. 난 확실히 안단다. 왜냐하면 널 낳았으니까. 네 시작이 언제 어디서 누구로부터 시작되었는지, 내가 모르면 누가 알겠니."

그리고 등을 때리는 코끼리 꼬리처럼 물었다.

"혹시 정목이가 그랬니? 자기가 네 친아버지라고?"

"아뇨."

"근데 왜 그렇게 물어?"

"느낌이 그랬어요. 그리고 궁금했고요. 십 년도 전부터 생긴 물음이었어요. 친아버지라서 내게 이렇게 잘해주는 걸까?"

"친구라서 그래."

정목이 경신의 친구인 것은 맞다. 그러나 정목은 형숙 씨의 친구였을까. 형숙 씨는 정목의 친구였을까.

"하나만 더 물어봐도 돼요?"

"응."

"형숙 씨는 왜 정목 씨가 아니라 경신 씨랑 결혼했어요? 정목 씨가 싫었나요?"

"아니, 나 정목이 좋아해. 싫어한 적 한 번도 없어."

"그럼 이유가 뭔가요?"

"경신이는, 멋있어."

"멋있다고? 그게 단가요?"

사랑해서라는 식상한 답이 나오지 않은 것만도 다행이다. 그렇지만 멋있어서 결혼했다는 설명 역시 이해하기 어려웠다.

"눈도 못 떼고 마음도 못 떼겠더라. 늘 같이 있고 싶었어. 그래서 결혼했지. 너도 몸과 맘을 못 뗄 만큼 멋진 사람을 만나면 알게 될 거야. 얼굴을 가리고 이름을 바꾸더라도 금방 알 수 있어. 내 사람의 멋짐이란!"

결혼은 사랑하는 사람이 아니라 멋진 사람과 하는 것일까. 멋과 사랑이 하나일 수도 있다는 생각을 그땐 못했다.

형숙 씨는 여행 가서 부를 노래를 고르느라 내 잠을 방해했다. 사람들은 대부분 가사만 눈으로 살피거나 조용히 흥얼거리는 정도에 머물지만, 형숙 씨는 목청껏 노래를 부른 후 리스트에 올릴지 말지를 정했다. 경신까지 가세하여 화음을 넣는 바람에 나는 세 번 잠에서 깼고, 형숙 씨가 끌어안고 볼에 입을 맞추는 바람에 한 번 더 눈을 떴다. 술 냄새가 확 밀려왔다. 형숙 씨는 내 이마에 다시 입을 맞추더니, 무릎걸음으로 가선 경신의 품에 안겼다. 나는 짜증이 났지만 한편으로 웃음이 나왔다. 절망은 없고, 희망에 희망을 더하는 밤이었다. 형숙 씨가 이대로 계속 행복했으면 좋겠다는 생각도 했다.

그리고 일요일 저물 무렵 정목은 나를 차에 태우고 천문대로 향했다. 천문학자가 별자리를 알려주는 프로그램에 참가하기 위해서였다. 겨울부터 나는 뭇별과 별이 이어진 꼴과 그 꼴에 담긴 이야기에 관심을 가졌다. 북두칠성이 별자리가 아니며, 따라서 거기엔 이야기가 없다는 사실을 그때 알았다. 일곱 개의 가방을 제각각 든 소녀들이 마을을 휘젓는 이야기를 만들었지만 북두칠성과 어울리지 않았다. 가방을 열면 일곱 그루의 나무가 솟아나며 순식간에 열매를 맺는 장면만 그럴듯했다. 정목은 미리 책을 찾아 읽고 밤을 새워 밤하늘도 살폈다. 별을 전부 찾지는 못했다.

"혼자 회사를 도맡아 힘들지 않아요?"

"동업이야. 경신과 나."

"하지만 형숙 씨와 여행 떠나는 사람 따로 있고, 나를 챙기면서 회사 업무까지 하는 사람 따로 있잖아요?"

정목은 밤하늘과 내 눈을 번갈아 쳐다본 후, 마음속 저 깊은 바닥에 묻어둔 부분을 살짝 드러냈다.

"따로 있는 게 아냐. 둘은 부부니까, 경신이 형숙과 동행하는 게 당연해. 그런 적이 있어. 대학 3학년 봄이었던가. 그 달에 경신과 형숙은 수입이 없었고, 나는 과외를 세 개나 맡아 제법 두둑하게 돈을 벌었지. 기꺼이 그 돈을 모두 통장에 넣었고 셋이서 똑같이 나눠 가졌어. 지금도 마찬가지야. 형숙과 함께 여행을 가고 노래를 부르는 게 경신의 일이라면, 목신정밀을 경영하고 또 너를 돌보는 게 내 일이지. 형숙이 내 청혼을 받아들였다면, 경신과 내 자리가 바뀌었겠지만, 상상은 금물!"

"앞으로도 기꺼이 이렇게 희생하며 가겠다고요?"

"희생이 아냐. 기쁨이지. 내가 회사를 맡아 성과를 내는 만큼, 형숙은 유랑 가객의 꿈을 이룰 테니까."

"근데 형숙 씨는 가고 싶은 곳 맘껏 가고 부르고 싶은 노래 실컷 부르는데, 우울할 때가 많아요. 술도 많이 마시고, 울기도 하고. 왜 그래요?"

정목은 밤하늘을 우러르며 되물었다.

"별을 아끼는 소년이 있다고 쳐. 매일 밤 원 없이 밤하늘을 보는 천문학자가 된다면 행복할까?"

"당연하죠."

"행복하겠지만, 또 우울하거나 슬프기도 할 거야. 많이 가고 많이 부르고 많이 마시다 보면, 허무에 젖어들거든."

"허무?"

낯선 단어였다.

"너무 기뻐서 슬프고 너무 좋아서 아프기도 하단다. 하고 싶은 걸 한다고 매일 방긋방긋 웃진 않아. 물론 그걸 못하는 사람보단 훨씬 낫겠지만, 제대로 하기 위한 고민도 있고, 또 어느 수준에 오른 뒤론 까마득해진단다."

"까마득?"

경험 못한 단어가 또 나왔다. 정목이 손을 들어 보일 듯 말 듯 흐린 별 하나를 가리켰다.

"매일 저 별을 보는 기분이랄까. 이 많은 별들 중에서 왜 하필 나는 저 별을 보게 되었을까. 저 별은 왜 저렇듯 꺼지기 직전의 몽당촛불 같을까. 저 별을 매일 보는 또다른 사람은 있을까. 그 사람은 왜 저 별을 아끼게 되었을까. 지구가 없다면 나도 그 사람도 없겠지만, 저 별은 빛을 내겠지. 저 별에도 사람이 산다면, 그 사람도 흐린 별을 하나쯤은 아끼지 않을까. 이런 생각들을 하다 보면 까마득해진단다. 그래서 또 떠나게 되고 노래 부르게 되고 술 마시고 담배 피우게 되는 거야. 너도 나중에 네가 하고 싶은 걸 만나면, 그 일에 너무 많이 몰두하면, 찬란한 기쁨과 까마득한 허무를 알게 돼."

형숙 씨와 경신은 그 아침 여수로 떠났다. 형숙 씨가 남해 바다를 보러 가자고 돌림노래를 불렀던 것이다. 내가 정목과 함께 '봄의 대삼각형'인 아르크투루스와 스피카와 데네볼라를 우러르던 시각, 경신이 몰던 차는 구례교를 건너다가 강으로 곤두박질쳤다. 섬진강이었다.

비보를 접한 나는 가방에 들어가 웅크렸다. 하루 밤 하루 낮을 먹지도 않고 씻지도 않고 소변도 참으며 머물렀다. 정목이 계속 와선 설득했다. 영정을 장례식장에 모셨으니, 정목 자신도 돕겠지만, 내가 문상객을 맞아야 한다는 것이다.

이마가 바닥에 닿을 만큼 허리를 접은 채 가타부타 답하지 않았다. 정목이 가방 위에서 해나 달처럼 내려다봤다. 그 눈길을 느끼면서도 나는 고개를 들지 않았다.

"나오렴! 바보나 가방에 숨는 거야."

바보라도, 상관없는 일 아닌가. 그리고 가방에 숨은 것이 아니라, 가방 속에서 고통과 함께 지내려는 것이다. 삼 일 만에 예식에 따라 고통을 정리하기도 싫었고, 고통 없는 다른 곳으로 건너가긴 더 싫었다. 고통을 가방에 넣어둔 채 혹처럼 만지고 씻고 다듬고 싶었다.

어머니, 내 어머니 형숙 씨가 죽었다.

그리고 형숙 씨 남편, 내 아버지 경신도 이 세상 사람이 아니었다.

내가 가방 안에 있든 밖에 있든 마찬가지다. 문상객들이 도대체 나랑 무슨 상관인가. 가방 안에서 나는 고통스럽다. 그거면 충분한 것 아닌가.

정목이 시퍼렇게 날 선 칼을 들고 와선 가방을 찢고 갈랐다. 아무리 웅크려도 몸과 맘을 숨길 수 없을 때까지. 내 가장 치명적인 상처가 들판에 높이 선 깃발처럼 휘날리는 듯했다. 더럽고 불쾌했다.

"나와!"

가방에서 나오자마자 울음이 터졌다. 정목은 나를 꼭 끌어안고 다독였다.

"실컷 울어. 그리고 걱정 마. 내가 끝까지 지킬게. 원하는 것 다 해줄게. 이제부턴 내가 네 엄마고 내가 네 아빠야. 넌 내 딸이야. 달라지는 건 아무 것도 없어."

나는 두 주먹으로 그의 가슴을 힘껏 쳤다. 그가 서너 걸음 물러서며 놀란 눈으로 쳐다보았다.

"달라! 다르다고! 이젠 이야길 못 듣잖아?"

소리를 지른 후 털썩 주저앉았다. 정목이 고개를 갸웃거리며 물었다.

"이야기? 무슨 이야기? 내가 해줄게."

사람은 저마다 이야기를 품는다. 형숙 씨의 이야기는 형숙 씨밖에 할 수 없다. 정목은 위한답시고 불가능한 일까지 욕심을 부렸다.

나는 대답 대신 정목이 찢은 가방 조각들을 집어 입에 쑤셔 넣기 시작했다. 볼이 터질 듯 넣은 조각들을 씹었다. 쉽게 씹히지도 목구멍으로 넘어가지도 않았다.

그가 달려들어 내 입에 손가락을 넣어 조각들을 끄집어냈다. 송곳니에 찢긴 검지에서 피가 흘렀다. 그는 내 입에서 조각을 모두 꺼낼 때까지 손을 거두지 않았다.

결국 그에게 이끌려 장례식장으로 갔다. 발가벗겨진 기분이었다.

형숙 씨와 경신의 장례를 치르는 사흘 동안 아무것도 먹지 못했다. 정목이 억지로 밥과 반찬을 가져와서 맞은편에 앉으면, 겸상한 후 화장실에 가서 전부 토했다. 장례식이 끝난 후에도 한 달 가까이 굶었다. 체중이 10킬로그램이나 빠지고 세 번 쓰러졌다. 병원 응급실로 실려가서 응급처치를 받고 보름 넘게 입원했다. 달라진 것이 무엇인지를 내 몸으로 보여줬다. 퇴원한 후부터 지금까지 나는 정목을 아버지로 생각한 적이 단 한 번도 없다.

경신은 형숙 씨에게만 관심을 쏟고 내겐 데면데면했다. 그래서인지 요구하지도 명령하지도 않았다. 형숙 씨가 발견한 경신의 멋짐을 영원히 모르게 되어 아쉽고 안타까웠다. 남자에게 매력을 느낄 때마다 경신의 멋짐이 이와 같을까 잠시 생각하는 버릇이 생겼다. 정목은 정반대 스타일이었다. 그가 내게 정성을 쏟는 만큼 나 역시 그의 충고를 진지하게 듣고 따르기를 바랐다. 어려서부터 나는 정목에게 기댔고 또 정목으로부터 멀어지려 했다. 정목은 이제 몰래 내게 아빠라고 부르라는 대신 공공연하게 아빠 노릇을 자임하고 나섰다. 그는 영원히 아빠이길 원했고 나는 시간제한을 뒀다. 독립을 위한 준비 기간이었다.

고등학교를 졸업할 때까지 정목과 따로 시간을 보내지 않았다. 정목은 세심하게 내 슬픔을 살펴 집에 혼자 지내도록 뒀다. 먼 친척이 와서 나를 데려가 키우겠다고 했을 때도 그가 나서서 막았다. 나 역시 형숙 씨와 경신이 어울려 부르던 이중창의 화음이 곳곳에 깃든 집을 떠날 마음이 없었다. 정목의 그늘 아래 머무는 것이 최선이었다.

형숙 씨와 경신이 살아 있었다고 해도, 나는 정목의 그늘 아래에서 중고등학생 시절을 보내지 않았을까 가끔 생각했다. 형숙 씨와 경신은 해외로까지 눈을 돌렸을 테니, 정목과 내가 보내는 시간이 그만큼 더 늘었을 것이다. 내가 거식증을 앓은 후로 정목은 아웃 복서처럼 거리를 유지했다. 먼저 연락하는 법이 없었고, 내가 요구하는 것은 무엇이든 들어줬다.

고등학교 3학년 여름, 장대비를 맞으며 하교한 적이 있었다. 아침엔 맑았는데 점심시간부터 먹구름이 몰려들더니 쏟아진 비가 멈추지 않았다. 정류장으로 들어서는 버스 창으로 우산을 든 채 기다리는 정목이 보였다. 그때 나는 깨달았다. 여행을 떠난 형숙 씨를 기다린 사람은 나뿐만이 아니었다. 정목도 언제나 형숙 씨와 경신이 돌아올 때까지 나를 돌보았다. 돌아온 형숙 씨는 떠나 있는 동안 겪은 일들을 시시콜콜 죄다 내게 이야기했지만, 정목은 그마저도 듣지 못했다. 듣지 않고도 형숙 씨가 돌아오기를 기다리고 또 기다렸던 것이다. 이야기를 듣고 기다리는 사람과 듣지 않고 기다리는 사람은 차이가 컸다. 나도 그처럼 누군가를 하염없이 기다릴 수 있을까. 아무런 보상도, 대답도, 약속도 없이.

정목을 향한 날선 마음이 무뎌지기 시작한 날이었다. 애틋하다는 표현을 훗날 곱씹을 때, 이날의 장대비가 새삼 떠올랐다. 그렇다고 그를 혈육처럼 받아들인 것은 전혀 아니다. 그렇지만 적어도 내게 달려들어 가방을 다시 찢을 것 같진 않았다.

대학에 합격해서 원주를 떠나 서울로 올라오기 며칠 전 정목에게 물었다. 어제 내가 전화를 걸어 던진 질문이기도 했다.

"아저씨! 어디 걸을 데 없을까요?"

이박삼일 지리산 종주에 나섰다. 평지에선 매화며 갯버들이며 복수초까지 봄꽃들이 다투어 피었지만, 산자락은 양달에도 눈이 남아 있었다. 정목은 비탈길을 가다 서고 가다 서선 내 걸음걸이와 표정을 확인했다. 완만한 능선에서도 삼십 분마다 쉬었다. 써리봉과 중봉 지나 천왕봉에 올랐다가 장터목 대피소로 내려오는 길에 내가 물었다.

"제가 형숙 씨랑 닮았나요?"

정목은 대피소에 등산 배낭을 내려놓고 나서야 답했다.

"점점."

"제일 닮은 구석이 어디예요?"

"지금 이렇게 빤히 쳐다보며 거듭 묻는 거……."

나는 더 묻지 않고 빙긋 웃었다. 정목의 어깨를 짚은 후 대피소를 둘러보겠다며 나갔다. 그는 따라나서지 않고 느슨해진 내 배낭의 어깨끈을 고쳐 죄며 기다렸다. 장터목 대피소는 정목에겐 익숙했지만 내겐 낯설었다. 나는 낯설더라도 움츠려 피하는 대신 천천히 다가갔다. 봄부터 시작할 서울 생활도 마찬가지였다.

횡성호수 5구간의 절경은 호수에 비친 산자락이다.

철마다 풀어놓는 물감이 다르달까. 색색가지 화려한 단풍의 시절이 지나면, 흑백이 주조를 이루는 담백한 수묵의 나날이 펼쳐졌다. 산은 더 단단하고 호수는 더 깊었다.

굽이를 돌 때마다 자작나무 조각이 등장했다. 세밀하게 다듬는 대신 나무를 툭툭 잘라 대상의 특징만 살렸다. 흰 개와 고양이와 소와 말에게 눈웃음을 보낸 후 종종걸음으로 달렸다. 목이 길고 두 귀가 쫑긋 선 모양이 영락없는 기린이다. 어려서부터 목이 긴 짐승에 끌렸다. 처음엔 사슴이었다가 타조를 지나 기린으로까지 발전했다. 정목이 선물한 기린 인형만 열 마리가 넘었다. 초등학교 입학 선물로 건넨 기린은 내 키보다 컸다.

"찍어주세요."

기린의 목을 잡곤 돌아섰다. 이건 형숙 씨와 다른 점이다.

셋이서 숱하게 다녔지만, 장례를 치른 후 찾아보니 정목의 앨범에서 형숙 씨 사진은 여섯 장이 전부였다. 그것도 양수리로 동아리 엠티를 갔을 때 형숙 씨 몰래 찍은 스냅 사진들이다. 사진이라도 찍자 하면, 형숙 씨는 카메라를 뺏은 후 정목과 경신을 향해 셔터를 눌렀다. 내가 태어난 후에도 사진을 멀리하는 태도는 바뀌지 않았다.

내 정수리보다 세 뼘쯤 위에 툭 튀어나온 기린의 얼굴이 있었다. 한 장 또 한 장. 두 장을 연달아 찍어 한 장을 지우는 것이 그의 오랜 습관이다.

"같이 찍어요."

"됐다. 나는 많이 찍었어."

형숙 씨 흉내라도 내듯 폰을 내리곤 걸음을 떼려 했다.

"저랑 같이 찍은 사진은 없잖아요?"

다가가선 팔짱을 꼈다. 마침 지나가는 등산복 차림 여자들에게 사진을 찍어달라 청했다. 노란 헤어밴드를 한 여자가 내 아이폰을 받아들곤 말했다.

"따님이 아빠를 쏙 빼닮았네."

"그렇죠? 똑같죠?"

"말해 뭘 해? 붕어빵이네 붕어빵."

기린 옆 통나무 의자에 나란히 앉았다. 맞은편 의자엔 손을 꼭 잡은 남녀 인형이 자리를 잡았다. 나는 그들을 흉내 내며 허리를 꼿꼿하게 세운 뒤, 어깨가 닿을 만큼 살짝 몸을 기울였다. 장갑을 벗고 팔을 뻗어 정목의 손을 쥐었다. 그가 손을 빼지 못하도록 먼저 눈으로 웃었다. 가로와 세로와 클로즈업까지 석 장을 찍었다. 정목의 손은 차고 내 손은 따스했다. 손이라도 따스해서 다행이었다.

"똑같네. 그치?"

"판박이야."

뒤에 선 두 여자가 장갑 낀 손으로 박수를 쳤다. 정목과 내 얼굴이 꼭 닮았다는 것일 수도 있고, 우리 둘의 자세가 맞은편 나무 인형들과 판박이라는 것일 수도 있었다.

그 후로도 5구간에서 마음에 드는 곳마다 멈춰 서서 포즈를 취했다. 사진을 찍어달란 말이 없어도, 정목이 폰을 꺼내들었다. 초록잎 하나만으로 만든 의자에 앉고, 호위하듯 늘어선 나무와 나무 사이에 서고, 곶처럼 불쑥 나온 벤치에 누웠다. 옅은 물그림자 속으로 짙은 물그림자가 층층이 들어섰다. 그는 내가 장갑을 벗고 감탄하며 아이폰을 꺼내 사진을 찍는 모습을 또 찍었다. 이번엔 두 장 다 간직할 것도 같았다.

사진이 많아지는 만큼 호수에 머무는 시간이 늘었다. 두 시간이면 넉넉하리라 여겼는데, 세 시간하고도 삼십 분이 지나서야 트럭으로 돌아왔다. 눈발이 날리기 시작했다. 영원히 멈춰 있을 것 같은 풍경들이 움직였다. 눈을 반기기 위해서도 움직이고 눈을 피하기 위해서도 움직이며, 눈을 삼키기 위해서도 움직이고 눈을 눈동자에 넣기 위해서도 움직였다. 눈을 밟기 위해서도 움직이고 밟지 않기 위해서도 움직였으며, 눈을 폰에 담기 위해서도 움직이고 맨눈으로 확인하기 위해서도 움직였다. 눈과 함께 움직이는 세상은 내가 걷다가 나온 세상과는 또 달라 보였다. 차에서 내려 되돌아가고 싶을 만큼.

"배고프지? 어여 가서 점심 먹자."

차창을 열고 팔을 뻗는 것으로 아쉬움을 달랬다. 손바닥에 닿자마자 눈송이가 녹았다. 당연히 차가웠지만 또 어딘지 모르게 뜨듯했다. 눈의 눈물이었다. 팔을 거두지 않고 물었다.

"눈이 많이 내리면 어떻게 하세요?"

"똑같지."

정목은 말을 아꼈다. 그는 똑같지 않은 것도 똑같다고 종종 말했다. 작은 차이보다도 큰 흐름을 챙기는 사람.

집으로 통하는 콘크리트길에 염화칼슘부터 뿌려야 했다. 지방국도가 나 있는 고갯마루까지 제설 작업을 한 적도 있었다. 판초우의를 갖춰 입더라도, 눈을 맞으며 고갯길을 오르내리기란 쉽지 않다. 정목은 이런 어려움을 시시콜콜 설명한 적이 없다. 지금은 따뜻한 밥과 순두부찌개와 나물과 김치로 늦은 점심을 챙길 걱정뿐이리라. 모든 일을 철저하게 살피는 사람이니, 어젯밤부터 재료를 다듬고 준비를 마쳤을 것이다.

똑같다는 대답이 거짓인 것만은 아니다. 눈이 오더라도, 정목은 산길을 걸었고, 숲으로 갔고, 숲 사람인 자작나무들과 시간을 보냈다. 한결같은 사람.

"하나만 여쭤봐도 되요?"

정목이 곁눈질을 했다. 질문해도 되느냐고 묻는 것은 나답지 않았다. 그와 있을 때는 무엇이든 언제든 묻고 싶을 때 물었으니까.

"목신통신은 왜 시작하신 거예요?"

형숙 씨와 경신의 장례식을 마친 후 정목은 회사의 주력 업종을 바꿨다. '목신정밀'은 지금까지도 명맥을 유지하고는 있지만 '목신통신'이 훨씬 유명하고 큰 회사로 성장했다. 정목이 되물었다.

"사업이 뭐라고 생각해?"

내겐 익숙한 질문이다. 독고찬과 단둘이 저녁을 먹는 자리에서, 크리스털 로제를 한 모금 마신 뒤, 똑같은 질문을 던지기도 했었다. 그때 들은 독고찬의 답을 옮겼다.

"이기는 거죠."

"누구한테?"

"당연히 경쟁업체겠죠. 내가 이겨 빼앗지 않으면, 상대에게 져 빼앗기니까."

샴페인에선 꽃향기, 독고찬의 답에선 피비린내가 났었다.

정목은 더 이상 묻지 않았다.

이차선 국도에서 콘크리트길로 빠지는 갈림길에 선 안내판이 보였다. 나는 이미 정한 이름을 모조리 의심하는, 새 이름을 짓고 싶은 열망에 가득찬 초등학생처럼 소리 내어 또박또박 읽었다.

"목신의 숲? 이젠 그냥 '정목의 숲'이라고 하세요."

이번에도 그는 침묵했다.

낮게 웅크린 단층집보다, 그 집을 에워싼 비탈의 자작나무들이 먼저 마중을 나왔다. 바람이 불 때마다, 웃는 것도 아니고 우는 것도 아닌 소리를 흩었다. 꼿꼿하고 하얀 줄기에서 뻗은 잎 없는 가지들이 환대의 손짓을 무수히 보냈다. 하늘로 아득히 올라가던 눈송이들이 그 지극한 손짓들에 마음을 빼앗겨 떨어졌다. 눈이 어깨에 닿을 때마다 자작나무 냄새가 났다. 나무 밑동에 등과 코를 비비던 멧돼지의 힘찬 숨소리와 나무 사이를 빠져나가는 고라니의 날렵한 발소리가 들리는 듯했다. 숲에서 겨울을 나는 짐승에게 눈은 반가운 손님이 아니었다. 기온이 떨어질 것이고 북풍이 불 것이고 양껏 배를 채우긴 어려워질 것이다. 그럼에도 눈이 내리는 날엔 사람뿐만 아니라 들짐승과 날짐승과 나무들조차, 하늘을 우러르며 멍하니 있곤 했다. 봄부터 가을까지의 시간과는 다른, 더 외롭고 더 춥고 더 쓸쓸한 시간이 펼쳐지리란 사실을 배우지 않아도 느꼈다. 그 시간을 맞는 저마다의 각오를 다지는 중인지도 몰랐다. 겨울을 넘기고 봄을 만끽한 적이 있는 이들은 조금 더 여유가 있었다. 오늘은 무조건 눈을 즐기고, 내일부터 겨울을 견디다 보면, 땅이 풀리고 계곡물이 흐르고 봄꽃이 필 것이다. 먹구름 아래는 때 이르게 어둑어둑했지만, 환영객처럼 선 자작나무 비탈은 늦은 밤까지 빛을 뿌릴 기세였다.

이웃 농장들은 펜션을 짓고 숲 체험이나 치유 프로그램을 짰다. 그러나 '목신의 숲'에선 오로지 숲이 주인이고 정목은 그 숲을 지키는 문지기였다.

삼십 분 만에 점심 준비를 마쳤다. 내가 순두부찌개와 나물과 김치를 바삐 오가며 밥 한 공기를 비우는 데는 십 분도 채 걸리지 않았다. 숭늉까지 마시고서야 정목의 밥이 그대로인 것이 눈에 들어왔다. 그는 내가 밥을 다 먹고 트림할 때까지 수저를 들지도 않고 지켜보곤 했다. 네가 먹는 것만 봐도 배가 부르구나! 오 년 만에, 횡성에선 처음 마주 앉은 식탁에서도 그 마음은 여전했다.

나를 건넌방으로 데려갔다. 어젯밤부터 장작불을 땐 탓에 방바닥이 뜨끈뜨끈했다.

"잠깐 눈이라도 붙여."

괜찮다고 했지만, 엉덩이가 뜨거운 만큼 눈꺼풀은 무거웠다. 정목은 자리끼까지 챙겨주곤 방문을 닫았다. 나는 그가 준비한 베개를 베고 맑은 햇살에 갓 말린 듯 보송보송한 요에 누워 이불을 덮었다. 처음엔 두 다리와 아랫배를 이불로 가렸지만, 곧 저만치 이불을 걷곤 잠에 빠져들었다.

꿈 없는 단잠이었다.

꿈이 없어 이상했다. 바쁠수록 더 많이 더 깊이 자는 체질을 뽐내왔지만, 올해 가을에서 겨울로 넘어오는 내내 불면에 시달렸고 겨우 잠들더라도 악몽이 찾아들었다. 잠을 자면서도 정녕 자고 있는 것이 맞는지 의심스러웠다. 수면 유도제들도 개운한 아침을 보장하진 못했다.

소리라곤 없는 잠이었다. 서울에선 어디에 눕든지 잡음이 들렸다. 자동차 소리, 위층이나 아래층의 발 소리, 냉장고 소리, 하다못해 창문을 흔드는 바람 소리까지. 내가 누운 황토방엔 창이 없었다. 단층집이니 위나 아래도 고요했다. 세상의 소리를 완전히 차단한 방.

나중에 알았지만, 정목은 황토방을 짓고서도 이 방에서 잠든 적이 없었다. 시험 삼아 아궁이에 불을 때며 바닥과 벽의 온도를 잰 것이 전부였다. 내가 첫 손님이었다.

거실로 나왔다. 눈이 부셨다. 마당에 눈이 그득했다. 오후 네 시가 넘어가고 있었다. 세 시간 남짓 잠든 사이 세상이 옷을 갈아입었다. 창을 반쯤 열자 얼음송곳 같은 바람이 달려들어, 땀이 채 식지 않은 이마를 때렸다. 눈은 어느새 그쳤다. 요란한 엔진 소리를 앞세운 트럭이 바퀴 자국을 만들며 앞마당까지 와선 멈췄다.

현관으로 들어선 정목은 거실 창문부터 서둘러 닫았다.

"차를 내오마. 조팝꽃을 띄울까 하는데……."

나는 부엌으로 따라 들어가며 아쉬워했다.

"깨우지 그러셨어요."

그는 오히려 내가 너무 일찍 깼다고 아쉬워하는 눈치였다.

대학 진학과 함께 서울로 간 뒤 아주 가끔 원주로 왔다. 버티다가 버티다가 더 버티기 힘든 순간엔 몸을 꼭 숨기던 커다란 가방이 떠올랐고, 그 가방을 들고 들어오던 정목의 반들반들한 구두가 생각났고, 그 선물을 받던 원주의 집이 그리워졌다. 이젠 가방도 없고, 정목은 일 년에 한두 차례 공식적인 자리에 참석할 때를 제외하곤 구두 대신 운동화 차림으로 지내지만, 나는 불쑥 원주로 내려가곤 했다. 어쨌든 원주에 도착하면 바깥출입은 않고 하루나 이틀을 꼬박 잠만 잤다. 코도 골고 몸부림도 치고 잠꼬대도 했다. 그때도 정목은 자리끼와 잠자리만 봐주고 나갔다. 밥을 먹고 이야기를 나누기보다 꿀잠 한숨이 필요한 때도 있는 것이다. 그러다가 문득 깨어 밖으로 나오면, 정목의 눈을 똑바로 쳐다보며 괜히 아쉬워했다. 미안함을 감추는 행동이기도 했다.

"깨우지 그러셨어요."

정목은 내가 잠든 사이 일상의 과업을 능숙하게 처리했다. 개두 마리와 닭 열 마리와 토끼 세 마리의 먹이를 챙겼고, 표고버섯 묘목인 뽕나무들을 천으로 덮은 다음, 갈림길을 지나 지방 국도의 언덕까지 제설작업을 마치고 돌아오는 길이었다.

그는 다른 겨울 횡성호수에서 찍은 사진을 폰에서 찾아 건넸다. 눈이 날렸고 눈이 쏟아졌고 눈이 그쳤다. 눈을 맞으며 횡성호수를 걸었다면 어땠을까. 점심을 포기하고 트럭에서 다시 내려 되돌아갔어야 했을까. 눈 내리는 5구간을 둘이 걷는 상상을 했다. 성취가 불가능한 피안의 행복 같았다. 마른 조팝꽃이 찻잔에서 충분히 피어나기도 전에 일어섰다.

"가요!"

"어딜?"

"저도 인사해야죠, 숲 사람들과."

후회를 더 만들기 싫었다.

"내일 천천히 해. 눈이 또 쏟아질지 몰라."

"내리는 걸 못 봤으니 밟기라도 해야죠. 뒹굴어도 좋고요."

"곧 어두워질 거야. 겨울엔 낮이 무지무지 짧아, 특히 숲은."

"그 밤에도 숲을 거니시잖아요?"

"……."

"산꼭대기 움막 옆에서 야영한다며, 제게 사진 보내셨잖아요? 작년 이맘때였죠? 잠시만 계세요. 챙겨 나올게요."

숲은 기회가 있을 때마다 눈을 털어냈다.

솔솔바람이 불면 줄기는 줄기대로, 가지는 가지대로, 또 바위는 바위대로 눈을 뿌렸다. 어깨에 앉은 눈송이는 애교였다. 군데군데 얼굴을 내민 하늘의 푸른빛을 믿고 마음을 놓았다가 눈 폭탄을 맞았다. 갑자기 쏟아진 눈뭉치가 입으로 들어왔다. 웃음이 터졌다. 내가 웃자 정목도 웃었다. 웃다가 나뭇가지를 건드리는 바람에 또 눈 폭탄이 쏟아졌다. 허리가 결릴 만큼 웃음 소리도 커졌다. 눈물 이 찔끔 났다. 눈 때문에 웃다가 눈물 흘리긴 처음이었다.

정목은 데이백에서 수건과 조팝꽃차가 든 검은 스테인리스 텀블러를 꺼냈다. 내가 차를 마시며 얼굴을 닦는 사이, 그는 즉석 선물을 내밀었다. 지팡이로 적당한 자작나무 가지였다.

"괜찮아요."

"받아."

"아직 지팡이 들 나이 아니에요."

"지팡이 찾을 나이가 따로 있는 줄 아니? 시키는 대로 해야 데리고 올라갈……."

그 말이 끝나기도 전에, 나는 가지를 쥐곤 허리를 숙인 채 땅을 짚으며 꼬부랑 할머니처럼 걷는 척했다. 지팡이로 제법 쓸 만했다.

언 땅을 디딜 때마다 눈들은 앓는 소리를 냈다. 발을 내미는 것이 조심스러웠다. 양말을 두 개나 신었지만 발등과 무릎이 시렸다. 숲이 온통 새하얗지만은 않았다. 자작나무는 눈이 내리지 않더라도 하얗게 서 있지만, 다른 나무들은 폭설과 한파를 저마다의 강인한 색과 견고한 꼴로 버텼다. 지붕처럼 눈을 인 바위에서도 수백만 년 자리를 지키며 만든 무채색들이 드러났다. 이십 분쯤 지났을까. 미끄러지지 않도록 눈을 힘껏 밟으며 길을 확인하던 정목이 고개를 돌리곤 물었다.

"쉴까, 잠시?"

눈 쌓인 오르막길이니 숨이 차고 땀이 등에 맺힐 만도 했다. 나는 눈을 동그랗게 뜨곤 답했다.

"아뇨. 좀 더 가서요."

정목을 스쳐 앞장을 섰다.

눈이 쌓이기 시작했지만 길을 완전히 덮을 정도는 아니었다. 자작나무 줄기에 장갑 낀 손바닥을 가볍게 대곤 인사를 건넸다.

우리는 다시 십오 분을 걸었고, 벤치가 나왔다. 정목은 여기서부터 산꼭대기까진 숨이 깔딱거릴 만큼 경사가 심하니 꼭 쉬어야 한다고 거듭 권했다. 나는 벤치에 앉는 대신 박수부터 쳤다. 장갑을 낀 탓에 소리가 둔탁했다. 정목은 느릿느릿 다가왔다. 겨울 숲에서 누군가 박수와 함께 감탄하는 이유를 짐작하는 것이다. 충분히 기쁨을 누리도록 두려는 배려이기도 했다. 나는 허리를 숙인 채 검지로 땅바닥을 가리켰다.

"이거 발자국 맞죠?"

"고라니네."

"여기, 고라니도 살아요?"

"많지."

"가봐도 돼요?"

"가보고 싶어?"

고개를 끄덕였다.

"너무 멀리 가진 말고."

나는 방향을 틀어 고라니 발자국을 지팡이로 짚곤 숲으로 들어섰다. 정목은 벤치에 쌓인 눈을 손바닥으로 쓸었다. 그와 나 사이에서 기다림은 언제나 정목의 몫이다.

눈 쌓인 숲길을 걸으며 하늘을 올려다보았다. 양털구름이 빠르게 동쪽에서 서쪽으로 흘렀다. 차가운 푸른빛이 더 많이 드러났다. 오른 주먹과 왼 주먹을 번갈아 쥐었다 폈다.

기다리는 정목의 자리에서 보자면 나는 하얗게 사라졌으리라. 눈 쌓인 숲에서 발을 헛디뎌 발목을 삐는 장면을 떠올렸을지도 모른다. 돌아서서 손을 흔들어 그를 안심시키지는 않았다. 계속 걸어 들어가기만 했다. 스무 살 이후로는 그에게 시시콜콜 인생의 문제들을 의논하지 않았다. 기쁨도 상처도 분노도 그리움도 내가 먹고 소화시켜야 하는 밥이었다.

기다리는 정목의 자리에서 다시 보자면, 이 숲엔 고라니뿐만 아니라 최상위 포식자인 멧돼지도 활보했다. 그는 불과 10미터 앞에서 멧돼지와 대치한 적도 있었다. 내가 스무 살 되던 해 원주를 떠나 정착한 서울은 눈 내린 자작나무 숲보다 더 위험했다. 그곳엔 멧돼지뿐만 아니라 늑대나 표범, 호랑이나 사자가 득시글득시글했다. 그래도 정목은 기다렸다. 소리쳐 나를 찾거나 손짓하지 않았다.

지팡이로 삼았던 가지를 깃발처럼 흔드는 것으로 이 짧은 모험의 즐거움을 표시했다. 정목은 양팔을 들어 털모자를 더 깊이 눌러쓰라는 시늉을 했다. 잔잔한 웃음이 이렇게 속삭이는 듯했다. 천천히, 더 천천히 와도 돼. 오기만 하면!

정목이 건넨 꽃차를 한 모금 마신 뒤, 빨간 하트 무늬가 큼지막하게 박힌 백설기를 손에 들곤 신이 나서 말했다.

"발자국들이 많아요. 서너 마리쯤! 친구들일까요? 장난이라도 쳤는지 어지럽더라고요."

정목이 여전히 웃으며 권했다. 그의 눈엔 내가 장난을 좋아하는 고라니로 보일지도 몰랐다.

"어서 먹어. 곧 해 넘어가. 움막까진 단숨에 올라가야 해."

내가 백설기를 먹는 동안 정목은 텀블러에 남은 꽃차를 마저 비웠다. 따로 백설기를 두 개 더 싸왔지만 꺼내지 않고, 턱을 든 채 구름의 방향과 빠르기를 가늠했다.

마지막 오르막길에서 두 번이나 미끄러졌다. 그때마다 정목이 내 팔을 잡아끌어 위기를 넘겼다. 무릎이 눈뭉치에 닿아 바지가 젖긴 했지만 다친 곳은 없었다. 꼭대기 움막에 겨우 닿아 거친 숨을 고르는 사이 정목은 서쪽 하늘을 바라보았다.

해가 질 시간이었다. 주먹을 번갈아 쥐었다. 하나를 얻으면 하나를 잃기 쉬웠다. 눈 쌓인 날엔 노을 구경이 힘들다. 그래도 오후 네시 전에 눈이 그치고 구름이 빠르게 흐르며 푸른 하늘을 내보였기 때문에, 혹시 노을이 비칠까 기대했었다. 아랫도리부터 붉게 물드는 하늘을 음미하기 딱 좋은 자리에 벤치가 있었다. 낮에 산책한 횡성호수 길이 시야에 전부 들어왔다. 그러나 오늘은 서쪽 하늘도 횡성호수도 눈바람 속에서 흐릿한 윤곽만 겨우 짐작했다.

"여기군요!"

나는 웃으며 벤치로 가선 눈을 털어내고 앉았다. 정목이 바로 그 자리에서 오 년 내내 노을과 횡성호수 길을 사진에 담아 보낸 것이다.

"하늘과 땅이 자욱한 것도 나름 멋지네요. 사진으론 이 느낌을 완전히 담긴 어렵겠죠?"

눈 쌓인 저녁 하늘을 올려다보거나 호수를 내려다보며 찍은 사진은 없었다. 마음이든 풍경이든, 내겐 선명함이 흐릿함을 앞섰다. 물론 그는 경계가 희미한 상황을 즐겼지만, 자신의 취향 대신 내가 좋아하는 사진을 찍기 위해 애썼다.

"컬컬하지 않아요?"

정목은 움막에 따로 자작나무 수액을 챙겨뒀다. 움막에서 가끔 밤을 보낼 때 가장 필요한 것이 바로 물이다. 그는 수액 대신 독주를 꺼내왔다. 술 생각이 날 때마다 내가 앞세우는 두 글자, '컬컬'을 기억했던 것이다. 나란히 앉아 45도가 넘는 독주를 소주잔에 반 정도 따랐다. 단숨에 들이켰다.

첫 잔은 무조건 원샷!

형숙 씨가 정한 룰이다. 뜨거운 기운이 식도를 타고 순식간에 위까지 내려갔다. 눈길에 얼어붙은 몸이 한꺼번에 풀렸다. 다시 잔을 채웠다. 나는 두 번째 잔도 멈추지 않고 비웠지만, 정목은 잔을 내려놓은 채 서쪽 하늘을 바라보았다. 사진에 담겼던 붉은 기운이 전혀 없었다. 나는 시선을 내려 호수 길을 훑었다. 내 옆머리가, 호수 길 5구간의 자작나무 인형처럼, 정목에게 기울었다. 어깨가 어깨에 닿았다. 정목이 고개를 돌려 나를 쳐다보았다. 쌓이는 건 눈만이 아니다. 기다림도 쌓인다는 것을 그는 안다.

"사업을 해보려고요."

결정을 내렸을 때 처음 떠오른 사람이 정목이었다. 일목요연하게 설명하긴 어렵지만, 그에게만은 귀띔하고 싶었다. 내가 밝히지 않더라도 곧 그의 귀에 들어갈 것이다. 바다가 힘써 찾아보지 않더라도 실개천의 소식을 알게 되듯이.

"왜 그런 생각을 했어? 목신통신으로 와서 일을 배우라 할 땐 죽어도 싫다더니?"

정목의 시선이 서쪽 하늘에서 횡성호수로 옮겨갔다. 길이란 길은 하나도 보이지 않는 저녁이었다.

"청혼을 받았어요. 결혼해서 시애틀로 건너가자더라고요."

정목은 어깨가 더 굳었다. 바위 같았다.

"조건은 하나였어요. 한국에서의 인연을 끊을 것. 그러니까 그동안 제가 꿈꾸던 일들을 다 접어야 한대요."

"다? 접어?"

'고약한 사랑법이죠?'라고 되물으려다가 뒷말을 지웠다.

"고약하죠?"

머리를 들곤 턱을 돌려 눈을 맞췄다. 정목은 눈주름이 살짝 잡힐 정도로만 웃었다. 드물긴 해도 일 년에 한두 번씩 그와 같은 웃음을 짓곤 했다. 어처구니없는 상황에 빠졌거나 화를 내기에도 아까운 이야기를 들었을 때.

"거절했어요. 무척 당황하더라고요. 내가 그럴 줄은 전혀 상상도 못했었나 봐요. 하긴, 덕분에 이 년을 편히 지냈죠."

생활비는 따로 벌었지만, 독고찬이 건넨 신용카드를 거절하진 않았다. 사랑에는 조건이 없다고들 하지만, 조건 없는 사랑은 없다. 무조건조차도 그 단어가 주는 열망과 틈 없음을 고려하면 특별한 조건이다. 연애를 시작할 때 내가 제시한 조건이나 내게 밝힌 조건을 돌이켜보자면, 독고찬의 조건은 단순하고 어쩌면 소박했다. 본인 명의의 신용카드를 받아달라는 것. 그게 다였다. 무엇을 사고 얼마만큼 쓰느냐는 어디까지나 내 자유였다.

예쁘고 좋은 것들이 세상에는 넘쳐났다. 나는 그 카드로 한 달에 두 개씩 클로짓을 채워나갔다. 에르메스, 샤넬, 루이비통, 디올, 구찌, 프라다, 보테가베네타, 델보의 핸드백이 대부분이었다. 보석이나 옷이나 구두나 화장품은 웬만해선 끌리지 않았다. 클로짓에 가득 찬 가방들을 보며, 나는 비로소 무엇인가를 가까이하는 나만의 방식을 알았다. 세상은 넓고 가방을 만드는 회사는 많았지만, 두루 사서 쓰는 편이 아니었다. 어딘지 모자라 보이는 가방 여러 개를 사느니 하이엔드 브랜드 제품 한두 개를 갖는 쪽을 택했다. 독고찬은 제한을 두지 않았으나, 나는 스스로 천만 원을 상한가로 잡았다. 아무리 마음에 드는 가방이라도, 단번에 천만 원 이상을 결제하진 않았다. 상한선 없이 사들이기 시작하면, 욕망의 극한까지 나아갈 듯했다. 아무리 애인이라고 해도, 타인의 돈으로 극한에 닿고 싶진 않았다.

스스로 잔을 채운 뒤 찰랑찰랑 흔들리는 술을 보며 말했다.

"그는 계획대로 미국으로 떠났어요. 연애하는 이 년 동안 알고 지낸 사람들에게 우리가 결별했단 소문이 쫙 퍼졌죠. 결혼 이야긴 시시하지만 파혼 이야긴 흥미로우니까요. 위로주를 산다는 몇몇 자리에 나가기도 했어요. 가관이더군요. 사귀자며 수작을 부린 남자도 둘이나 있었어요. 시애틀로 떠난 그 사람만큼은 아니지만 꽤 잘나가는 청년 CEO들이에요. 문득 그런 생각이 들더라고요."

정목이 술잔을 비우곤 일어섰다. 하늘과 호수를 등지곤 나를 내려다보았다. 횡성역까지 마중을 나온 후 처음으로 자신의 뜻을 먼저 밝혔다.

"이기려고 사업을 해선 안 돼. 이기려고 남자를 만나서도 안 되고. 상대에게도 이롭고 내게도 이로운 일을 하는 것, 그게 사업이지."

목신정밀에서 목신통신으로 주력 업종을 바꾼 이유이기도 했다. 동남아와 아프리카를 돌아다니며 전기와 통신을 설치하느라 방랑자로 떠돈 나날이 길었다.

"까마득하진 않으셨고요?"

정목이 즉답을 못한 채 이마에 주름을 지어 보였다. 나는 곧 질문을 고쳤다.

"이로운 일만 하고도 사업에 성공할 수 있을까요?"

묵묵히 자신의 잔에 술을 따르는, 어깨가 닿은 채 내 옆을 지키는 남자가 바로 답이었다.

4
훔치는 것이 마음이라면

세상엔 두 종류의 도둑이 있다. 훔친 물건을 가방에 넣고 나오는 도둑과 훔친 가방을 들고 나오는 도둑. 우리는 후자였다.

엄마가 손수 가죽을 잘라 만든 필통을 책상에 올려놓은 학생은 나뿐이었다. 나머지 동급생들은 울긋불긋 그림이 조잡하더라도 플라스틱 필통을 썼다. 여학생들은 장미와 튤립 같은 꽃이나 그 꽃송이로 날아드는 나비들 혹은 〈들장미 소녀 캔디〉와 〈빨간 머리 앤〉처럼 매주 텔레비전에 등장하는 만화 영화 여주인공들이 그려진 필통을 좋아했고, 남학생은 로봇이 압도적이었다.

내 필통은 밋밋했다. 엄마는 연필과 지우개만 넣고 다니면 된다며, 주머니를 세 개 만들어 붙이고는 끈으로 돌돌 말아 묶었다. 훗날 어느 화실에서 엄마가 만든 것과 비슷한 붓통을 봤다. 붓들을 넣기 위해 가죽을 길쭉하게 자르긴 했지만, 끈으로 돌려 묶는 방식은 같았다.

플라스틱 필통을 못 살 정도로 우리 집이 가난하진 않았다. 마을을 누비며 흙과 돌과 나무로 장난을 치는 아이들 형편은 거기가 거기였다. 엄마는 가죽 필통이 귀하다 여겨 내게 만들어 줬을 것이다. 당신이 솜씨를 발휘한 가방이며 지갑을 받고 찬탄하는 아낙들 속에서 살아왔으니까. 하지만 동급생들은 연필이든 지우개든 필통이든 가격부터 따지고 들었다. 가죽으로 만든 내 필통이 호박 두 개나 참외 다섯 개 혹은 밤 스무 개와 맞바꿀 정도라는 주장에 귀 기울이는 이는 없었다.

철강 회사 옆에 자동차 부품 회사가 들어서면서 필통의 질이 달라졌다. 스무 명 넘는 학생이 도시에서 한꺼번에 전학 온 것이다. 그들은 얼굴이 밀가루처럼 희고 말투가 사탕처럼 달고 필통이 핸드백처럼 멋졌다. 내 짝인 남혜경도 그랬다.

조잡한 그림 따윈 전혀 없는 혜경의 유리 필통은 '무지개 필통'으로 통했다. 빛의 방향과 세기에 따라 빨주노초파남보 다른 빛깔을 뿜었다. 책도 또박또박 읽고 말도 또박또박 했을 뿐만 아니라 필통까지 멋있었으므로, 전학을 오자마자 부반장에 뽑혔다.

동급생들이 혜경의 필통을 구경하러 모여드는 바람에 옆 책상에 놓인 내 필통까지 관심을 받았다. 혜경의 짝이 아니었다면, 내가 직접 내 필통을 자랑하진 않았을 것이다. 혜경의 필통을 최고로 쳤고, 그다음엔 우열을 가리지 않았지만, 내 가죽 필통을 최악으로 꼽는 데는 모두 같은 생각이었다. 그들의 필통은 문방구에서 돈을 주고 샀지만, 내 필통엔 값이 매겨진 적이 없다. 동급생들은 내 필통을 빵 원으로 간주했다.

달아날 구멍이 없는 골목으로 몰렸다 싶으면, 무조건 이야기를 시작하라고 충고한 사람은 상철이 형이다. 마을에서 나고 자랐으면서도 일하러 다니지 않는 젊은 남자였다. 미루나무처럼 큰 키에 세워놓은 물방울처럼 볼에 살이 없으며 턱은 작고 뾰족했다. 졸린 듯 쳐진 눈꺼풀이 눈동자를 절반 넘게 가렸다. 상철이 형의 취미는 독서였는데, 단행본은 읽지 않고 오로지 잡지만 뒤적였다. 자동차와 와인과 축산 관련 잡지에서부터 패션과 문학과 만화 잡지까지 국적과 분야를 가리지 않았다. 대부분 헌책방에서 종잇값만 주고 떨이로 사온 것들이다. 몇 번 상철이 형을 따라 건넛마을 헌책방까지 간 적도 있었다. 헌책방 늙은 쥐 수염 영감은 우리를 보자마자 숫자부터 디밀었다.

"아흔 권!"

"지난번보다 스무 권 적네요."

"담에 더 모아 줄게."

그리고 상철이 형이 바지 주머니에서 주섬주섬 돈을 꺼내 건네면 끝이었다. 오랫동안 거래하며 맞춘 가격이 있으므로 따로 흥정하지 않았다. 형은 묶어둔 잡지를 들고 와선 읽기 시작했다. 그날 잡지를 함께 날라다준 수고비는 형 방에 가득한 잡지로 대신했다.

원하는 만큼 집어가라고 해 스물한 권까지 안고 나온 적이 있다.

상철이 형네는 국밥집 건너 단층집에 살았는데, 아빠와 엄마가 일 층에 머물고 형은 지하방에 묵었다. 아빠와 엄마가 세상을 뜬 후에도 일 층으로 올라오지 않았다. 지하방이 편하다고 했다.

형은 직업이 없으면서도 애인이 많았다. 미남도 아니고 친절하지도 않으며, 기타나 다른 악기도 연주할 줄 모르는 음치였다. 음악과는 담을 쌓고 지내는데도, 상철이 형 지하방에 들어가려면 어두컴컴한 계단 중간에 서서 반드시 노래를 한 곡 불러야 했다. 노래를 마쳐도 방문이 열리지 않으면 지상으로 돌아갔다. 형은 종종 자랑했다. 어디선가 들려오는 돼지 멱따는 노래를 듣긴 했지만, 애인이 거머리처럼 가슴에 딱 붙어 있어서 일어설 수 없었다고. 아이들은 빈털터리 실업자에게 애인이 있을 리 없다며, 형을 거짓말쟁이로 몰았다.

나는 딱 한 번 계단을 올라가지 않고 내려간 적이 있었다. 〈지하생활자〉라는 노래를 부르며 천천히 문을 향해 다가갔다. 형의 거머리 같은 애인을 확인하고 싶었다기보다는, 애인 때문이라는 형의 자랑이 거짓말이라면, 내가 그걸 처음 밝힌 사람이 되고 싶었다. 박쥐 날개 문양 고리를 쥐고, 바늘귀에 실을 집어넣을 때처럼, 집중해서 최대한 천천히 당겼다. 1밀리미터를 지나 2밀리미터쯤 열다가 멈췄다. 애인의 벗은 몸이 모빌처럼 흔들렸던 것이다. 형의 가슴에는 들러붙지 않고, 등을 곧게 세운 채 허리와 엉덩이를 〈지하생활자〉의 박자에 맞춰 움직였다. 나중에 경마장에서 본 기수들의 몸짓과도 같았다.

그날부터 나는 상철이 형 이야기를 귀담아들었다. 아이들뿐만 아니라 어른들까지, 직장도 없이 결혼도 하지 않고 밥만 축내는 게 으름뱅이로 취급했지만 나는 형을 다르게 여겼다. 누가 뭐라 해도 지하방에서 끝까지 사랑에 부지런했던 남자는 마을에서 상철이 형뿐이었다.

형의 지하방에서 라면도 끓여 먹고 흥미로운 이야기도 자주 들었다. 그렇게 많은 누나들 마음을 어떻게 훔쳤느냐고 묻기도 했다. 형은 옷장과 책상이 있어야 할 자리를 일찌감치 점령한 잡지 더미를 훑으며 답했다.

"무조건 이야기를 해. 마음을 훔치는 데는 이야기만 한 게 없거든. 마음만 훔치면 나머진, 가령 몸이라든가 돈이라든가 하는 것들은 따라와."

혜경의 필통이 유난히 더 영롱한 무지갯빛을 흑판에 뿌린 날, 부반장의 마음에 들고 싶은 녀석 하나가 내게 시비를 걸었다. 마을 어귀에 장승을 깎아 세운 목수네 큰아들로 이름이 장대였다. 내 필통에 어울리는 장소는 책상이 아니라 쓰레기통이라는 것이다. 장대는 나보다 머리 하나가 더 컸다. 대꾸하지 않으면, 내 필통을 집어 쓰레기통에 처넣을 기세였다. 주먹으로 맞서면 내 코에서 피가 흐를 듯했다. 그래도 나는 자리를 박차고 일어섰고, 상철이 형 충고대로, 필통을 꼭 쥔 채 무조건 이야기를 시작했다.

"요렇게 쥐면, 소든 양이든 염소든 토끼든 그 동물이 태어나서

죽을 때까지 하루하루가 만화 영화처럼 그려져."

동급생들이 '거짓말!'을 합창하기 전에 혜경이 맞장구를 쳤다.

"읽은 적 있어. 그런 능력을 지닌 네덜란드 소년의 이야기."

나는 혜경과 잠깐 눈을 맞춘 후 다음 이야기로 넘어갔다.

"너희들 필통 모두 합쳐서 내 필통과 바꾸자 해도 절대로 안 바꿔. 왜냐하면 내 필통은 너무너무너무 멋진 황소의 어깨 가죽으로 만들었거든. 코뚜레를 뚫고 멍에를 건 채 농사짓는 소도 아니고 축사에 묶여 젖만 짜는 소도 아니야. 백 마리도 넘는 소들이 인적 드문 방목지에서 맘껏 뛰놀았지. 해마다 송아지 열 마리가 실려 오면, 그 트럭에 다 자란 소 다섯 마리를 실었어. 목동은 황소 한 마리만 축사에 둔 채, 나머지에서 다섯 마리를 골랐지.

이마에 흰 점이 있는 황소는, 놀라지 마, 하늘을 날아. 목동은 그 녀석 이름을 '비우'라고 지었거든. 비우는 양쪽 어깨에 돋은 날개를 팔랑이면서 양털구름을 따라 하늘 풀밭을 노닐 정도로 높이 올라갔어. 날개를 접으면 등짝에 딱 들러붙어 멀리선 보이지도 않아. 날개를 활짝 펴면 무지무지 크고 길어. 얼마나 엄청난가 하면 말이야, 우리 교실 앞문에서 뒷문까지는 충분히 닿고도 남지. 날개는 보드라운 황색 털로 덮였어. 손바닥으로 쓸면 비단결 저리 가라라고.

목동은 깊은 밤이면 비우를 타고 이 골짜기 저 골짜기 날아다녔어. 마지막 골짜기엔 국숫집이 있는데, 목동이 좋아하는 소녀가 욕쟁이 할머니랑 단둘이 살았지. 나이를 따로 묻진 않았지만 목동과 또래였을 거야. 할머니는 해만 지면 잠자리에 들었어. 목동은 소녀가 계곡물에 씻어서 비벼주는 국수를 매일 맛있게 먹었지.

소녀는 목동에게 비우를 태워달라 졸랐어. 목동은 황소 등을 타는 게 생각보다 훨씬 어렵다고, 더군다나 비우를 타고 하늘을 나는 건 오직 목동 자신만 가능하다며 거절했어. 소녀는 계곡에서 국수를 씻을 때도 울고, 국수를 양념장에 비빌 때도 울고, 목동이 국수를 먹을 때도 울고, 목동이 비우를 타고 날아오르는 새벽에도 울고, 다시 비우와 함께 골짜기로 내려오는 밤에도 울었어. 목동이 가장 좋아하는, 앞니가 모두 드러나는 함박웃음을 보여주지도 않았지. 결국 목동은 딱 한 번만이라는 약속을 받고 소녀를 태웠던 거야.

비우를 타고 밤하늘에 아주 커다란 원을 그릴 계획이었지. 골짜기에서 왼편으로 능선 위까지 올라갔다가 오른편으로 다시 내려오는 거였어. 소녀를 만나러 올 때마다 비우가 다닌 하늘길이 거기야. 목동은 소녀를 등 뒤에 태우곤 제 허리를 양팔로 감도록 했어. 자물쇠처럼 꽉 붙들고 절대로 풀어선 안 된다고 거듭 말했지.

계곡에서 능선까지 오르는 길은 참 아름다웠어. 뭇별들이 능선으로 살짝 올라온 눈썹달을 감싸듯 빛났으니까. 목동의 허리를 붙든 소녀는 고개를 좌우로 돌리며 붙박이별은 물론이고 흐르는 별, 올라가는 별, 떨어지는 별, 타오르는 별, 꺼져가는 별과도 인사를 나누느라 바빴지.

능선에 거의 닿았을 때 문제가 생겼어. 해 질 무렵 축사로 몰아

넣었던 소들이 방목지에 나와 있는 거야. 게다가 소들이 북동쪽 그러니까 천 년 묵은 은행나무 뒤 가파른 절벽으로 몰려가고 있었어. 그대로 달려가다간 떨어져 몰살할 판이었지.

목동은 급히 내려가기 위해 비우의 등을 찰싹 때렸어. 비우가 앞발을 휘저으며 내려갔지. 비우의 네발이 땅에 닿기도 전에 뛰어내린 목동은 절벽으로 향하던 소들의 행진을 가로막았어. 소들이 목동을 짓밟고 나아갈 수도 있었지. 소들 때문에 다리를 절거나 외팔이가 된 목동이 어느 마을이고 한두 명은 꼭 있어. 비우가 천둥처럼 울지 않았다면 불행이 목동을 덮쳤겠지. 그 울음을 듣고 소들이 걸음을 멈춘 뒤에야 목동은 소녀 생각이 났어. 허리를 감았던 손이 풀렸던 거야. 아무리 되짚어봐도 등 뒤에서 소녀가 떨어진 순간을 가늠하기 힘들었지.

곧장 비우를 타고 하늘로 올라갔어. 골짜기에서 능선까지 오르고 또 내리며 소녀의 이름을 부르고 또 불렀지. 해가 뜰 때까지 하늘을 날았지만 소녀는 보이지 않았어. 다음 날도 아침부터 저녁까지 살피며 다녔지. 그렇게 한 달을 뒤졌지만 끝끝내 소녀를 찾진 못했어.

국숫집 할머니에게 가서 사실대로 털어놓았거든. 하지만 할머니는 목동의 말을 믿지 않았어. 황소가 하늘을 날아다닌단 이야기는 여든여덟 살이 될 때까지 들은 적이 없으니까. 국숫물에 삶아 죽일 잡놈의 거짓부렁일랑 말라고 몰아세웠어. 손녀를 어디다가 숨겼느냐고 꼬부랑 지팡이로 목동의 머리와 어깨를 탁탁 내리쳤지. 목동이 똑같은 말을 반복하자, 이번엔 먹이고 입히고 길러준 은혜도 모르는 계집으로 손녀를 몰았어. 시골 골짜기에서 국수 끓이며 살기 싫어 야밤에 도시로 줄행랑을 쳤다면서.

그날부터 목동은 비우를 타고 밤하늘을 날지 않았어. 가끔 비우가 먼저 목동의 등을 툭툭 치기도 했지. 목동은 많이 울었고, 울면서 흘린 눈물을 보충하듯 술을 마셔댔어. 취한 밤엔 소들을 잠못 들게 할 만큼 또 소리 내어 울었지. 그런데 그렇게 울며 술만 마시는 동안, 비우의 날개가 점점 작아졌어. 작아지고 작아지다가 줄기에서 마른 가지가 뚝 부러지듯, 날개라고 부르기도 뭣한 말라비틀어진 가죽과 뼈가 비우의 양 어깨에서 똑 떨어졌지. 깜짝 놀란 비우가 길게 울었지만 목동은 달려오지 않았어. 잔뜩 취해 늙은 은행나무에 기댄 채 졸고 있었거든.

코주부 형사가 능선 방목지까지 올라온 건 그날 오후였어. 소녀의 시신이 발견된 거야. 골짜기에서 오른쪽으로 크게 원을 그리며 돌다 보면, 방목지에 닿기 직전 소나무 숲을 지나. 그 숲에서 가장 오래된, 은행나무보다도 오백 년은 더 나이를 먹었다는 소나무는 산 것도 아니고 죽은 것도 아냐. 여전히 하늘을 향해 서 있긴 한데, 속이 몽땅 비었거든. 그 빈 몸통에서 소녀의 시신을 발견한 사람은 무당이었어. 해마다 봄가을로 산신령을 위한 기도를 바로 그나무 밑에서 드렸던 거야. 기도를 마치고 나면, 몸통에 뻥 뚫린, 사람 주먹 하나 겨우 들어갈 구멍에 정성껏 만든 음식들을 쏟아부었지. 그날도 갓 잡은 돼지의 머릿살부터 손으로 집어 구멍에 쑥

넣었는데, 이상한 게 만져졌던 거야. 두 눈 구멍이었다고도 하고 두 콧구멍이었다고도 하고 그냥 단 하나 입 구멍이었다고도 하는데, 말할 때마다 무당의 자랑이 달라졌지.

황소 타고 날아온 잡놈이 금이야 옥이야 키운 내 예쁜 손녀를……. 그 후로도 이야기는 길지만, 코주부 형사는 할머니의 욕을 한 귀로 듣고 한 귀로 흘린 뒤, 한쪽 코로 들숨 쉬고 한쪽 코로 날숨 쉰 뒤, 잡놈을 만나러 온 거야.

목동은 순순히 자신의 죄를 인정했지. 소녀와 함께 날개 달린 황소를 타고 날아다녔다고. 축사를 나온 소들을 발견하고 놀라 급히 내려갔는데, 소들을 축사에 넣고 보니 소녀가 없었다고. 형사를 축사로 직접 데려가서 비우를 보여줬지. 형사는 주먹만 한 코를 킁킁거리며, 날개가 붙어 있었다는, 점처럼 까맣게 변한 어깨 가죽을 확인한 뒤, 목동의 아랫배를 냅다 걷어찼어. 등과 허벅지를 잘근잘근 밟고는 침까지 뱉었지.

'머리에 피도 안 마른 놈이 대낮부터 술이나 처먹고, 누구한테 흰수작을 놔.'

다음 날 아침 송아지 열 마리가 실려 왔고, 목동은 다 자란 소 다섯 마리를 그 트럭에 실어 보냈지. 이번엔 비우부터 끌어냈어. 도살당한 비우의 살점은 우리 국밥집을 통해 손님들 뱃속으로 들어갔지. 비우란 걸 어떻게 아느냐고? 이마에 흰 점이 있는 소머리를 직접 봤으니까. 그리고 그 고기를 먹은 손님들이 하루 종일 붕붕 떠다녔으니까. 기분만 떠다닌 게 아니라, 보폭이 1미터인 사람이 2미터 혹은 3미터씩을 한 걸음에 걸었어. 진짜야! 비우의 가죽 중에서 팔아봤자 돈이 안 되는 새까만 어깨를 엄마는 공짜로 얻었어. 그걸로 만든 가죽 필통이 바로 이거야. 둥글고 검은 바로 이 점이 날개가 달렸던 자리지. 보이지? 요렇게 필통을 쥐면, 훨씬 높이 뛰어오를 수 있고 또 높은 곳에서 뛰어내려도 안전해. 거짓말 아냐. 교탁에서 여기까지 단숨에 날아볼까?"

잠시 서로 눈을 맞추던, 우정을 나눈 친구는 절대로 아니고, 나랑 같은 교실에 머물렀을 뿐인 동급생들이 동시에 웃음을 터뜨렸다.

수업 시작을 알리는 차임벨과 함께 담임 선생이 들어왔기 때문에, 교탁에서부터 혜경과 내가 앉은 맨 뒷줄까지 펄쩍 뛰진 않았다. 선생은 책상에 얌전히 앉아 묵묵히 책을 읽는 학생을 좋아했고, 일어나 돌아다니는 학생을 싫어했다. 자신이 교실로 들어서면 학생들이 모두 조용히 앉아 있기를 바랐다. 지금은 비우의 탁월한 비행술을 흉내 낼 상황이 아니었다. 그러나 곧, 어쩌면 오늘 청소 시간이나 내일 오전 수업 전에, 내 이야기를 증명하기 위해 올림픽 멀리뛰기 선수처럼 뛰어올라야 할지도 몰랐다.

청소 시간에 혜경의 무지개 필통을 훔쳤다. 유리 필통만 없으면 동급생들이 모여들지 않을 것이고, 내 필통에 얽힌 이야기도 차츰 잊힐 것이다. 훔친 필통을 뒷마당에 숨기려고 나가려는데, 동급생들이 혜경과 내 책상을 에워쌌다. 그들은 날아다니는 황소에 대해선 이미 관심도 없었다. 터무니없는, 증명할 가치조차 없는 명백한 거짓말로 간주한 것이다. 그 대신 혜경에게 무지갯빛을 보여달라

고 한목소리로 청했다. 미소를 지으며 선뜻 가방에서 필통을 꺼내
곤 했던 혜경이 고개를 저었다.

"싫어."

돌아가며 말을 보탰다.

"햇살이 지금 딱 좋아, 무지갯빛 만들려면."

"필통이 비누처럼 닳는 것도 아니잖아?"

"왜 못 보여주는데?"

나는 책상 밑으로 손을 내려 가죽 가방을 자꾸 만졌다. 훔친 필
통을 우선 거기에 감췄던 것이다. 필통도 가죽으로 만드는 엄마가
내 가방을 시장에서 돈 주고 살 까닭이 없었다. 필통은 아들을 위
해 드물게 만들었지만, 가방은 마을 아낙들이 부탁만 하면 잠을
줄여가며 완성했다. 엄마에겐 못 만들 가방이 없었다. 옷을 넣으
면 옷가방이고 화장품을 넣으면 화장품가방이고 책을 넣으면 책
가방이며 한숨을 넣으면 탄식가방이고 눈물을 넣으면 울보가방이
고 웃음을 넣으면 행복가방이었다. 혜경의 필통을 내 가방에서 아
무 일도 아니란 듯 자연스럽게 꺼내기엔 늦었다. 꺼내자마자 유리
를 통과하며 바뀐 빛이 교실 바닥이나 벽이나 천장 어딘가를 황
홀하게 만들 것이다. 혜경이 고개 돌려, 꼼지락대는 나를 봤다. 두
눈에 눈물이 그렁그렁했다.

"없어."

혜경이 답하는 순간, 담임 선생이 청소 검사를 하러 들어왔다.
장대가 장닭처럼 소리쳤다.

"혜경이가 필통을 도둑맞았대요."

선생은 도끼눈을 뜨곤 명령했다.

"다들 가방을 책상에 올리고 의자 뒤에 선다! 실시!"

오른손으론 지휘봉처럼 회초리를 휘젓고, 왼손으론 탐정처럼 가방을 하나하나 뒤졌다.

무지개 필통이 내 가방에서 나왔다.

고개를 숙인 채 회초리가 날아들기만을 기다렸다. 선생은 종아리나 손바닥만 골라 때리는 인자한 사람이 아니었다. 머리든 어깨든 등이든 엉덩이든 화가 풀릴 때까지 회초리를 휘둘렀다.

"바꿨어요."

선생의 회초리보다 혜경의 목소리가 먼저였다.

선생의 시선이 내게서 혜경에게 옮겨갔다. 동급생들의 시선도 따라갔다. 혜경이 샛노란 가방을 열곤 손을 집어넣었다. 햇병아리라도 꺼내듯 천천히 뺀 작고 고운 손엔 내 가죽 필통이 쥐어져 있었다.

"바꿨어요, 필통을!"

선생이 혜경에게 줬던 시선을 내게로 옮기며 물었다.

"사실이냐?"

"바꿨어요, 필통을!"

이미 뱉은 혜경의 말을 반복했다. 나처럼 상상력이 부족한 말썽꾸러기가 지어낼 법한 이야기가 아니었다. 어찌 되었든, 회초리를 맞은 학생은 없었으니 행복한 결말이었다.

방과 후에 혜경이 나를 따라왔으므로 완전한 결말은 아니다. 나는 개천을 따라 철강 회사의 붉은 물이 흐르는 서쪽 마을에 살고, 혜경은 물줄기를 모두 땅 밑으로 감춰 젖은 흙이 전혀 없는 동쪽 마을에 살았다. 혜경이 내 뒤를 강아지처럼 따르자, 등하교를 같이 하던 동급생들도 먼저 가버렸다.

담임 선생보다 혜경이 더 어려웠다.

선생이라면 회초리를 맞든 따귀를 맞든 맞고 나면 끝인데, 혜경의 반응은 상상이 되지 않았다. '바꿨어요, 필통을!'이라고 선생의 눈을 똑바로 보며 옅은 미소까지 머금은 채 거짓을 말한 학생은 혜경뿐이다.

솔직히 인정하기로 했다. 서쪽 마을로 접어드는, 오백 년을 훌쩍 넘은 참나무 아래에서였다.

"미안해."

"뭐가?"

"돌려줄게."

가방을 열려는데, 혜경이 말했다.

"나도 훔쳤는걸."

역시 쉽지 않은 상대다.

"장난치지 마. 내 필통을 왜 훔쳐?"

"그런 너는 내 걸 왜 훔쳤는데?"

궁지로 몰린 나는 상철이 형의 충고대로 무조건 이야기를 또 시작할까 생각했다. 황소의 마음을 훔친 목동 이야기였다. 내가 이야기를 꺼내기도 전에, 혜경이 가방을 맨 채 참나무를 오르기 시작했다. 그 시절 나와 함께 학교에 다닌 여학생 중에서 참나무를 맨손으로 올라간 이는 혜경밖에 없었다. 어떻게 그토록 나무를 잘 타는지 묻진 못했다. 내가 지어내려던 이야기보다 나무를 타는 혜경의 두 팔과 두 다리가 더 신기했다. 상상으로 만든 상황이 아니라 사실 그 자체였다. 혜경은 줄기에서 뻗은 하나 둘 셋 넷을 지나 다섯 번째 가지에서 멈췄다. 상철이 형 키보다 세 배쯤 높았다. 나보다는 다섯 배쯤 높다는 뜻이다. 가지에 걸터앉은 혜경이 가방끈에서 왼 어깨를 뺐다. 가방을 가슴으로 돌려 안고는 열었다. 가죽 필통을 꺼낸 뒤 팔을 다시 넣어 가방을 메고 일어섰다.

"내려와. 위험해."

"보여줄게."

"뭘?"

"내가 왜 네 필통을 훔쳤는지."

혜경은 어리석게도, 하늘을 날아다닌 황소 비우의 어깨 가죽으로 필통을 만들었다는 이야기를 사실이라고 믿었다.

"안 돼."

참나무 아래로 급히 가서 양팔을 벌린 채 고개를 들곤 섰다. 떨어지는 밤을 잡다가 가시에 손바닥을 찔린 적은 있지만, 짝꿍인 여학생은 처음이었다.

혜경이 필통을 쥔 오른손을 높이 들었다. 그리고 토끼처럼 허공으로 깡충 뛰었다.

감처럼 떨어지지도 않았고 밤톨처럼 굴러가지도 않았다. 필통을 쥔 혜경은 깃털처럼 부드럽고 천천히 내려와선 내 곁에 사뿐히 섰다.

"고마워."

여전히 두 팔을 벌리고 서 있는 내게 와서 볼에 입을 맞췄다. 그러곤 용수철을 양발에 단 인조인간처럼, 2미터에서 3미터씩 걸음을 옮겨 순식간에 멀어졌다.

엄마가 저녁 장사를 마칠 때까지 주방 옆 골방에서 기다렸다가 따지듯 물었다.

"진짜였어요? 가짜 아니고?"

"뭐가 진짜고 뭐가 가짠데?"

"비우 어깨 가죽으로 내 필통 만들었단 얘기. 그거 진짜냐고?"

엄마가 웃으며 내 코를 살짝 쥐었다가 놓은 뒤 답했다.

"진짜지. 넌 여태 엄마가 해준 얘기를 전부 가짜라고 여겼어? 요 엄지와 검지로 가죽을 딱 잡아보면 알아, 내 손에 오기까지 요 녀석이 어디서 얼마나 행복했고 또 어떻게 험한 꼴을 당했는지."

"난 매일 필통을 풀었다 맸다 해도 전혀 모르겠던데……."

"만 일쯤 가죽을 만지다 보면 모르고 싶어도 저절로 알게 돼."

엄마의 경이로운 능력을 처음 확인한 날이었다.

5
경이로운 꿈, 바람과 파도

"인생이 연극이라며? 초연부터 매진되는 작품이 몇이나 되겠어?
고치고 고치다 보면 어느 날 터지는 법이지. 그러니 우린 다시 만날 거야.
욕망이라는 이름의 전차를 타고. 그땐 꼭 성공할 거야. 장담할게."
—방지훈

"삼천! 유다정 당신이니까 이 가격으로 주는 거야. 부르는 게 값
이라는, 바로 그 버킨! 돈이 있다 해도 구하기 힘든 건 알지? 매장에
진열된 걸 구경만 했지, 나 방지훈의 손에 들어온 건 처음이라고."

부탁한 버킨의 사이즈는 25, 30, 35, 40센티미터 이렇게 넷이다.
내가 들기에 25는 살짝 작고 40은 조금 크다.

"에토프 컬러가 확실하지?"

"맞다니까. 토고(togo) 가죽에 에토프 컬러!"

서울에서 방죽포해수욕장까지 차를 몰고 내려갔다. 대부분의
업무를 인터넷으로 처리한다 쳐도, 주소라고 여수 돌산도를 불러
줄 줄은 몰랐다. 병행수입한 명품을 오픈마켓을 통해 온라인으로

만 판매하는 것도 재주라면 재주였다. 점찍어둔 명품이 있는 곳이라면, 럭셔리 매장은 물론이고 아울렛까지 여러 나라를 훑고 다녀야 했다.

전화나 문자를 남겨도 연락이 곧바로 오는 경우는 드물었다. 반복해서 대는 핑계는 시차다. 방지훈은 명품 '바잉(buying)'을 위해 자주 길 위에 있었다. 들어도 어딘지 상상하기 힘든 도로명 앞에 파리, 런던, 마드리드, 밀라노가 붙었다. 뒤늦게 병행수입에 맛을 들인 그를 '방병'이라고 놀리기도 했다.

오랜만에 지훈의 전화를 받은 날은 횡성 목신의 숲 움막에서 독주 한 병을 비우고 내려온 직후였다. 정목의 부축을 사양한 채 비틀거리며 밤길을 걸어 황토방에 닿았다. 간단히 세수만 하고 누우니 자정이 넘었다. 방음이 철저한 녹음실 같은 방인지라, 아이폰 진동음이 유난히 크게 들렸다. 발신자를 확인하니 방지훈. 아무 때나 통화하는 몇 안 되는 친구.

독고찬과 헤어지지 않았다면 즉답을 줬을 것이다. 세 달 치를 한꺼번에 모아서 사버렸으리라. 에르메스 에토프 컬러 버킨은 내가 꼭 갖고 싶은 가방이니까.

정목은 돈이 필요하면 언제든지 연락을 달랬지만, 나는 용돈을 그냥 받은 적이 단 한 번도 없었다. 불어교육과에 입학한 뒤부터 목신통신에서 필요한 프랑스어와 영어 번역 업무를 맡았다. 처음엔 아르바이트 삼아 시작했지만, 4년 넘게 하다 보니 실력도 늘고 작업량도 많아졌다. 내가 가진 여유 자금은 이천만 원이 전부였다.

독고찬의 애인이라면 삼천만 원을 시원하게 카드로 그었겠지만.

"당장 답을 줘야 하는 건 아니지?"

"내일 밤까지 기다려줄게. 단골들이 줄을 섰어. 오천 아니 칠천에라도 사겠다더라고. 유다정 당신이 미리 부탁도 했고 또 우리 사이가 각별하니……."

"갈게. 기다려!"

장사꾼은 역시 장사꾼이다. 병행수입업자가 되기 전이라면, 평생 기다리겠다고 너스레를 떨었겠지. 각별하다면서 하루밤에 여유를 주지 않다니!

독고찬과 헤어졌단 소문이 지훈에게 닿았을지도 모른다. 칠천만 원에라도 사겠다며 줄을 섰다는 단골 중엔 나와 독고찬을 함께 만난 이도 있었다. 세상은 좁으며, 버킨이나 켈리를 원하는 이들의 관계망은 더 좁았다. 사실과 허구가 여기보다 시끄럽게 뒤섞인 판도 없을 것이다.

다음 날 새벽, 횡성에서 서울로 올라온 나는 차를 몰고 곧장 여수로 향했다. 지훈은 커피라도 마시자며, 방죽포해수욕장의 카페 이름을 두 번이나 불러줬다.

"메종 벨라리바. 메종 벨라리바! 드립 커피 맛이 딱, 유다정 네 스타일이야."

내비게이션에 카페를 검색하여 찍고 내려왔는데도 방죽포 입구 교차로를 지나쳤다. 대율항과 소율항 거쳐 향일암항까지 갔다가 되돌아왔다. 소율항을 지날 즈음 길을 잘못 들었음을 깨닫고

헛웃음과 함께 경적을 울렸다. 그럼에도 불구하고 바다가 훤히 내려다보이는 해안도로를 따라 향일암항까지 나아갔다. 짙푸른 바다가 썩 다가와선 발목을 감쌌다. 해초들이 무릎을 지나 허리를 감고 어깨까지 올라오는 듯했다. 숨을 들이켤 때마다 코와 입에서 갯내가 났다. 어젯밤 횡성에 쏟아진 눈과 그 눈을 이고 선 자작나무 숲과 그 속에서 정목과 나눈 대화가 꿈만 같았다.

횡성은 겨울로 접어들었지만 돌산도는 아직 가을이었다. 스산한 가을이 아니라 따스한 초봄 같은 가을! 바다는 푸르고 하늘은 높고 햇살은 고왔다. 전망 좋은 곳마다 차들이 서 있었고, 차에서 내린 사람들은 바다를 향해 파도를 닮은 표정을 지었다. 그들이 가리키는 아스라이 먼 푸르름이 출렁거렸다. 가까이 와도 좋고 오지 않더라도 상처가 되지 않는 꿈!

두 군데서 차를 잠시 세웠지만 내리진 않았다. 손수건을 꺼내 마스카라가 번지지 않도록 젖은 눈가를 닦았다. 풍경이 아름다울수록 서러움이 차올랐다. 울지 않으려 앞니로 아랫입술을 깨물었지만 슬픔을 누르진 못했다. 수채화 물감이 도화지에 번지듯 그여자 얼굴이 겹쳤다.

지훈이 돌산도 방죽포로 오라 했을 때, 나는 잠시 가슴을 주먹으로 두드렸다. 여수는 형숙 씨와 경신의 마지막 여행지였다. 여수를 돌아보고 올라오던 길에 구례교에서 다리 난간을 들이받고 추락했다. 형숙 씨는 여수에 가고 싶다고만 했지 돌산도까지 언급하진 않았다. 그러나 여수에 왔으니 돌산도로 들어가자 했을 테고,

돌산도로 갔다면 향일암까지 차를 몰았을 수도 있다. 그랬다면 정말 그랬다면, 해안도로를 달리다가 풍경 좋은 곳에서 잠깐잠깐 차를 세우고 바라봤으리라. 더 멀어서 더 아름다운 희망도 이야기했으리라. 방죽포해수욕장을 지나친 실수를 형숙 씨와 경신의 마지막 발자취를 더듬는 기회라고 내 멋대로 간주했다. 지훈에게 선뜻 내려가겠다 한 것도, 기차나 버스 대신 직접 차를 몬 것도, 이 길에 멈추려 한 것이 아니었을까.

형숙 씨와 경신이 여수에서 꿈꾼 바닷길을 나는 모른다. 형숙 씨가 여행과 노래를 업으로 삼아 계획을 잔뜩 세우는 스타일이니, 기차나 비행기 외에 배에서만 경험하고픈 일들을 경신에게 들려줬을 것이다. 경신은 더 멀리 나아가고픈 형숙 씨를 사랑스런 눈으로 바라보았겠지. 그들의 여행 계획에 내 자리가 매우 작거나 없더라도 섭섭하지 않다. 맘껏, 그들이 그 바닷길을 누리지 못한 것이, 누리고 돌아와 형숙 씨가 하는 자랑을 듣지 못한 것이, 돌산도에 왔지만 그들이 머문 자리를 확정 못하는 것이 안타까울 뿐이다.

눈가를 훔치긴 했지만 흐느껴 울진 않았다. 고개를 든 채, 흐를락 말락 하는 눈물을 미리 막았다. 아직은 비명에 간 부모를 떠올리며 울 때가 아니었다. 펑펑 소리 내어 울고 싶으면 다시 혼자 돌산도로 오리라.

방죽포해수욕장 주차장에 차를 세웠다. 립 컨디셔너를 다시 입술에 바르면서 드라이빙 슈즈를 벗었다. 뒷자리에 둔 르메르 울 코트를 집어 하얀 실크 원피스 위에 입었다. 운전석 문을 반만 연

후, 지미추 로미를 신고 일어섰다.

모래사장보다 솔숲이 먼저 나를 맞이했다. 해수욕장을 병풍처럼 두른 소나무들은 백오십여 그루가 넘었다. 굽거나 뒤틀리지 않고 쭉쭉 뻗은 모습이 시원했다. 바람을 맞고 바람을 견디고 바람을 막고 바람을 타이르고 바람을 훑고 바람을 품고 바람을 잠재우는 것이 소나무들의 역할이었다. 바람에게 시달리며 평생을 살면서도 그 바람이 없으면 아무것도 아니니, 애증이란 단어가 딱 어울렸다.

여름 내내 텐트가 놓였을 법한 야영장에도 사람이 전혀 없었다. 빈 의자에 앉은 후 눈귀가 올라간 여우를 닮은 선글라스를 벗었다. 항아리처럼 움푹 들어간 지형에 소나무 숲까지 있으니 바닷바람이 몰려와도 활개를 치기 어려웠다. 갇혀 휘돌며 가지와 줄기를 흔들다가 잦아들었으리라. 모래사장을 적시는 파도는, 가만가만 아가에게 낮잠을 권하며 등을 토닥이는 엄마의 손길 같았다.

지훈의 손길도 그랬다.

연극동아리 '폭풍'에 들어온 신입생은 열 명이었다. 남학생이 일곱, 여학생이 셋. 지훈은 여러모로 주목받았다. 0.1톤은 족히 넘을 만큼 뚱뚱했고, 덩치에 어울리지 않게 춤에 능했으며, 간드러진 미성의 노래 솜씨도 일품이었다. 많이 마시고 빨리 취하고 또 빨리 깨는 말술이었다. 누구를 만나든지 통성명을 어려워하지 않았다. 다만 한 가지 부족한 점은 연기력이다. 사사로운 자리에서 노래 부르고 춤출 때는 자연스런 표정이 나왔지만, 무대에만 오르면 눈도 코도 입술과 혀도 현무암처럼 굳었다. 선배의 따끔한 지도도 동기들의 넉넉한 배려도 소용없었다. 소품 담당부터 무대 감독까지, 무대 뒤 스태프론 실력 발휘를 했지만, 봄과 가을 동아리 정기 공연에서 배우로 무대에 오른 적은 없었다. 그래도 무대에 서긴 했는데, 막을 올리기 전이나 막과 막 사이 분위기를 띄우기 위해 춤추고 노래하는 역할이었다. 삐에로 분장을 하는 경우가 많았다. 그렇게라도 무대에 서봤으니 다행이라며 전혀 섭섭한 내색을 하지 않았다.

2학년으로 올라갈 때 다섯이 나갔고, 3학년 땐 또 넷이 나갔다. 4학년까지 폭풍에 머문 이는 나뿐이다. 내게도 한 차례 위기가 있긴 했다. 1학년 2학기 가을 축제에 올릴 연극은 『로미오와 줄리엣』이었다. 주연은 2학년 이상 회원 중에서 오디션을 통해 뽑는 것이 동아리 전통이었다. 나는 이 전통을 구습(舊習)이라고 비판했다. 1학년 1학기 때는 동아리 사정도 익히고 연극을 준비해서 올리는 과정을 배우기 위해 기꺼이 스태프와 단역을 맡았다. 그러나 이미 한 학기 동안 동아리 활동을 했으므로, 2학기 때는 선배들과 동등하게 오디션을 보는 것이 타당하다는 의견을 냈다. 지훈은 달걀로 바위 치는 격이라며 말렸지만, 나는 고집을 꺾지 않았다. 동아리 전체 회의가 열렸는데, 의외로 내 문제제기가 받아들여졌다. 오디션에서 줄리엣 역에 도전했지만 심사를 맡은 지도교수와 졸업한 선배들로부터 신랄한 비판을 십오 분이나 듣고 떨어졌다. 나중에 지훈이 듣고 전해준 바로는 선배들의 권위에 도전한 신입생에게 망신을 주기 위해 꾸민 일이라고 했다.

그런데 공연을 이틀 앞두고, 줄리엣 역을 맡은 3학년 선배가 리허설 도중 복통을 호소하며 응급실로 실려 갔다. 맹장 수술을 받았으니 무대에 오르긴 불가능했다. 줄리엣 역으로 오디션을 봤던 회원들을 수소문했다. 모두 다섯 명이었는데, 내가 대타로 뽑혔다. 오직 나만이 줄리엣의 대사를 완전히 암기하고 있었다.

이틀 연습하고 무대에 올랐으니, 그것도 첫 주연작이니, 제대로 공연을 했다고 자랑하긴 힘들다. 포스터까지 교내외에 붙인 상황이었으므로, 공연을 취소하지 않은 것만도 다행이었다. 그때부터 지훈은 보디가드를 자처했다. 내게 필요한 남자는 로미오였지만, 언제나 내 편인 보디가드를 한 명 두는 것도 나쁘진 않았다.

3학년 봄에 입대한 지훈과 재회한 것은 오 년 뒤였다. 이 년 이 개월 뒤 그가 제대를 하고 복학했을 때 나는 이미 연예기획사에서 연습생 생활을 시작했다. 문자만 한 번 주고받았다. 최전방에서 30킬로그램을 감량한 모습을 보고 싶으니 약속 날짜를 잡자고 했지만, 지훈이 핑계를 대며 피했다. 그리고 이 년 십 개월이 더 지난 뒤에야 곧바로 나를 만나러 오지 않은 이유를 들을 수 있었다. 약속 장소인 대학로 순댓집에 마주 앉아서도 못 알아볼 뻔했다. 그 옛날의 '방뚱'은 온데간데없고, 날씬한 청년이 앉아 있었다. 소주잔을 막 털어넣자마자 지훈이 대못을 박듯 말했다.

"방지훈 나는 말야…… 유다정 당신이…… 대학로 여기 어느 극단에서 주연은 아니더라도 조연, 조연은 아니더라도 단역이라도 하며 버티고 있을 줄 알았어."

자기 자신을 '방지훈 나는'이라 하고 나를 '유다정 당신'이라 부른 첫날이었다. 군대에서 생긴 말버릇인지는 모르겠지만, 그 후로 줄곧 그는 자신의 이름과 내 이름을 강조하듯 그런 식으로 말했다. 처음엔 어색했지만 자꾸 들으니 리듬을 타며 입에 착착 감겼다.

대학 시절을 통틀어 내가 가장 많이 만난 동기가 바로 방지훈이다. 동아리에선 매주 희곡 읽기 소모임을 가졌다. 적을 때는 서넛, 많아도 예닐곱을 넘진 않았다. 나는 물론 사 년 내내 모임에 나갔고, 지훈도 입대 전까진 빠진 적이 없었다. 모이는 시간은 토요일 아침 열 시부터 저녁 여섯 시까지고, 마친 뒤엔 저녁을 겸한 뒤풀이를 제법 길게 했다. 일주일 전에 다음 작품을 정하고 참석 가능한 회원을 확인했으며, 낭독할 대목을 엇비슷한 분량으로 나눴다.

나는 욕심이 점점 늘어 토요일이 아닌 다른 날에도 희곡을 읽고 싶었다. 그때 지훈이 결정적인 도움을 줬다. 내가 여주인공에만 집중하도록 나머지 역할을 모두 맡은 것이다. 서너 배역은 보통이었고, 어떤 날은 스무 명이 넘는 각기 다른 목소리를 내야 했다.

『오셀로』를 낭독한 밤이 특히 기억에 남는다. 나는 물론 데스데모나 역을 맡았고, 지훈은 오셀로를 비롯한 나머지 등장인물 전부를 연기했다. 다른 날은 내가 일어나서 연기를 곁들여 낭독을 하고, 지훈은 의자에 앉아 서투르지만 열심히 대사를 읽었다. 그런데 그날은 지훈도 일어나서 오셀로의 대사를, 손발을 놀리는 것은 물론이고 표정까지 지어가며 낭독했다. 특히 데스데모나를 죽이는 장면에선 목을 너무 일찍부터 조르는 바람에 내 대사를 제대로 하기 힘들 지경이었다. "내일 죽이세요. 오늘 밤엔 살려줘요"라는 대사와 "반 시간만, 기도 한번 할 틈만요!"라는 대사와 "오 주님, 주님, 주님!"이란 대사도 못한 채,* 데스데모나는 죽고 말았다. 그 뒤로는 데스데모나의 대사가 없기 때문에 그날의 낭독은 거기서 끝이 났다. 내 목에서 손을 뗀 지훈은 미안하면서도 뭔가 더 복잡한 표정을 지었다. 자신의 양손을 한참 동안 내려다보다가 고개를 들곤 말했다.

"어떤 일이 있더라도, 네 목을 조르진 않을게. 오셀로가 널 위협할 것 같으면 오셀로를 차라리 죽일게."

희곡집과 제본한 대본들로 무거운 가방도 대신 들어줬다. 내 가방은 반드시 내가 든다는 원칙을 세우고 지금까지 살아왔지만 지훈만은 예외였다. 내가 집기도 전에 그가 먼저 가방을 어깨에 메고 일어서는 날이 많았다.

4학년에 올라간 후론 일 년 꼬박 셰익스피어 작품만 소리 내어 읽었다. 지훈이 곁에 없어 아쉬웠다. 셰익스피어를 완독하며 마지막으로 접한 희곡이 『템페스트』였다. 연극동아리 이름이기도 했다. 연기에 대한 열망이 폭풍처럼 휘몰아쳤다. 아무리 작은 무대라도 서리라. 단 한 명을 위해서라도 가리라. 축사에서 양떼를 위해 연극을 했다는 기사를 읽었다. 양떼든 소떼든 새떼든 하물며 쥐떼더라도 상관없다는 생각을 그때 했다.

늦가을 방죽포 바다를 보며 가만히 외웠다.

"수만 길의 바다보다는 차라리 한 에이커의 메마른 땅이 더 좋겠다. 히스나 갈색 가시 금작화가 자라는 불모지라도 좋다. 하늘에 계시는 신의 뜻대로 되어지이다! 하지만 난 육지에서 죽고 싶은 마음 간절하다."*

"곁을 허락해 주시렵니까?"

페인트칠이 군데군데 벗겨진 낡은 나무 의자가 먼저 내 옆에 놓였다. 고개를 돌리기도 전에 얇은 목소리의 주인을 알아차렸다. 무스탕 가죽 점퍼 아래 톰브라운 네이비 팬츠와 구찌 홀스빗 로퍼를 신었다. 명품을 찾는 고객에 대한 최소한의 예의라고 했다. 의자에 앉은 지훈은 깍지 낀 손으로 턱을 받히곤 모래사장을 쳐다보며 말했다.

"유다정 당신…… 탁 트인 야외를 좋아하는 건 여전하네? 카페로 약속을 잡으면 꼭 근처 공원이든 놀이터든 하다못해 버스정류장 벤치에 앉았다가 오곤 했잖아? 오늘도 혹시 그러려나 싶어 테라스로 나와선 바닷가를 살피고 있었지."

그의 어깨 너머로 테라스가 있는 카페를 찾았다. 바다로 흘러드는 천을 지나 삼층 건물이 눈에 들어왔다. 나뭇가지에 가려 보이지 않던 이름, 메종 벨라리바.

나는 지훈과 모든 면이 달랐다. 물러서고 홀로 걷고 웅크리는 썰물이 나라면, 나아가고 함께 뛰놀고 팔다리를 쭉쭉 뻗는 밀물이 지훈이었다. 그럼에도 지훈에게 곁을 내준 것은 그가 내 속마음을 언제나 정확히 알아차렸기 때문이다. 그 솜씨가 녹슬지 않았는지 궁금했다.

"중국에 있는 줄 알았어. 상하이 푸동 거리에서 봤다는 소문도 있고."

"뉴욕이나 베를린에선?"

"거기도!"

"한 바퀴 두루 돌다 올 때가 되기도 했지."

"파리만 다녀온 거야?"

"응! 생토노레."

거기 에르메스 본점이 있다. 포부르 생토노레 거리 24번지. 가방에 관심이 있는 사람이라면 누구나 외우는 주소.

"어디 있어?"

빈손이다. 지훈이 턱을 들었다. 가지가 바람에 흔들리고, 그 위로 뭉게구름이 또 흔들렸다.

"뭐가 그리 급해?"

"서울에 매장 낸단 소문 돌던데, 아냐?"

"그랬으면, 여기서 유다정 당신을 만날 일이 없겠지."

"꽤 번 거 아냐? '방병'으로 나선 지도 한참 지났잖아? 오프라인 매장은 그렇다 쳐도 왜 자사몰 하나 안 내고 아직도 오픈마켓이야?"

"빌딩이라도 올렸을까 봐? 다들 유다정 당신처럼 방지훈 나를 도와줬으면 형편이 지금보단 폈겠다. 이 일도 쉽지 않아……. 많이 기다렸어?"

"기다리라며?"

지훈의 전화가 줄어든 것은 내 탓이기도 했다. 천만 원 아래로 고만고만한 명품 가방은 브랜드별로 거의 다 샀다. 에토프 컬러 버킨백부터 거론하는 것이 그에게도 부담이었다. 나는 말머리를 돌렸다.

"근데 왜 하필 여수 방죽포야? 넌 서울 하고도 사대문 안에서 태어났다고 늘 자랑했잖아?"

통화 말미에 사는 곳이 어디냐고 두어 번 물었다. 지훈은 이 핑계 저 핑계를 대며 거주지를 알려주지 않았다. 택배에 적힌 발신지는 경기도 평택이었다. 방죽포에 살면서 평택에 창고를 둔 걸까. 불가능하진 않다.

"방방 뜰려고 그런다! 나 방지훈에게 방죽포만큼 어울리는 곳이 또 어디 있겠어? 유다정 당신이 내 고향을 다 기억하다니 황송하네. 방죽포가 서울에서 멀긴 해. 나도 해남까진 가봤지만 여수에 내려올 기회는 없었거든. 열 명이서 차 세 대에 나눠 타고 놀러 왔다가 나만 남았지. 유다정 당신은 그런 적 없어? 오늘 처음 들었는데 예전에 꼭 한번 들어본 것 같은 가방! 방죽포가 그랬어. 오래오래 여기서 산 것 같더라고. 대한민국은 나 같은 놈에겐 축복 같은 땅이지. 여수하고도 돌산도 방죽포 해변까지 초고속 인터넷이 빵빵 뚫리니까. 바잉만 제대로 해서 들여오면, 오픈마켓에 명품들 올리고 주문받고 배송하는 거야 어디서든 가능해. 돌산도 바다가 엄청 이뻐. 방죽포를 걷노라면 지중해가 펼쳐진 남프랑스 해변 같다니까."

지훈의 자랑을 단번에 부셨다.

"여긴 너랑 전혀 안 어울려. 잔잔하고 고요하고 심심할 텐데…….
대도시 체질이라고 입버릇처럼 떠벌린 사람이 누구였더라?"

지훈이 피식 웃었다. 갈매기 두 마리가 돌림노래를 하듯 울었다.
내 다리를 내려다보며 권했다.

"춥지 않아? 앉아 있긴 바람이 찬데…… 잠시 걷자."

해변이 아니라 방죽포 길로 접어들 때는 메종 벨라리바가 목적
지인가 싶었다. 그러나 지훈은 카페를 쳐다보지도 않고 지나쳤다.
횟감이라도 내가려는 듯 물탱크를 실은 트럭 두 대가 나란히 길
을 막고 섰다. 방파제 아래로는 어선 서너 척이 잔물결에 흔들렸
다. 내해와 외해를 돌며 그물질을 하고 만선으로 돌아와선 편히
쉬는 어부의 콧노래 대신 간드러진 트로트 메들리가 라디오에서
흘러나왔다. 까무잡잡한 피부에 깡마른 일꾼 두 명이 차에 삐딱
하게 기대서선 담배를 나눠 피며 낄낄거렸다. 우리가 다가가도 잡
담을 멈추지 않았다. 빠르게 이어지는 대화를 알아듣기 힘들었는
데, 한국말이 아니었다. 지훈이 바잉을 위해 익힌다는 영어도 프랑
스어도 이태리어도 아니었다. 남자들의 피부를 보며 동남아시아의
몇몇 나라를 떠올렸다. 앞서 걷던 지훈이 돌아서선 내가 오기까지
기다렸다.

"타갈로그어야."

필리핀 원주민의 언어라고 했다. 지훈은 그들과 안면이 있는지

가볍게 팔을 들어 인사했다.

"까무스타 까(Kamusta Ka)."

두 남자도 동시에 "까무스타 까"로 받았다. 지훈이 내게 설명했다.

"안녕하세요! 인사한 거야."

지훈은 살을 뺀 뒤 걸음걸이부터 달라졌다. 뒤뚱거리지 않고, 성큼성큼 사라졌다가 성큼성큼 나타났다. 지훈이 전방 초소를 오가며 근무를 섰던 이 년 이 개월 동안, 내 삶도 바뀌었다. 대학을 졸업했고, 연예기획사에서 오디션을 봤다. 졸업식을 하던 날까지 내게 연예기획사는 생소한 단어였다. 식을 마치고 정목과 함께 사진을 찍고 신촌에서 늦은 점심을 먹고 헤어져 자취방으로 돌아가는 길에, 말로만 듣던 길거리 캐스팅 제의를 받았다. 그 제의보다 먼저 대학로에서 창작극 전문 극단에 소속된 선배와 만날 약속을 정했었고, 정목과 점심을 먹으면서는 연극배우의 길을 가겠다고 밝히기까지 했다. 정목은 내가 어린 시절부터 가방에 숨어 연기를 곧잘 했다고 추억했다. 어느 날은 잠자는 숲속의 공주, 어느 날은 백설공주, 어느 날은 평강공주였다는 것이다. 그때 가방은 변신을 가능하게 만드는 요술문이자 무대였다. 선배와 약속한 날까진 보름 정도 여유가 있었다. 구경 가는 셈 치고 기획사에 들렀다. 그때부터 삶이 덜꺼덩거리기 시작했다.

연습생 생활이 시작된 것이다. 삼 년이 한 호흡처럼 지나갔다.

독립영화에서 단역을 열 번쯤 한 후 조연을 두 번 맡았다. 아침 드라마에도 대사가 서너 마디 있는, 주인공 친구로 잠깐 출연했다.

연극을 꾸준히 하고 싶었지만 기획사에서 막았다. 시간만 많이 들고 돈이 안 된다는 이유였다. 영화나 드라마로 어떻게든 승부를 봐야 한다고 했다. 주인공을 맡기로 한 독립영화가 엎어진 날, 기획사 대표는 엉뚱한 제안을 했다. 여성 5인조 아이돌 그룹을 내년에 데뷔시킬 예정인데, 기회를 주고 싶다는 것이다. 노래는 어디까지나 취미였고, 연기로 끝장을 보려는 마음뿐이었다. 내가 거절하자, 제멋대로 굴면 더 이상 데리고 있기 힘들다는 험한 말까지 대표의 입에서 나왔다. 어망에 걸린 물고기 신세였다.

기막힌 제안을 들은 저녁, 지훈을 대학로 순댓국집에서 만났다. 대학로 극단에 들어가서 연극에 몰두하고 있을 줄 알았다는 지훈의 말에 국그릇을 엎었다. 이번에도 지훈이 내 속마음을, 삼 년 내내 곪아가던 상처를 너무나도 정확히 짚은 것이다. 그래도 금방 인정하긴 싫어서 버텼다.

"길이 언제나 딱 하나야? 꼭 연극판으로 가야 하는 거냐고? 삼 년 동안 오로지 연기만 냅다 팠어. 도움이 된다면 뭐든 배웠지. 발레도 전통무용도 노래도! 어디를 거쳐 왔는가보다 중요한 건 실력이야. 맡은 배역을 얼마나 해내는가라고. 왜 이 길이 아니고 저 길로 갔느냔 헛소리나 지껄일 거면, 꺼져! 다신 나타나지 마."

정성껏 반복하며 익힌 독심술이 상처를 줄 수도 있다는 걸 지훈은 몰랐다. 그에게 낸 역정은 내 마음이 흔들린단 반증이었다. 기획사에 속한 자신을 합리화시킨 주장도 그날이 마지막이었다. 5인조 여성 아이돌 그룹 '그레이스'는 연기에 전부를 건 나에게서 가장 멀리 있었다.

"자!"

지훈은 방파제 옆 갯바위로 서너 걸음 올라간 뒤 돌아서선 손을 내밀었다. 어느새 물탱크로 올라간 일꾼들은 어선에 있던 활어들을 옮겨 담느라 바빴다. 나는 고개를 들어 눈으로 물었다.

어딜 가려고?

그가 어깨를 으쓱 들어 올렸다가 내렸다. 내가 어려서부터 긴장을 풀고 너그러워질 때 자주 취하는 동작이었다. 그 습관을 지훈은 잊지 않았다.

어디든, 네가 가자는 곳이라면.

지미추 로미를 벗어 왼손에 들고 오른팔을 뻗자 그는 힘껏 잡아당겼다. 추를 매단 도르래에 딸려가듯 그가 버티고 선 경사면까지 단숨에 올랐다. 발을 디딜 만한 우둘투둘한 홈이 비스듬히 횡으로 나 있었다.

"따라 디뎌."

그가 손을 놓곤 몸을 돌려 앞장을 섰다. 발자국을 포개듯 조심조심 발을 놀리며 뒤따랐다. 열 걸음쯤 뗐더니, 짠 내가 바람을 타고 콧속으로 훅 들어왔다. 갈매기 울음과 함께 수평선이 펼쳐졌다. 막힘없이 탁 트인 바다였다. 서둘러 선글라스를 벗었다. 우물에서만 놀던 개구리가 처음 바다와 맞닥뜨린 심정이랄까. 파도가 들이치는 갯바위 아래쪽엔 낚시꾼이 하나 둘 세 명이었다. 일행은 아닌 듯, 간격을 두고 각자의 낚싯대를 노려보거나 흔들거나 다시 허공으로 올렸다가 던져 넣었다.

지훈은 비비안웨스트우드 로고가 선명한 푸른 손수건을 꺼내 깔았다. 나는 사양하지 않고 앉았다. 우리는 잠시 바다를 바라보았다. 솔숲에서 본 해수욕장의 잔잔한 바다와는 사뭇 달랐다. 파도는 사정없이 바위를 치고, 바람은 바위에 앉은 우리를 내쫓듯 휘감았다. 나는 허리를 젖혀 그의 등 뒤로 얼굴을 감췄다. 바람살에 상기된 볼을 가라앉히려 했다. 그는 가슴을 내밀며 양팔을 십자가처럼 벌렸다.

"이제 나랑 어울려?"

잔잔하고 고요하고 심심하다는 평에 돌산도 앞바다의 또다른 면모를 보여준 것이다. 장쾌하고 시끄럽고 거칠고 순간순간 변화가 잦았다. 그 변화에 맛을 들이면 심심하다며 방구들이나 두드리고 누울 겨를이 없을 듯했다.

동아리 친구들은 지훈이 행동보다 말이 앞선다고 했지만, 내 생각은 완전히 달랐다. 내 인생에 개입할 때는 언제나 행동이 먼저였고, 말은 시간이 한참 지난 뒤에야 따라왔다. 시시콜콜한 것까지 대부분을 의논하면서도 중요한 결정은 혼자 했다.

행동이 앞서니 비밀이 쌓일 수밖에 없는 사람이었다. 지훈이 그레이스의 매니저로 들어왔을 때도 전혀 귀띔이 없었다. 다섯 명의 팀원이 합숙하는 아파트에서 연습실까진 한 시간이 걸렸다. 지훈은 반년 가까이 우리를 매일 승합차에 실어 날랐고 각종 생활용품 구입부터 온갖 허드렛일을 도맡았다. 지훈도 나도 대학 시절부터 막역한 친구란 걸 밝히진 않았다. 매니저로 취직한 까닭을 추궁하지도 않았다. 지훈은 늘 그렇게 말보다 행동이 앞섰으니까. 이유를 따진다고 곧바로 답할 사람도 아니니까.

아이돌 그룹에 끝까지 남은 멤버는 나였다. 데뷔 일정이 계속 연기되고, 받기로 한 타이틀곡도 나오지 않더니, 혹독하게 연습을 시키던 안무가도 발길을 끊었다. 기획사 대표가 잠적했다는 소식이 인터넷 사이트에 뜬 저녁, 네 명이 짐을 꾸려 숙소를 나갔다. 자정 무렵 지훈에게서 문자가 왔다. 개인적인 문자는 처음이었다.

– 어디야?

– 어디긴!

지훈은 자정이 넘어 숙소로 들어섰다. 반년 동안 출퇴근을 도맡았지만 지하 주차장에서 늘 대기했다. 매니저라도 여자 다섯 명만 사는 숙소 출입은 엄격하게 금했다.

"왜 아직 이러고 있어?"

빈 여행 가방 두 개를 들고 현관으로 들어선 지훈은 따져 묻기부터 했다. 나머지 멤버들이 숙소를 나가 뿔뿔이 흩어졌단 사실을 이미 알고 있었다.

"아직 통보를 못 받았어."

미련을 버리지 못했다. 이대로 접긴 너무 아섭고 아까웠다. 삼 년하고도 육 개월이다. 이십 대 빛나는 시절을 연습실에서 연습하고 연습하고 연습만 하며 보냈다. 기획사 대표는 딱 일 년만 아이돌 그룹을 하고 이름을 얻은 뒤엔 연기자 겸업을 시켜주겠다고 했다.

삼 년 반 동안 쌓고 쌓고 또 쌓은 약속이 한순간에 재가 되었다.

그 날도 지훈은 말보다 먼저 움직였다. 여행 가방을 나란히 연 다음 내 짐들을 챙겨 넣기 시작했다. 학창 시절부터 늘 하던 일이라서 그런지 익숙하고 자연스러웠다. 나는 가방 지퍼를 거칠게 닫곤 막았다.

"난 아직 그레이스야!"

그가 다시 가방을 당겨 열었다.

"그레이스는 없어. 태어나기도 전에 죽었어."

내가 다시 막으려 들자 두 손목을 고쳐 쥐었다. 눈을 맞췄다.

"그만 가자!"

갯바위에서 내려올 때도 지훈의 손에 의지했다. 바위를 오르내릴 줄 알았다면 힐을 신지 않았을 것이다. 해수욕장이라고 하니, 파도가 밀려오는 해변을 가볍게 산책하는 정도라고 여겼다. 그땐 발이 시리더라도 맨발로 잠시 걸을 생각이었다. 올라갈 때보다 더 꼭, 손바닥에 손톱 자국이 날 정도로 손을 쥐었다. 학창 시절 더러 그의 손을 잡기도 했다. 연인처럼은 아니지만, 내가 팔짱을 끼거나 손을 잡을 때 그가 거절하거나 물리친 적은 없었다. 그가 먼저 내 손을 잡은 적은, 있었을 수도 있지만 기억나지 않는다. 잡더라도 곧 놓았다. 손을 잡으면 괜히 어색해지는 사이였다. 어색함을 극복하기 위한 노력을 나도 지훈도 한 적이 없다.

손을 놓고 콘크리트를 깐 방죽포 길을 나란히 걸었다. 트럭들은 보이지 않았고 어선은 다섯 척이 더 늘었다. 어부들은 그물을 챙기거나 갑판을 밀대로 훔치거나 담배를 물고 앉아선 방금 들어왔던 바다를 쳐다보았다. 어제도 하고 그제도 한, 아버지도 하고 할아버지도 한 일이지만, 할 때마다 느낌이 다르다는 표정이었다. 어부가 물고기를 잡는다기보다 바다가 어부에게 물고기를 선물한다는 것이 더 맞는 이야기라는 주장이 언뜻 생각났다. 어선을 몰고 나가 그물을 내리고 또 올리지만, 결국 바다가 하는 일이란 뜻이다. 어부로서의 긍지와 고단함이 담배 연기에 뒤섞였다.

갯바위에 오르느라 긴장한 탓인지 발목과 무릎이 무거워졌다. 종아리와 허벅지도 땅겼다. 편히 앉아 쉬고 싶었다.

메종 벨라리바로 들어가려면 야외 계단을 열 개나 올라야 했다. 돌로 지반을 높인 탓에 삼층 건물이지만 웬만한 사층보다 높았다. 내가 먼저 출입문을 열었다. 모리스 라벨의 〈왼손을 위한 피아노 협주곡〉이 텅 빈 홀을 채웠다. 그레이스 데뷔가 불발된 후 한동안 클래식만 나오는 FM 라디오를 들었다. 웃고 떠드는 대화를 듣기 싫었다. 반복해서 즐기니 몇몇 곡이 귀에 들어왔다. 작곡가를 확인했다. 처음엔 바흐였고 그다음엔 라흐마니노프와 브람스였으며 마지막엔 모리스 라벨이었다.

모래사장이 내려다보이는 창가에 자리를 잡았다. 커피 효능에 대한 설명이 메뉴판 첫 장에 가득했다. 드립 커피에 대한 자부심이 높은 집이다. 유치원생처럼 한 자 한 자 짚어가며 장난스럽게 읽었다.

"메 종 벨 라 리 바 핸 드 드 립 커 피 자 메 이 카 블 루 마 운 틴!"

지훈도 같은 커피로 주문했다. 주인 여자는 핸드 드립은 바깥양반이 맡아서 한다며 전화를 걸었다. 잠시 후 바삐 계단을 내려온, 뿔테 안경을 코끝에 걸친 남자가 지훈과 눈인사를 나눴다.

"서울에서 내려온 대학 동기예요."

나도 눈인사를 주고받았다. 프런트에 앉은 주인 여자가 뜨내기새를 살피듯 지훈에게 물었다.

"친한 친군가 봐? 처음이네, 방 대표가 친구랑 온 건."

지훈이 머뭇거리자 내가 대신 답했다.

"친하죠. 연극동아리도 같이 했고, 함께 읽은 희곡이 백 편은 넘을걸요."

"백 편이나……. 어쩜, 방 대표가 연극한 줄은 몰랐네. 무슨 무슨 작품 했어?"

지훈이 주인 여자에게 자신이 참여한 연극 제목들을 늘어놓았다. 그중 단 한 편도 배우로 무대에 서진 못했으며 스태프였다고 밝히진 않았다. 주인 여자는 널리 알려진 제목만 되새김질하는 소처럼 따라했다. 셰익스피어의 작품을 제외하고 맞장구친 유일한 희곡이 『욕망이라는 이름의 전차』였다. 그 작품에서 나는 주인공인 블랑시 역을 맡았고 지훈은 무대 감독이었다. 공연을 마치고 그는 입대했다.

고개 돌려 창밖을 보며 소리 내지 않고 읊조렸다.

'그리고 만약 하느님이 허락하신다면, 죽은, 뒤에, 당신을 더욱 사랑하겠습니다!'*

모래사장 저편 펜션이 눈에 들어왔다. 솔숲은 여전히 텅 비었다. 지훈과 내가 앉았던 자리는 소나무에 둘러싸인 묘지 같았다. 죽은 뒤에도 만날 수 있다면, 그래서 장소를 택해야 한다면, 저곳도 나쁘지 않으리라. 테네시 윌리엄스처럼, 사랑까지…… 맹세하고 싶지 않다. 죽은 뒤까지 가져갈 사랑이라니!

방죽포해수욕장에 왔지만 아직 모래를 밟으며 거닐지 못했다. 진하게 커피를 마시고 나선, 파도들과 장난치며 펜션까지 걷고 싶었다. 펜션 이름도 '파라다이스'다.

드립 커피가 나왔다. 민무늬 커피 잔이 단아했다. 한 모금 머금으니 쓴맛과 함께 초콜릿 향이 입과 코를 덮었다. 잔을 살짝 내리자 지훈의 강아지처럼 충직한 눈이 보였다. 눈으로 맛을 묻고 눈으로 답했다. 오래 밟아 단단해진 흙길에 핀 코스모스를 닮은 맛! 그리고 우리는 본론으로 들어갈 준비를 마쳤다.

"잠시만 기다려."

지훈이 일어섰다. 버킨을 가져오겠다는 뜻이다. 방죽포를 찾아오는 손님과 마주 앉아 이야기를 나눌 만한 곳은 메종 벨라리바뿐이었으므로, 그가 주소를 알려주지 않은 거주지도 이 건물이거나 혹은 옆 건물이겠거니 싶었다. 상대방이 먼저 털어놓기 전에는 따져 묻지 않는 것이 나만의 방식이다.

"앉아봐."

잔을 든 채 말했다. 배경 음악은 〈볼레로〉였다. 지훈이 걸음을 떼려다가 격정적인 음악에 끌리듯 다시 앉았다. 내가 말을 꺼내기도 전에 먼저 제안했다.

"무조건 일시불이지만, 두 번 아니 세 번 나눠서 줘도 돼. 할인은 안 돼. 삼천 받아도 겨우 삼백 남아. 유다정 당신이니까……."

할부로 나눠 내라? 단 한 번도 그런 제안을 한 적이 없었다.

"들었구나?"

"당연히 들었지. 태평양 건너 시애틀에서 들려오더라고. 독고찬 대표가 에르메스 스카프를 백 장이나 샀대. 회사에서든 집에서든 파티에서든 언제나 혼자라고. 여인들에게 선물은 건네되 따로 자리를 갖진 않는다나 봐."

"헤어졌기 때문은 아냐. 버킨은 사지 않기로 했어."

"그래? 그렇지만…… 그렇다면 왜……?"

지훈은 말을 더듬으며, 내 힐에서 답을 뒤지기라도 하듯 자꾸 고개를 숙였다. 버킨을 사러 온 것이 아니라면?

"동업하자고? 굿 아이디어! 병행수입, 이게 잘만 하면 일 년에 서너 달 고생하고 나머진 편히 돈을 벌거든. 지금까지 관리해 온 고객이 백 명은 족히 넘고, 명품 고르는 눈은 유다정 당신이 방지훈 나보다 곱절은 높으니까, 환상의 파트너가 되겠네."

나는 헛꿈을 단숨에 깨는 날카로운 공격 대신 숨을 고르는 질문을 골랐다.

"바잉하러 어디어디 가봤어?"

"그때그때 다르지. 파리, 도빌, 몽펠리에, 브뤼셀, 마드리드, 바르셀로나, 로마, 나폴리, 아테네 등은 기본적으로 돌고, 뉴욕은 물론이고 부에노스아이레스도! 모스크바나 도쿄는 여유 있으면 가고. 즐겁기만 한 건 아냐. 관광이 아니라 바잉 즉 일이니까. 하지만 명품을 사며 세계를 돌아다니는 재미가 남다르긴 해. 이런 식으로 여행하는 게 흔하진 않으니까. 유다정 당신이라면 곧 적응할 거야. 전화위복이지. 시애틀에만 있었으면 답답했을 거야. 답답하고말고! 방지훈 나랑 힘을 합쳐서……."

"합쳐봐야 남이 만든 명품, 불품 팔며 고르고 골라 최저가로 사서 귀국한 다음 최대한 비싸게 넘기는 걸 반복할 뿐이지. 그걸 하면 뭐가 남아?"

"그거야…… 물론 돈이지."

돈이 만든 여유도 함께!

"그딴 동업 안 해."

짧은 침묵이 흘렀다. 지훈은 내가 꺼낼 다음 이야기를 예측하기 힘들어하는 표정이었다. 버킨 구입도 아니고 동업도 아니라면, 방죽포까지 왜 왔을까. 방죽포가 초행인 사람은 난데, 오히려 그의 얼굴에 불편과 불안이 가득했다. 내가 넘겨짚었다.

"근데 그거, 똑같은 재료로 똑같이 만들면 얼마면 돼?"

지훈이 받아쳤다.

"똑같이는 절대 못 만들지. 유다정 당신이 실물을 안 봐서 그런 소릴 하는 거야. 버킨은 보통 가방이 아냐. 에르메스 특유의 기품이 넘쳐. 짝퉁 장사라도 하게? 꿈도 꾸지 마. 아무나 하는 건 줄 알아? 하다가 걸리면 망신도 그런 망신이 없어. 유다정 당신 일 아니라고."

"대답이나 해."

더 짧고 매섭게 몰아붙였다.

"똑같이는 절대로 못 만들겠지만, 이백만 원이면 엇비슷하게 흉 낼 낼까."

"누구야?"

"이상하네. 버킨도 안 사. 병행수입 동업도 안 해. 그런데 짝퉁 장사판 으뜸 장인은 왜 물어? 정말 하려고?"

"어디로 가면 돼?"

질문에 질문이 덧붙었다. 지훈은 이번에도 내게 졌다.

"죽 선생! 이름은 몰라. 만난 적도 없고. 다들 그렇게만 불러. 이 바닥에선 절정 고수로 소문났지. 키가 엄청나게 커. 젊어선 농구를 했다나. 2미터에서 2센티미터가 부족하다던가 3센티미터가 부족 하다던가. 공방이 어딘진 나도 몰라. 어렸을 때 단속반에 털려 콩 밥 먹었대. 비밀 유지가 철저해."

"연락은 할 거 아냐?"

"자주 잠수 타. 작업 시작하면 흰수염고래처럼 다 끊고 푸욱 잠 기는 걸로 유명해."

"이럴래, 자꾸?"

"……토요일 저녁에 가끔 이태원에 나타난대."

"이태원?"

"눈스테이블(Nun's Table). 그 사람이 비건이야. 풀만 먹고 어떻 게 그 덩치를 유지하는지 모르겠어. 같이 가서 만날까?"

나는 즉답을 않고 잔을 들었다. 입술을 대지 않고, 발자크가 일찍이 창작 능력을 배가시키는 검은 석유라 칭한 액체를 내려다보았다. 〈볼레로〉에 이어 우리 사이를 오간 음악이 베토벤 교향곡 6번 〈전원〉이란 것을 비로소 깨달았다. 금관 악기들이 연달아 새소리를 흉내 냈다. 그 소리에 갈매기는 없었다. 내가 물었다.

"버킨에 뭐가 담겼는지 알아?"

지훈이 당황하며 되물었다.

"이것저것 잔뜩, 담기 좋게 만든 백이잖아? 담아도 잘 쏟아지지 않는……. 아냐?"

"이것저것 담으려고 버킨을 사진 않아. 적어도 난!"

"55 사이즈는 아예 여행용 짐 가방으로 가지고 다니던데……."

"다양하게 많이 담는 게 핵심이 아냐. 왜 그것들을 담고 다니는지 생각해 봤어?"

먼저 메종 벨라리바를 나선 사람은 나였다. 꿈을 담고 다니는 사람을 위해 만든 가방이 버킨이라고, 오래전 외운 문장을 읊진 않았다. 지훈은 내 가방을 들기만 했을 뿐, 거기에 담긴 내 인생의 상처와 희망 들까지 살핀 적은 없었다. 그에게 가방은 그 정도 의미였다.

세상에는 두 종류의 사람이 있다. 찢기거나 터진 가방을 아까워하는 사람과 그 가방에서 흘러내린 땀과 눈물을 안타까워하는 사람.

아이돌 그룹 그레이스 멤버로 합숙 생활을 마친 날, 지훈과 같이 가겠다고, 숙소를 나선 그 밤에 연거푸 말한 사람도 나였다.

지훈은 신촌 근처에 조용한 호텔을 잡아두었다고 했다. 합숙을 했기 때문에 내겐 다른 거처가 없었다. 있고 싶을 때까지 호텔방에서 편히 자고 먹고 쉬라고 했다. 호텔엔 가지 않겠다고 버텼다.

잠적한 회사 대표가 처리했어야 할 일들이 싸질러댄 배설물처럼 남아 있었다. 지훈은 승합차도 렌트 회사에 돌려줘야 하고, 연습실로 빌려 쓰던 건물 주인도 만나봐야 했다. 매니저인 그도 석 달째 월급이 밀렸다. 돈을 갚진 못하겠지만, 대표 대신 머리 숙여 사과하고 비난과 욕설을 감내하기로 했다. 이렇게 하루만 뒷정리를 한 후 회사와 연을 끊을 작정이었다.

그다음엔?

지훈도 막막했다. 그레이스가 데뷔하면 적어도 일 년은 매니저로 일할 계획이었다. 다정의 손발 노릇을 하는 것 외엔 다른 바람이 없었다. 그런데 파국이 너무 일찍 갑작스럽게 닥쳤다.

"지훈아! 네 방으로 가."

연습생으로 들어가며 대부분의 인간관계를 끊었다. 간절함의 표시이기도 했고, 자신이 정한 길 외에 다른 문제에 얽히기 싫어서이기도 했다. 특히 목신통신 고정목 회장이 내민 도움의 손길을 단칼에 잘랐다. 고 회장이라면 나만을 위한 기획사를 따로 하나 차려주고도 남음이 있었다. 받기 시작하면 둑이 무너지듯 나를 향해 들어올 사람이었다.

"안 돼. 방지훈 나는……."

"유다정 나는…… 딴 덴 안 갈래."

지훈에게 내 고집이 꺾인 적은 없었다.

인간관계를 끊은 것은 나만이 아니었다. 지훈도 그레이스의 매니저가 되면서 집을 나와 독립했다. 저축이라곤 모르고 살았는지라, 당장 몸을 뉘일 방 한 칸 마련도 어려웠다. 나중에 지훈에게 들었지만, 군말 없이 돈을 빌려준 친구들이 두 명 있어서 그나마 다행이었다. 그러나 그들도 아직 어렸고, 지훈에게 호의를 베풀려고 통장을 열었지만, 목돈이라 부르기에도 부끄러운 정도였다.

나를 조수석에 태운 승합차가 삼십층 빌딩 지하주차장으로 들어섰다. 지훈이 염두에 뒀던 호텔이 아니라, 은행과 증권회사로 가득 찬 파이낸셜 빌딩이다. 승합차는 지하 일 층을 지나 이 층으로, 이 층을 지나 삼 층으로, 삼 층을 지나 사 층으로 내려갔다. 빈자리 하나 없이 꽉꽉 찼다. 이 빌딩의 지하층이 어디까지일까 궁금했고, 또 지훈이 왜 이곳으로 차를 몰고 왔는지 알고 싶었다. 지하 육 층을 지나 칠 층으로 내려가서야 겨우 빈자리가 났다. 그런데 지훈은 그 자리에 차를 세우지 않고 다시 팔 층으로 향했다. 차단막이 나왔지만, 승합차가 다가서자 자동으로 올라갔다. 팔 층엔 페라리 458 스페치알레와 2015 캘리포니아 T, 이렇게 두 대만 중앙에 나란히 놓였다.

지훈이 스포츠카들을 멀찍이 지나 구석에 승합차를 세우곤 내렸다. 나도 따라 내렸다.

뒷좌석을 열고 퓨어엔젯 두 병을 쥐었다. 그레이스 멤버들은 다이어트를 겸한 몸매 관리를 위해 매일 생수를 마셨다. 멤버들이 운동을 마칠 때까지, 시원한 생수를 챙겨 대기하는 것도 지훈의 일이었다. 세계 각국의 생수를 검토하고 뉴질랜드 쪽을 고른 것도 그였다.

내게 눈짓하곤 돌아섰다. 비상구를 열자 계단이 나왔다. 나는 첫발을 떼기도 전에 잔기침부터 쏟았다. 매캐한 공기와 뒤섞인 기계음이 온몸을 찔러댔다. 내 인생에서 지하 팔 층까지 내려간 것은 처음이었다. 광부들이나 체험하는 깊이였다.

지훈의 자취방은 반 층을 더 내려간 계단 끝에 있었다.

손잡이를 돌려 열곤 백열등을 켰다. 그는 아랫입술을 깨물었다 떼며 몸을 돌려 문을 막아섰다. 나는 양손으로 입을 가린 채 천천히 한 걸음씩 내딛느라 아직 내려서야 할 계단이 다섯 개나 남았다. 그는 턱을 들어 눈을 맞추곤 자신의 뜻을 다시 밝혔다.

"유다정 당신이 있을 곳이 못 돼."

무시한 채 방으로 들어섰다.

그야말로 텅 빈 방이었다. 가구도 없고 전자 기기도 없고 이불도 베개도 없으며, 부엌도 화장실도 없었다. 사진들만 바닥에 세계 지도 속 대륙들처럼 깔렸다. 연습 과정을 찍은 것도 있고 프로필용으로 스튜디오에서 촬영한 것도 있었다. 다른 멤버들 사진은 한 장도 없고 모두 내 사진이다. 지훈은 무슨 말이라도 해야겠다는 생각이 들었는지 더듬더듬 입을 열었다.

"방지훈 나는…… 대, 대부분은 회사에서 잤어. 회사 바, 바, 밖에 주소가 따로 있어야 한 대서 구해만 둔……."

말허리를 잘랐다.

"바보야! 왜 이러고 살아? 내가 뭐라고⋯⋯."

"나, 나가자. 그러니까 실, 싫다고 했잖아. 여긴 아, 아냐. 유다정 당신이⋯⋯ 이, 있을 고, 곳⋯⋯."

지훈은 말을 맺지 못했다. 돌아선 내 입술이 그의 입술을 막아 버린 것이다. 그가 물러설수록 나는 더 꽉 안겼다. 우리는 비틀대 다가 함께 쓰러졌다. 팔꿈치와 어깨를 모로 부딪치며 둔탁한 소리 가 났지만 기계음에 묻혔다. 그는 얼굴을 떼고 내가 다치지나 않 았는지 살피려 했다. 양손으로 그의 머리를 끌어안다시피 잡고 당 겼다. 그는 입술과 혀와 목덜미와 가슴을 차례차례 내어주며, 겨 우 한마디만 입술 밖으로 밀어냈다.

"기다려줘."

나는 답하지 않았다. 여기까지 오는 동안 쌓인 걱정이나 앞날에 관한 의논은, 이 방을 나와서 반 층이라도 올라간 후 해도 그만 하 지 않아도 그만이었다. 지금은 이 방을 둘만의 우주로 채우고 싶 었다. 봄날 가만히 숨어 있기 좋은 방이자 격렬하게 사랑하기 좋 은 방이었다.

내가 먼저 방죽포해수욕장이 자랑하는 모래사장에 도착했다. 해가 뉘엿뉘엿 지면서 어둠이 해안을 거북이 등가죽처럼 덮어왔 다. 바다로 나간 어선들이 밝히는 불빛은 가깝고, 따라오는 지훈 의 발소리는 멀었다. 모래를 밟기 전에 평평한 돌을 골라 앉아선

힐부터 벗었다. 아무리 추운 겨울에도 집에서는 늘 맨발로 지냈다. 발이 편하고 가볍고 부드럽지 않으면 내 인생의 불청객 편두통이 찾아들었다. 맨발로 모래를 밟으며 사뿐사뿐 걸었다. 발목이 시리고 발등은 서늘했지만, 밀려온 파도가 발바닥을 핥을 때마다 태초의 새벽처럼 탄생의 기운이 꿈틀댔다. 언젠가 본 영화에서 흘러나온 말들을 흥얼거렸다.

"경이로운 꿈. 바람과 파도."

어부의 영혼이 깃든 저녁이었다.

6
믿음은 들음에서 나며

혜경은 가죽 필통을 쥐고 참나무 꼭대기에서 깃털처럼 뛰어내렸지만, 내 삶은 그렇듯 드라마틱하지 않았다. 엄마는 내게 믿음이 없어서라고 했다.

중학생 시절, 내 취미는 야구였다.

철강 회사에서 마을 아이들을 위해 성탄 선물을 준 적이 딱 한 번 있었다. 인형과 연필과 공책과 함께 야구 글러브 아홉 개가 포함되었다. 포수 글러브가 없어서 아쉽긴 했지만, 철강 회사 아래 공터에서 시합을 벌이는 데는 문제가 없었다. 언덕에 코뿔소처럼 선 공장 건물을 등지고 배트를 휘두르면, 조선소를 넘어 바다까지 공이 날아갈 것만 같았다. 그런 일은 일어나지 않았다.

야구는 투수 놀음이므로, 나는 투수를 맡고 싶었다. 강속구 투수들 이름을 외며 투구 폼을 흉내 냈지만 내 구속은 평범했다. 딱 치기 좋다는 것이 정확한 표현이겠다.

경마에서 백 번이나 일등을 차지한 경주마 적토의 등가죽을 어렵게 구하여 만들었다고, 엄마가 공을 쥐어주며 말했다.

"적어도 세 배는 빠를 거야. 이제 우리 마을에선, 애든 어른이든 아무도 네 공을 못 쳐."

그날 오후 시합에서 선발투수를 자원했다가 연속 안타 다섯 개를 맞고 강판당했다. 홈런이 하나 이루타가 넷이었다. 대패의 책임이 고스란히 내게 돌아왔고, 그 후론 선발은 물론 중간 계투나 마무리로도 마운드에 설 수 없었다. 엄마는 내 믿음이 부족해서 생긴 불상사라고 했다.

"믿음은 들음에서 난다고 하잖니? 제발 내 말을 좀 믿어."

중학교를 다니는 남학생 치고 엄마 말을 믿는 이가 몇이나 될까. 나는 계속 듣지 않으려 했고, 간혹 들리더라도 믿지 않았다.

아빠의 갑작스런 죽음이 엄마와의 사이를 더 멀게 만들었다.

중학교 입학식을 마친 후 외할아버지와 외할머니가 일주일 간격으로 세상을 떠났다. 그 봄으로 넘어오던 겨울을 떠올리면 '나란히'란 단어가 먼저 혀끝을 맴돈다. 첫눈이 내리던 날 두 분은 나란히 암 진단을 받았고 또 나란히 항암 치료를 시작했다가 중단했다. 수술을 받으러 가자는 엄마의 권유까지 나란히 거절한 후, 국밥집 계산대에 나란히 앉아서 "내가 먼저 죽어야 하는데……"를 돌림노래처럼 나란히 나란히 읊었다. 결국 외할아버지가 일주일 먼저 죽었으니 승자인 셈이다. 두 분 모두 가까운 도시의 종합병원 장례식장을 끔찍이 싫어했다. 정든 내 집 안방에서 죽고 싶고 마을에서 장례를 치른 후 무덤으로 직행하고 싶다는 이야기도 했다. 국밥집 이 층 그러니까 외갓집 안방에서 조문을 받지 않으면 엄마에게 국밥집을 물려주지 않겠다는, 조건부 유언장까지 남겼다. 연이어 장례를 치르는 동안, 국밥집은 문상객으로 넘쳐났다. 마을 사람치고 소머리 국밥집에서 뜨듯한 국물을 들이켜지 않은 이는 없었으니까. 아빠는 이 층에서 조문을 받았고, 엄마는 일 층에서 국밥을 내왔다. 딸이 만든 국밥이 세상 버린 부모가 만든 것보다 맛있다는 칭찬이 기름처럼 둥둥 떠다녔다.

그리고 일주일 뒤 아빠가 죽었다. 공장에서 발을 헛디뎌 흐르는 쇳물에 빠진 것이다. 엄마는 소가죽 중에서도 가장 두꺼운 불 하이드(bull hide), 세 살 이상 먹은 거세하지 않은 수소 가죽으로 수의를 만들고, 아빠가 빠졌던 쇳물을 식혀 옷 속에 넣었다. 장정 여섯 명이 들러붙어도 못 들 만큼 무거웠다.

졸지에 엄마와 나 둘만 남았다. 엄마는 국밥집 주방에 딸린 방에서 잤다. 약간 싱거운 음식을 즐겨온 엄마는 외할머니보다 소금을 반 주먹 덜 넣었다. 국밥이 예전과 달리 짜다는 희한한 소문이 돌았다. 외할머니와 외할아버지를 그리워하며 흘린 눈물이 문제였다.

나는 이 층 안방에서 대부분 혼자 잤고 가끔 친구들을 불러들여 함께 자기도 했다. 방방마다 가죽으로 만든 엄마의 작품이 가득했다. 나는 손에 잡히는 대로 선물이라며 나눠줬다. 녀석들이 슬쩍 훔쳐가도 모른 척했다. 삼 년이 지나니 남은 작품이 없었다. 엄마는 만들지 않았고 나는 간직하지 않았다. 혼자 달빛을 안주 삼아 소주잔을 비운 엄마의 혼잣말이 들릴 듯 말 듯 했다.

"주고 싶은 사람이 있어야 만들지!"

혜경과 다시 말을 섞은 날은 내가 고등학교에 떨어진 뒤였다. 여중과 남중으로 갈린 중학생 시절엔 길에서 마주치더라도, 눈인사 없이 멀찍이 돌아갔다. 소문을 듣긴 했다. 혜경이 그 학교에서 가장 예쁘다는 것, 남중뿐 아니라 남고의 걸물들이 앞다퉈 데이트 신청을 했지만 모두 거절당했다는 것, 가끔 저녁이면 동쪽 산마루를 산책하다가 서쪽 들판이 한눈에 내려다보이는 카페에 앉아 있기도 한다는 것. 그때마다 나는 저녁 하늘을 올려다보곤 엄마처럼 혼잣말을 했다.

"넌 아직도 날 믿니?"

혜경의 손을 쥔 사람은 뚱뚱보 범고래였다. 녀석과 나는 초등학교와 중학교를 함께 다녔다. 범고래는 어려서부터 우유를 한 번에 열 개씩 마셨고, 그다음엔 콜라, 그다음엔 국밥집 고깃국, 중학교에 올라와선 막걸리였다. 엄마가 외할아버지를 위해 수사슴 가죽인 벅스킨(buck skin)으로 만든 중절모를 훔쳐간 녀석이기도 했다. 혜경과 사귀기 위해 30킬로그램을 뺐다는 이야기는 나도 들었다.

"재수할 거야?"

범고래는 초등학교 육 년 중학교 삼 년 내내 전교 일등을 놓친 적이 없었다. 고등학교 삼 년도 그러하리라.

"까불지 마."

혜경이 범고래의 손을 쥐지 않았더라면, 내 주먹이 벌써 녀석의 명치를 때렸을 것이다.

"혜경인 널 믿던데……. 내년에 꼭 진학할 거라고."

"가, 그만!"

혜경은 자꾸 범고래의 팔을 잡아끌었다. 나는 참지 못하고 범고래의 사타구니를 걸어찼다. 그 후로 두 시간 동안 내가 뻗은 팔과 다리 중에서 그 발길질이 기억할 만한 공격의 전부였다. 내가 얼마나 맞는지를 밝히고 싶진 않다. 세 번 쓰러지고 네 번 엉덩이를 땅에 댄 채 쉬긴 했지만, 걸어서 집으로 돌아오긴 했다. 그리고 엄마가 잠들기를 기다렸다가, 범고래도 아니면서, 고깃국 열 사발과 막걸리 열 사발을 번갈아 마셨다. 공기밥을 꺼내지 않고 국만 급히 마신 탓인지, 확실히 외할머니가 끓일 때보다 짰다. 내 눈물이 사이사이 떨어져서일 수도 있다. 사흘 만에 깨어났다. 외할아버지와 외할머니와 아빠의 관이 들어왔다가 나간 바로 그 방이었다.

"믿을게요."

아빠가 죽고 내가 엄마에게 건넨 첫마디였다. 엄마는 누구 때문이냐고 물었고, 나는 범고래 대신 무지개 필통을 찾아 내밀었다. 혜경이 내 가죽 필통을 훔쳐갔다고는 털어놓지 않았다.

열흘 만에 엄마는 팔찌 한 쌍을 만들었다. 지금껏 본 소나 말이나 양의 가죽과는 달랐다. 가운데는 육각형이고 양옆은 마름모꼴 무늬가 선명했다.

"비단뱀 가죽이란다. 두 마리가 볏단 꼬듯 뒤엉켜 똬리를 튼 채 잡혔지."

엄마는 뱀 두 마리로 한 시간이나 이야기를 풀어놓았다. 나는 팔찌를 낀 손목들을 붙여서도 보고 떼서도 봤다. 만지기도 하고 냄새도 맡았다. 엄마는 팔찌를 열십자로 어긋나게 바느질했다. 하나는 붉은 실이고 하나는 푸른 실이다.

우리 마을에서 커플 팔찌를 하고 다니는 연인 중에서 열에 아홉은 결별했다. 엄마는 내 눈을 잠시 들여다본 후 팔찌를 건넸다.

"마지막 결정을 내리기엔 철부지지만……. 기다리기 싫은 마음도 마음이니까……."

등교 시간에 맞춰 마른 흙이 깔린 동쪽 마을 혜경의 집으로 향했다. 가죽 필통을 쥐고 뛰어내렸던 참나무 아래에서, 오늘 저녁 일곱 시에 만나자고 말한 뒤, 답을 듣지도 않고 뒤돌아 달렸다. 참나무가 여전히 그대로 있는지 확인하고는 상철이 형에게 갔다. 계단에 서서 노래를 열 곡이나 불렀지만 답이 없었다. 지하 방문을 열고 흑인 여자가 나왔다. 보랏빛 가죽 팔찌를 왼쪽 손목에만 꼈다. 상철이 형은 내가 내민 팔찌를 꼼꼼하게 살핀 뒤 말했다.

"파이톤 스킨(python skin)이네. 역시 솜씨는 천하제일이고. 하지만 여자 마음을 뺏는 데 팔찌까지 필요해? 이야기로도 충분할 텐데……."

흑인 여자의 팔찌가 상철이 형이 건넨 선물은 아닌지 따지지 않았다. 서두를 이렇게 꺼낸 이상 상철이 형은 팔찌 따위로 여자 마음을 얻으려 든 적이 없다고 버틸 것이다. 나는 내게 필요한 질문만 던졌다.

"사랑한다고 어떻게 이야기해요?"

"네가 영화를 많이 못 봐서 그러나 본데……."

상철이 형은 닥치는 대로 잡지만 읽었고 나머지 책은 멀리했다. 그리고 마을에 하나뿐인 작은 영화관에서 같은 영화를 대여섯 번씩 보는 것이 취미였다. 일곱 살 때부터 연소자 관람불가든 아니든 가리지 않고 영화를 본 덕분에, 흑인 여자까지 지하 방으로 불러들이는 이야기 실력을 갖춘 것이다.

"신이 인간에게 세 치 혀를 허락한 다음부터 나온 이야기는 몽땅 사랑 이야기야."

"남자만 나와도요?"

여자만 나와도요? 개만 나와도요? 나무만 나와도요?라고 덧붙이진 않았다. 상철이 형이 내 코를 검지와 중지 사이에 끼우곤 콜라 뚜껑을 따듯 비틀어 당겼다.

"잘 들어. 이 세상에 이야기는 딱 둘로 나뉘지. 사랑 같은 혁명이거나 혁명 같은 사랑! 그러니까 결국 다 사랑 이야기야."

결국 다 혁명 이야기란 건 훗날 깨달았다.

상철이 형은 후하게 쳐줄 테니 팔찌를 넘기라고 했다. 거절했다. 팔찌가 없어도 사랑을 얻는다는 말이 격려로 들리진 않았다. 형은 방을 나서는 내 뒤통수를 향해 목사가 축도하듯 외쳤다.

"믿음이 약한 자여! 파이톤 스킨 팔찌를 믿지 말고 네 이야기를 믿을지어다."

약속 시간을 삼십 분이나 남기고 도착했다. 염소 한 마리가 참나무에 묶여 있었다. 하필이면 혜경에게 팔찌를 주려고 봐둔 자리였다. 가까이 다가가자 염소가 뒷발을 차며 경계했다. 멀찍이 떨어져 기다렸지만 염소 주인은 나타나지 않았다.

혜경이 자전거를 끌고 올라오는 것이 보였다. 언덕을 내려가서 자전거를 넘겨받아야겠다는 생각이 들었다. 서너 걸음 떼기도 전에 골목에서 튀어나온 뚱뚱보가 앞을 막아섰다. 범고래였다.

여드름투성이들이 열 명쯤 더 낄낄거리며 따라 나와 에워쌌다. 범고래의 고교 친구들인 것 같은데, 안면이 있는 녀석은 없었다.

"뒤져!"

바지 주머니에 넣어둔 팔찌를 범고래에게 빼앗긴 다음에야, 혜경이 약속 장소에 도착했다. 나와 범고래 그리고 열 명의 남자를 보고도 놀라지 않았다. 언덕을 올라오며, 기미를 알아차린 뒤, 놀라지 않기로 마음을 먹었는지도 몰랐다.

"가! 나중에 얘기해."

범고래가 혜경의 말을 무시하고 내게 한 걸음 더 다가섰다. 그리고 빼앗은 팔찌 두 개를 높이 들고 흔들며 물었다.

"요건 도대체 뭐야? 얘기나 들어보자."

나는 혜경과 눈을 맞췄다. 녀석들이 내 앞에 모여 앉았다. 범고래는 자전거를 담에 기대 세웠다. 여드름투성이들 뒤에 선 혜경도 궁금한 표정이었다. 나는 둘 중 하나를 택해야 했다. 팔찌를 포기하고 이대로 달아나거나 아니면 이야기를 시작하거나.

달아날 순 없었다. 혜경과 범고래가 팔찌를 나눠 낀다면, 내 인생은 지옥으로 곤두박질칠 테니까. 이야기를 들려주면서 팔찌를 돌려받을 기회를 엿보기로 했다. 폭을 넓혀야 강물도 천천히 오래 흐르는 법이니까, 등장 동물을 바꾸면서 등장 공간과 등장 시간을 확장시켰다.

"무식한 너희들이 알까 모르겠지만 그거 비단뱀 가죽이야. 정확히 말하자면 비단뱀이 된 적룡과 청룡의 가죽! 적룡과 청룡은 서로를 끔찍하게 아꼈어. 적룡이 수컷 청룡이 암컷이란 주장도 있고, 암수가 뒤바뀌었다는 주장도 있고, 용은 암수한몸이란 주장도 있지. 어쨌든 조물주는 적룡에겐 세상의 북쪽을 청룡에겐 세상의 남쪽을 둘러보게 했어. 대부분은 구름 속에 숨어 그냥 살폈는데, 너무 많은 사람들이 죽어나가는 전쟁이나 질병이나 가뭄이나 홍수가 생길 땐 내려가서 해결했지.

적룡과 청룡은 한 달에 한 번 큰 바다로 나가 적도에 걸친 작은 섬에서 만나 어울렸는데, 정을 나누기 위해 그곳으로 가는 횟수가 점점 줄었어. 사람들이 늘면서 복잡한 위기들이 연이어 닥쳤던 거야. 몇몇 문제에 개입하다 보면 일이 년이 획획 지나갔지. 십 년에 한 번 보다가 백 년에 한 번 보다가 천 년 만에 만났을 때, 적룡과 청룡은 너무 힘이 들어 용으로 살고 싶지 않다고 조물주에게 아뢰었어. 분노한 조물주는 적룡과 청룡의 날개를 부러뜨리고 발을 자른 뒤 동굴에 가뒀지. 적룡과 청룡이 하던 일은 백룡과 흑룡에게 돌아갔고.

비단뱀이 된 적룡과 청룡은 밧줄 꼬듯 서로의 몸을 꼬았지. 천 년 넘게 잠만 쿨쿨 잤어. 세상을 돌아다니느라 지치기도 했고, 천 년 만에 재회하니 잠시도 떨어지기 싫었던 거야. 가끔 깨기도 했지만 다시 눈을 감았지. 눈을 뜨면 어둡고 답답한 동굴 속이지만, 눈만 감으면 날아다니며 살핀 세상 풍경을 떠올릴 수 있으니까. 나지막하게 잠꼬대처럼, 남반구와 북반구에서 벌어진 기기묘묘한 사건들을 번갈아 속삭였지. 적룡은 청룡이 남극 펭귄 이야기를 할 때 더 꼭 붙었고, 청룡은 적룡이 북극곰 이야기를 할 때 더 자주 머리와 꼬리를 비벼댔어. 장소는 달라도 비슷한 방식으로 말썽만 일으키는 사람들을 이야기할 땐 둘이 동시에 화를 내며 부르르 떨기도 하고. 이야기가 끝나면 또 깊은 잠으로 빠져들었지. 꿈에서 적룡은 남극을 날다가 내려 달렸고 청룡은 북극을 날다가 내려 헤엄쳤어.

먹지도 않고 천 년을 자고 깨어나니, 적룡과 청룡의 몸은 엄청나게 줄어들었어. 해와 달을 가리던 용의 기운은 완전히 사라졌고, 마을을 지키는 큰 능구렁이 정도랄까. 몸과 몸을 맞댄 채 돌고 당기고 붙고 떨다 보니, 날개와 다리가 있던 자리까지 모두 비늘로 덮였어.

배가 고팠지만 둘은 먹이를 찾아 동굴 밖으로 나가려 하진 않앉어. 움직이려면 똬리부터 풀어야 하는데, 떨어지기 싫었던 거야. 그들은 확실히 느꼈어. 이렇게 천 년만 더 잠들면, 둘의 몸은 점점 더 작아져 먼지가 될 것이라고. 영영 깨지 않고 사라질 것이라고. 서로에게 각자가 날아다니며 내려다본 세상 이야기를 들려주지 못하는 것이 서운하긴 했지. 천 년이나 지껄였으니 다 쏟아냈다 여겼지만, 잠이 조금만 깊어지면 하지 않은 이야기가, 등장 인간과 등장 시간과 등장 공간이 떠올랐거든. 그러나 둘은 이제 침묵에 많이 익숙해졌고, 상대가 들려준 이야기로부터 새로운 이야기를 스스로 만들며 즐기는 법도 익혔지. 하나의 이야기가 적어도 천 개의 이야기로 탈바꿈했으니까. 언제부터인가 자신이 체험한 이야기와 상대에게서 들은 이야기가 뒤섞여 나오기 시작했어. 나도 그런 일을 겪었는데…… 당신도 겪었다니 더욱더 사랑스럽군요. 이리 와요. 더 꼭 안아줄게요. 더 많은 이야기를 만들게요!

그토록 깊은 동굴까지 사람들이 들어올 줄은 조물주도 몰랐을 거야. '심심(深深)'이라는 이름도 희한한 동굴탐사대엔 별종만 모였지. 일곱 명 모두 직업이 제각각이었어. 의사, 목수, 편집자, 시인, 화가, 가수에 그나마 지질학자가 한 사람 있어서 동굴에 대한 기본 지식을 지녔지.

적룡과 청룡이 자는 줄도 모른 채 동굴 탐사를 시작했을 때, 가장 먼저 중단하고 돌아가기를 원한 이는 뜻밖에도 지질학자였어. 군데군데 물이 흐르는 동굴이 너무 거대하고 길며, 박쥐들이 최소한 천 마리는 사는 것 같으니, 돌아가 전문가들을 데려오자고 했지. 그러나 여섯 사람은 그 말을 듣지 않고 이마나 어깨에 랜턴을 켠 채 더욱 신바람을 내며 들어갔어. 갈림길이 여섯 개나 나오는 바람에 결국 뿔뿔이 다 흩어졌지.

다섯 명은 지금도 그 동굴에서 돌아오지 못했어. 십 년 후 살아서 나온 이는 출판사에서 잡지를 만들던 편집자였지. 들어갈 때 서른다섯 살이었는데 나올 때도 건강하고 활기찼어. 십 년이나 깜깜한 동굴에서 지낸 사람 같지 않았지. 굶주림을 어떻게 이겨냈느냐는 기자의 질문에 편집자는 손에 쥐고 있던 새끼손가락 끝마디만 한 살점을 들어 보였다가 꾸우우울꺽 삼켰어. 동굴 가장 깊은 곳에서 뒤엉켜 똬리를 튼 비단뱀 두 마리를 발견했다고. 겁이 나서 열흘 동안은 가까이 가지 않았는데, 배가 너무 고파 결국 다가갔다고. 돌멩이를 던져 맞춰도 깨어나질 않았다고. 죽음 같은 깊은 잠에 빠졌을 수도 있겠지만, 그냥 죽었다고 간주한 후 먹기로 했다고. 살점 한 점으로 한 달이 거뜬했다고.

편집자는 그 후로 이름을 숨긴 채 우리 마을에 들어와서 살았지. 매일 저녁 마지막 손님으로 국밥집에 왔어. 엄마는 단골을 위해 남은 살점을 듬뿍 넣어 내왔고. 그는 살점이 아무리 많아도 남기는 법이 없었지. 그때부터 십오 년 동안 엄마에게 똑같은 이야길 들려줬어. 심장마비로 세상을 떠나기 전날 밤에도 국밥을 먹었지. 유품으론 비단뱀 가죽 두 개가 전부였고, 유서엔 십오 년 동안 국밥 보통을 시켜도 곱빼기를 가져다준 국밥집 여주인에게 선물로 남긴다고 적혀 있었지.

엄마는 비단뱀이 된 용 가죽으로 팔찌 한 쌍을 만들었어. 적룡과 청룡이 서로의 몸을 꼬며 똬리를 튼 걸 흉내 내어 바느질을 했지. 두 줄로 가지런하게 박지 않고, 열십자로 엮었거든. 그 팔찌가 얼마나 소중한 물건인지, 이제 알겠어? 함부로 다뤘다간 큰 불행이 닥칠 테니 돌려줘, 당장!"

머리 회전이 빠른 범고래가 붉은 실이 박힌 팔찌를 손목에 꼈다. 푸른 실의 팔찌를 혜경의 손목에 끼우려는 순간, 옆에 앉았던 꺽다리가 무릎을 펴고 뛰어 오르며 팔을 뻗어 팔찌를 낚아챘다. 범고래가 화를 냈다.

"줘. 어서!"

꺽다리가 슬금슬금 물러나며 받아쳤다.

"우리도 용 가죽으로 만든 귀한 팔찌 구경이나 좀 하자."

범고래가 빼앗으려 했지만, 다른 녀석에게 팔찌가 날아간 뒤였다. 열 명이 돌려가며 팔찌를 쥐고 냄새 맡고 흔들어댔다. 범고래가 술래처럼 달려드는 바람에 손목에 찰 여유는 없었다.

"내놔. 약속이 틀리잖아?"

범고래의 목청이 커지는 만큼 녀석들 비웃음도 날카로워졌다.

"무슨 약속? 저 거짓말쟁이 두들겨 패주겠다고 했지, 커플 팔찌 얘긴 없었잖아? 왜? 이걸 너랑 혜경이 끼면 천년만년 사랑할 것 같아? 너, 그렇게 한심한 애였어? 저따위 거짓말을 진짜로 믿어?"

나는 술래잡기에 동참하지 않고 우두커니 서 있었다. 혜경 역시 두 눈에 눈물이 가득 고인 채 움직이지 않았다. 건넬 손수건도, 할 말도 없었다.

범고래의 고함과 녀석들의 낄낄거림을 뚫고 염소가 길게 울었다. 평온한 저녁을 깨는 낯선 사람들이 싫었던 것이다. 처음 범고래의 손에서 팔찌를 낚아챘던 꺽다리에게 팔찌가 다시 돌아갔다. 꺽다리는 더 크게 울며 뒷발을 차대는 염소를 향해 팔찌를 던졌다. 날아간 팔찌가 염소의 뿔에 걸렸다.

범고래가 염소를 보며 곧장 달렸다. 녀석들과 혜경과 나까지도, 염소의 뿔에 걸린 팔찌를 가져오기 위해 뛰어가는 줄 알았다. 그런데 범고래는 염소 앞에 무릎을 꿇더니 목덜미를 끌어안았다. 염소도 울음을 뚝 그쳤다.

그 후 범고래는 염소 주인을 찾아가선 시장에서 거래하는 가격의 두 배를 내놓았다. 염소가 세상을 뜰 때까지, 둘은 십오 년이나 함께 지냈다. 범고래는 고등학교도 그만두고 온종일 염소 곁에서 먹고 놀고 잤다. 범고래의 부모는 아들을 정신병원에 입원도 시키고, 염소 귀신이 붙었다며 용한 무당을 불러 굿도 했지만 소용없었다. 염소 역시 다른 사람이 오면 발길질을 심하게 하며 경계했지만, 범고래에겐 햇강아지처럼 굴었다. 마을 사람들은 범고래가 염소를 혹은 염소가 범고래를 혹은 범고래와 염소가 서로 사랑하나봐……라고 말하곤 겸연쩍게 웃었다. 사람과 염소 사이에 사랑이란 단어를 놓기에는 아직 어색한 시절이었다.

7
그레이스는 오리지널이죠!

"브랜드는 개나 주라고 해요. 난 품질만 따집니다."

—채대숙

예약은 필수였다.

방죽포에서 올라온 후 토요일 저녁마다 눈스테이블에서 늦은 저녁을 먹었다. 일찍 나선 날은 이태원역에 내려 한남동 도서관까지 걸어가선 책을 읽기도 했다. 영미 희곡 코너에 꽂힌 테네시 윌리엄스의 작품들이 계속 손에 잡혔다. 어떤 날은 『욕망이라는 이름의 전차』였고, 어떤 날은 『뜨거운 양철 지붕 위의 고양이』였고, 또 어떤 날은 『유리 동물원』이었다. 대학 연극동아리 폭풍 회원들과 매주 돌아가며 낭독을 했었고 『욕망이라는 이름의 전차』는 무대에까지 올렸다. 고개를 숙인 채 입술만 움직여 지문과 대사를 소리 없이 읽어나갔다. 감정이 올라올 때는 양손으로 입을 틀어막

왔고, 더 참기 힘들 땐 밖으로 나와서 대사를 읊었다.

> 미치: 내 말은 당신 모습을 제대로 본 적이 없다는 뜻이오, 블랑시. 여기 불 좀 켭시다.
>
> 블랑시: (겁에 질려서) 불이요? 무슨 불이요? 뭣 때문에요?
>
> 미치: 종이를 씌워놓은 이거 말이요. (미치가 전구에서 종이갓을 뜯어낸다. 블랑시가 놀라서 숨을 헐떡인다.)
>
> 블랑시: 무엇 때문에 그러는 거죠?
>
> 미치: 당신 얼굴을 확실하고 똑똑히 보려는 거요!
>
> 블랑시: 물론 나를 모욕하려는 뜻은 아니겠죠!
>
> 미치: 아니요, 그냥 사실 그대로를 보자는 거요.
>
> 블랑시: 사실주의는 싫어요. 나는 마법을 원해요! (미치가 웃는다.) 그래요, 그래, 마법이요! 난 사람들에게 그걸 전해주려고 했어요. 나는 사물들을 있는 그대로 전달하지 않아요. 나는 진실을 말하지 않고 진실이어야만 하는 것을 말해요. 그런데 그게 죄라면 달게 벌을 받겠어요! 불 켜지 말아요!*

나도 블랑시처럼 마법을 원하는 걸까.

전차는 출발역으로 돌아가지만, 인생에서 그와 같은 행운을 누리는 이는 극히 적다. 대학 연극에서 시작하여 독립영화와 드라마를 거쳐 아이돌 그룹까지 갔었고 1집 음반을 낸 후 연극 무대로 돌아와 단역으로 출연하다가 독고찬을 만나 이 년 동안 연애한 후 멈췄다. 변화가 없는 삶의 종착역에 서둘러 닿긴 싫었다. 전차를 흉내 낸다면 또다시 연극 무대로 돌아가야 했다. 형숙 씨라면 틀림없이 처음으로 귀환했을 것이다. 빈부(貧富)를 판단기준으로 삼는 세상과 맞서서 여행과 노래에 더욱 몰두했으리라. 그러나 나는 돈과 예술을 대립시키는 명쾌한 단순함을 받아들이지 않았다. 그것은 형숙 씨의 길이었고, 나는 그 단순함이 과연 옳은지 충분히 경험하지 못했다. 이제 더는 동아리 안에서 연극을 전부라고 믿던 대학생이 아니었다. 연극이 소중한 만큼이나 중요한 일이 세상에는 많았다. 예술을 예술답게 만들기 위해서라도, 귀 막고 눈막으며 연극으로 돌아가지 않겠다는 결심이 서자마자, 영화도 드라마도 노래도 아니라는 생각이 기차처럼 줄줄이 따라왔다. 그리고 하고 싶은 일이, 어려서부터 이상하리만큼 친숙했지만 아직 시도해 보진 않은 그 꿈이, 동네 사람이라면 누구나 아는 역처럼 떠올랐다. 지금까지와는 사뭇 다른 일. 예술은 아니지만 예술적인 일! 그래서 더 끌렸다. 내가 마법을 원하는지도 몰랐다.

눈스테이블.

여승의 식탁!

채소를 한가득 식탁에 늘어놓은 여승 그림이 간판을 대신하여 대로변 출입문 위에서 손님을 맞았다. 붉은 육고기를 즐기는 편은 아니지만 채식주의엔 관심이 없었다. 식당은 삼 층과 사 층이었다. 처음엔 삼 층 테이블에 앉았다가 곧 사 층 바 구석 자리로 바꿨다. 혼자 오는 손님은 드물었다. 연인이나 친구 혹은 가족 단위로 힘겹게 계단을 올라와선 푸짐하게 주문을 했다. 외국인도 절반이 넘었다.

사 층 구석 자리가 좋았다. 밤에도 아늑한 느낌을 줬지만, 개와 늑대의 시간엔 더더욱 그 자리의 특별함이 도드라졌다. 통창을 물들인 석양이 먼저 내 몸을 감싸고 뒤이어 나올 음식까지 품었다. 어둠이 깃들기 전 햇살이 마지막까지 나를 보호한다는 느낌이 들었다. 사람이라면 그 친절의 숨은 뜻을 따져봐야겠지만 통창은 그럴 필요가 없었다. '고스란히'란 단어가 딱 어울렸다.

첫날부터 몹시 배가 고팠다. 바삭한 새송이버섯이 올라간 땅콩참깨 소스 베이스의 오가닉 메밀소바를 시켰다. 영어를 자유자재로 구사하고 프랑스어나 독어도 간간히 섞어 쓰면서, 환한 웃음이 인상적인 단발머리 매니저가 무알코올 웰컴드링크를 건넸다. 구릿빛 피부에 검고 긴 속눈썹과 빨갛게 칠한 입술이 무대 화장을 마친 뮤지컬 배우 같았다. 손가락마다 색깔과 모양이 다른 반지를 꼈고, 십자가 체인 귀걸이는 어깨에 닿았다. 버튼 나사형 은색 귀찌가 두 개씩 박혀 빛났다. 짙은 화장을 멀리하고, 반지나 귀걸이를 하더라도 가장 작은 사이즈를 선호하는 나와는 정반대 스타일. 그나마 내 마음을 끈 것은 향수다.

"아란치아 디 카프리군요."

자몽향이 달콤했다. 매니저가 대답 대신 둥근 눈을 끔벅대며 짧게 웃곤 지나쳤다. 내게서도 같은 향기가 났다.

퍼플 클레릭 셔츠에 크롭 팬츠는 유니폼처럼 보였다. 크리스마스와 새해 첫 토요일에만 어깨가 훤히 드러나는 아워글래스 드레스를 입었다. 왼 어깨에 새긴 사자의 갈기가 위풍당당하게 흔들렸다.

죽 선생이 예약을 했는지 물으려다가 그만두었다. 공방의 위치도 감추고 전화 연락도 되지 않는다니, 낯선 여자가 기다리는 줄 알면 발길을 끊을지도 모른다. 삼 층과 사 층을 자주 오르내리며 손님들을 살폈다. 혼자 와서 음식을 먹는 중년 남자 중에서 농구 선수를 연상시키는 이는 없었다.

두 번째 토요일부터는 횡단보도 건너 편의점 옆 골목에 서서, 눈스테이블을 드나드는 손님을 일일이 확인했다. 눈이 내렸고 바람이 불었고 진눈깨비 흩날리다가 봄비가 찾아들었다. 궂은 날에도 마르지엘라 그레이 슈트를 고집했다. 죽 선생이 나타나면 곧바로 가서 이야기를 나눌 작정이었다. 발랄함보다는 함께 일을 도모할 만큼 성숙한 느낌을 주고 싶었다.

영업 마감 삼십 분 전 가게로 올라가 사 층 구석자리에서 아쉬움을 달래며 폭식했다. 또 허탕이었다. 여름까지 눈스테이블을 다니는 동안 메뉴판에 오른 요리를 전부 먹었다. 특별히 끌리는 메뉴는 서너 번씩 주문했다.

말레이시아 스타일의 코코넛커리에 이어 멕시칸 치즈와 특제 소스로 양념한 비욘드미트를 올린 멕시칸 살사 피자를 주문한 저녁, 여름비가 내렸다. 석양이 곱던 통창을 타고 빗줄기가 때론 빠르고 때론 느리게 흘러내렸다. 눈물을 머금은 채 우러른 밤하늘처럼, 빛들이 흐릿하게 번졌다. 확신이 의심으로 바뀌는 시간이었다.

계절이 두 번 지난 뒤에야 매니저가 조심스럽게 물었다. 나중에 알았지만 먼저 말을 걸지 않는 것이 원칙이었다.

"언제부터 채식을 즐기셨어요?"

"반년이 넘었네요."

"저희 가게에 오시면서부터?"

"처음 한 달은 즐기진 않았고요. 지금은, 그래요, 즐긴다고 봐야겠죠. 일주일에 하루는 비건으로 사는 셈이니."

"저희 음식이 입에 맞으시는 건가요? 아니면 혹시……."

"음식점을 준비하는 건 아닙니다."

매니저의 입귀가 잠깐, 새벽 잎사귀에 달린 물방울을 떨어뜨릴 정도로 떨리다가 멈췄다. 나는 어디까지 털어놓을까 고민했다.

"죽 선생님을 뵙고 싶어서요."

매니저가 방금 닦은 와인 잔을 거꾸로 들어 살피면서 물었다.

"기자신가요?"

"아닙니다."

질문을 연이어 받으면서 수세로 몰리긴 싫었다. 반년 넘게 기다려도 허탕만 쳤으니, 죽 선생을 여기서 만나긴 어려우리라. 이곳 음식이 아무리 특별하다 해도, 비건 식당이 지금은 서울에도 꽤 늘었다. 방지훈과 방죽포를 적당히 가리며 둘러댔다.

"처음엔 옷 장사를 했어요. 창고를 하나 잡고, 동대문에서 옷을 떼와선 온라인으로 팔았죠. 그런데 자꾸 재고가 쌓이는 거예요.

계절이 바뀔 때마다 철에 맞게 신상품을 또 사야 했답니다. 그다음엔 구두를 건드렸죠. 마찬가지였어요. 사이즈와 계절에 구애받지 않는 품목을 찾아야겠단 생각이, 옷과 구두에서 호되게 실패한 후 들더군요. 소재는 가죽, 제품은 가방이 눈에 들어왔습니다. 가방 장인을 수소문해 보니 죽 선생님을 첫손에 꼽더군요. 그리고 이 가게도 함께……."

"짝퉁이라도 파시려고?"

긴 머리카락을 단번에 싹둑 자르듯 질문이 짧았다. 삐딱한 마음을 받아치지 않고 차분하게 설명을 이었다.

"토요일마다 여기서 저녁 식사를 하신다고 들었어요. 결국 거짓 정보였네요. 토요일엔 눈스테이블에 출근하듯 오고 다른 날엔 공방들을 돌아다녔답니다. 신설동 근처를 종일 걸었죠. 깜짝 놀랐어요. 많은 공방들이 곰팡이 냄새 풀풀 나는, 숨이 턱턱 막히는 지하에 있더라고요. 백화점이나 매장에 진열된 가방들이 고급스럽고 멋지니까, 공방도 넓고 환하겠거니 여겼거든요. 그렇게 열악한 곳에서 가죽 가방을 만드는 줄 몰랐어요. 그래도 솜씨는 좋더라고요. 몇몇 분들과는 저녁도 따로 먹고 술도 한두 잔……."

"대답을 안 주시네요. 짝퉁이 필요해요? 죽 선생 아니라도 솜씨 좋은 선수들이 이태원 근처에 꽤 있죠. 원하시면 연결시켜 드릴게요."

손님 말허리를 자르는 것은 매니저로선 큰 실례였다. 나는 한 번 더 품으며 지나갔다.

"짝퉁 장사를 벌일 생각이면 육 개월을 이러진 않았겠죠."

"여기서 죽 선생을 만날 수 있다고 누가 그러던가요?"

즉답을 않고 매니저와 눈을 맞췄다. 거짓말로 또 둘러댈까, 아니면……. 눈매가 참새를 노리는 솔개처럼 날카로웠다. 거짓을 보태자마자 내 눈을 쪼고 어깨를 움켜쥘 듯했다.

"방죽포에서 들었습니다."

"방 대표랑 어찌 되세요?"

곧장 방지훈과의 관계를 물었다. 녀석의 정보가 완전히 엉터리는 아닌 모양이다.

"친구예요."

같은 대학, 같은 동아리, 아이돌 그룹과 같은 설명은 붙이지 않았다.

"죽 선생을 만나려는 건 주문하겠단 뜻?"

"당연하죠."

매니저가 크롬바커 무알코올을 한 병 갖다줬다.

"서비스예요. 마시고 있어요."

영업은 열한 시 반에 마쳤지만, 가게를 나선 시각은 자정을 훌쩍 넘어서였다. 종업원들은 아직 청소 중이었고, 매니저만 먼저 나왔다. 'I'm not a plastic bag.'이라는 글자가 큼지막하게 적힌 에코백이 오른손에 들렸다. 묵직해 보였다.

매니저는 이태원역을 지나 녹사평역 쪽으로 바삐 걸었다. 조명을 받으며 진열된 가방이며 옷이며 신발이며 액세서리로는 눈길도 주지 않았다. 골목골목이 주말을 즐기는 젊은이로 가득 찼다.

이미 취해 비틀대거나 웅크리고 앉았거나 토했다. 나도 매주 이태원으로 왔지만 골목까지 가서 즐기진 않았다. 죽 선생과 만나지 못한 아쉬움을 달래며 서둘러 지하철을 탔을 뿐이다. 땀을 뻘뻘 흘리며 종종걸음을 치다가, 녹사평역으로 이어진 오르막에서 매니저의 팔꿈치를 붙들었다.

"잠깐만요. 어디까지 갈 건데요?"

매니저가 고개만 돌려 차갑게 되물었다.

"어디든 따라와야 할 처지…… 아닌가?"

서늘한 반말이었다. 답을 기다리지 않고 매니저는 다시 걸음을 뗐다. 나는 이마에 땀을 훔친 뒤 푸욱푹 한숨을 쉬며 따라붙었다. 이태원초등학교를 지나 골목으로만 더 걸었다. 갈림길이 잦고 골목이 심하게 휘는 바람에, 바짝 따라도 자꾸 놓쳤다. 겨우겨우 찾아내면 다시 사라지기를 반복했다.

초등학교를 통과하고 십오 분 만에 매니저가 완전히 증발했다. 갈래갈래 골목을 따라갔다가 돌아오고 다시 끝까지 들어갔다가 나왔지만 흔적이 없었다. 가로등 아래 잠시 멈춰 섰다. 숨이 찼다. 내 신세가 처음 들어간 숲에 버려진 아이 같았다. 사방으로 길이 나고 전등은 밝고 사람은 들끓어도 순간순간 외롭고 두렵고 답답했다. 인구 천만 명의 대도시이지만, 대도시라서 더 그랬다. 주먹으로 가슴을 쳤다.

그 소리를 들었을까. 푸른 벽과 붉은 벽 사이 겨우 한 사람이 옆걸음으로 지나칠 틈에서 불빛이 새어나왔다. 푸른 벽이 안으로 접히면서 지하로 내려가는 철제 사다리가 보였다. 접히는 부분만, 콘크리트가 아니라 가로 세로 1미터 남짓한 나무판이었다. 매니저가 째려보며 검지를 까닥거렸다. 사다리를 붙들고 서너 걸음 내려서자 저절로 나무판이 닫혔다.

천장 가운데 늘어진 전깃줄에 매달린 백열등이 흔들렸다. 찬바람을 맞아 피어오른 마른 먼지 탓에 눈두덩이 따가웠고, 눅진눅진하고 쾨쾨한 냄새에 놀란 코는 저절로 벌렁거렸다. 재채기와 함께 눈물이 흘렀다.

어둡고 작은 방이 칸막이로 또 양분되었다. 사다리에 올라서서도 칸막이 뒤쪽이 보이지 않았다.

"날 왜 찾아?"

등진 채 긴 책상 앞에 웅크리고 앉았던 남자가 허리를 펴고 고개를 돌렸다. 오른손엔 예리한 단검이 들렸다. 죽 선생이었다. 앉은키만도 내 턱에 닿을 정도였다. 손등부터 팔꿈치까지 검은 털이 수북히 나 있었다. 귀밑과 볼과 목에도 군데군데 털이 보였다. 면도를 한 인중과 턱도 거뭇거뭇했다. 죽 선생의 키가 크다고만 했지, 털북숭이란 이야기를 듣진 못했다. 이마도 코도 눈도 큼직큼직했으며, 도드라진 광대뼈에 찢어진 눈이 알리바이의 허점을 찾는 형사를 닮았다. 책상 밑으로 늘어뜨린 왼손을 들자 자르다 만 가죽이 들려 있었다. 생후 일 년 이상 된 어미 양 가죽인 시프스킨(sheepskin)이었다. 코를 찌르는 독한 냄새의 진원지는 책상 아래와 한쪽 벽에 쌓아둔 가죽들이다.

"잠시만!"

죽 선생이 칸막이를 손바닥으로 탁탁 친 후 엉거주춤 일어섰다. 소문대로 정수리가 낮은 천장에 닿았다. 작업 중이던 양가죽은 그대로 둔 채, 벽에 걸어둔 앉은뱅이 탁자를 번쩍 들어 바닥에 내려놓았다.

칸막이 안쪽에서 누군가가 더 나왔다. 파란 트레이닝복을 입은 채 오뚝이처럼 펑퍼짐한 여자는 죽 선생과는 달리 150센티미터를 간신히 넘길 정도로 키가 작았다. 위아래가 짧은 대신, 목도 굵고 가슴과 배도 굵고 두 다리도 굵었다. 머리숱은 적고 눈썹도 거의 다 빠졌으며, 들창코인데도 코털이 보이지 않았다. 뿔테 돋보기안경을 코끝에 걸친 데다 검은 안대로 왼눈까지 가렸다. 오로지 두 손만은 살이 찌지 않았다. 피아니스트의 길고 깡마르고 날렵한 손을 닮았다. 죽 선생의 조수였다.

죽 선생과 조수가 바닥에 마주 보며 앉자, 매니저가 에코백에서 밀폐 용기에 든 음식들을 꺼냈다. 조수가 나무젓가락으로 음식들을 쟁반에 차례대로 덜어놓자 죽 선생이 먼저 먹기 시작했다. 조수는 오른손으로 숟가락을 들려다가 왼손으로 안경을 고쳐 쓴 후 자기소개부터 했다.

"채대숙…… 내 이름."

나는 눈인사를 나눈 뒤, 곧장 본론으로 들어가려 했다. 반년을 넘게 기다린 만큼 마음이 급했다.

"제가 선생님을 뵈려 한 까닭은……."

죽 선생이 구운 야채를 볼에 잔뜩 넣은 채 째렸다. 말문이 막힐 만큼, 선생의 눈에서 불쾌한 기운이 뿜어 나왔다. 매니저가 끼어들었다.

"한마디만 더 하면 그 후론 나도 몰라. 지난번에 왔던 손님도 그랬어. 식사를 마치지도 않았는데, 아빠에게 원하는 가방에 대해 잔뜩 지껄였거든. 젓가락을 든 채 천천히 일어서기만 하셨지. 그 손님은 벌벌 떨며 달아나다가 비탈길에서 뒹굴어 코가 부러졌다나 어쨌다나……."

"아빠?"

그러고 보니 매니저는 죽 선생과 닮은 구석이 많았다. 키는 크지 않고 손등이나 목에 털이 나지도 않았지만, 넓은 이마와 튀어나온 광대뼈는, 바람에 맞서며 대초원을 옮겨 다니는 유목민 여인 같은 강인함을 풍겼다. 가방에 관해 묻고 싶은 것이 많았으나 아랫입술을 말며 참았다. 지금 쫓겨나면 반년 동안 들인 공이 사라진다.

아주 늦은 저녁 식사가 끝나기를 기다렸다가 고쳐 말했다.

"제가 원하는 것은……."

대숙이 말허리를 잘랐다.

"루이뷔통? 지방시? 버버리? 구찌?"

죽 선생과 매니저의 시선도 내게 향했다.

"에르메스."

죽 선생이 피식 웃으며 손바닥을 펼쳐 내밀었고 대숙이 만 원지폐 한 장을 얹었다. 손님이 어떤 짝퉁을 원하는지 종종 내기를 했던 것이다. 대숙은 내가 아이폰에 담아온 사진을 슬쩍 보곤 알은체를 했다.

"버킨…… 30 토고 가죽에 에토프 컬러. 아무나 살 수 없는 귀한 녀석이지. 지난달에도 하나 끝냈어."

"그쪽이 필요한 건가?"

죽 선생이 나를 찬찬히 뜯어보며 물었다. 내 손이 저절로 팔꿈치를 번갈아 쥐고 뒷머리를 쓸었다. 마르지엘라 그레이 슈트에 델보 브리앙 블랙의 조화가 나쁘진 않았다. 독고찬의 애인이었을 때 구입한 마지막 가방이다.

"이런 건 짝퉁이 얼마나 하죠?"

느릿느릿 물었다. 죽 선생이 혀를 끌끌 찼다.

"방 대표, 그놈 땜에 더 얹지를 못하겠군. 착수금은 가져왔지?"

흔적을 남기지 않는 것이 죽 선생 원칙이다.

"전화번호 주고 가서 기다려. 똑같이 만들어줄 테니."

"똑같이 만드시면 안 됩니다."

"뭐?"

죽 선생이 도끼눈으로 째렸지만 나는 준비한 말을 끝까지 했다.

"버킨의 실용적이고 단정한 느낌만 살려주시고요. 에토프 컬러가 아니라 그린색으로 갈 겁니다. 좀더 싱그러웠으면 좋겠어요. 여기 제가 원하는 가방을 따로 그려왔습니다."

내민 종이를 대숙이 받아 죽 선생에게 건넸다. 가방의 크기와 색깔, 손잡이 넓이와 곡선의 기울기, 버클 모양, 실의 종류와 굵기

등이 소상하게 적혀 있었다.

"짝퉁을 원하는 거 아니었어?"

"실력 발휘를 해주세요."

죽 선생은 즉답하지 않았고, 그 대신 대숙이 왼손으로 제 앞이마를 두드리며 더듬더듬 받았다.

"우리 선생님이 최고인 건 맞는데……. 잘 생각해 봐요. 정말 명품과 똑같이 만들어요……. 제가 가끔 실수를 해서 그렇지, 저만 똑바로 하면 선생님 솜씨는 감쪽같거든요. 에르메스 직원들에게 보여줘도 전혀 눈치 못 챌 정돕니다."

죽 선생이 물었다.

"가죽은 언제 가져다줄 거지?"

"네?"

돈 내고 가방을 주문하는 내가 가죽까지 구해야 하는가. 매니저가 머뭇거리는 내 얼굴을 보며 설명했다.

"아빠 가방 만드는 장인이지 무두질하는 사람이 아니에요. 에르메스와 맞먹는 품질을 원한다면, 가죽부터 최고급으로 구해오세요."

"그, 그래야죠."

어설픈 맞장구였다. 죽 선생의 길게 찢어진 눈엔 나를 향한 의심이 가득했다. 매니저가 덧붙였다.

"명품 회사에 가죽을 납품했던 테너리를 한 군데 압니다. 거기라면 품질은 믿을 만합니다만……. 소개해 드릴까요?"

테너리는 가죽을 무두질하는 공장이다. 나는 말없이 고개만 끄덕였다. 방죽포에 병행수입을 하는 방지훈이 산다는 것을 알 뿐만 아니라 테너리와 연이 닿아 있는 사람이라면, 채식 레스토랑 매니저만은 아닌 듯했다.

"죽 선생님을 따로 도우시나요? 식사를 챙겨드리는 착한 따님 역할 외에……?"

대숙이 끼어들었다.

"페인터 눈의 명성을 못 들으셨나 봅니다."

"페인터 눈이라고요?"

"호랑이 새끼가 고양이 되는 법은 없습니다. 칠이란 칠은 모조리 끝내주게 하는, 아주 신기한 사람이에요. 메이크업부터 가죽 칠까지 못하는 게 없죠. 취미로 그림도 그리고……. 숨도 안 쉬고 지갑 백 개를 해치웠단 소문이 돌 정돕니다. 가죽이란 게 워낙 예민해서 한결같이 깔끔하게 칠을 할 사람이 꼭 있어야 해요. 열 살부터 스무 살까지, 학교 다녀오는 거 빼곤 꼬박 십 년을 칠했다더군요. 그러곤 손목에 탈이 났고요. 이 년 동안 침 맞고 약 먹고 겨우겨우 고친 뒤엔 다신 칠을 안 하겠다고 떠났어요. 호주로 건너갔다가 영국과 유럽을 돌고 남미까지 세계 일주를 다닌 거죠. 외국어는 그때 익혔죠? 그리고……."

"그만하세요."

매니저가 말허리를 잘랐다.

칠 장인인지 몰랐으니, 그리고 반년 뒤에야 죽 선생을 거명했으니, 매니저와 따로 가죽과 가방에 대한 깊숙한 이야기를 나눈 적은 없었다. 그렇다고 이야기를 전혀 하지 않은 것은 아니다. 죽 선생을 찾아, 여섯 달 꼬박 토요일마다 눈스테이블에 갔으니까. 가서 입에 맞지도 않은 채식을 이것저것 먹었으니까. 손님이 많은 날엔 눈인사만 했고, 손님이 적은 날엔 한두 마디 말을 섞었고, 손님이 없는 날엔 마주 앉아 기억해도 되고 안 해도 그만인 대화를 나눴다. 나만큼이나 매니저도 예민했다. 빛 한 줌, 소리 한 음, 몸짓 하나만 가지고도 한 시간이 훌쩍 지났다. 되살리려 해도 떠오르는 것이 없다. 한번 흘러가면 사라지는, 사라져도 아깝지 않다고 여긴 생의 장면들.

고개를 돌려 죽 선생에게 물었다.

"작업에 드는 품까지 해서 그럼 얼마면 될까요?"

"가죽을 구한다 치면…… 이백은 받아야지."

방죽포에서 지훈이 귀뜸해 준 버킨 짝퉁의 시세였다. 죽 선생은 털이 난 손등을 번갈아 비비며 가볍게 두드리기까지 했다. 침묵이 흘렀다. 나는 내 손바닥을 번갈아 쓸면서 답했다.

"알겠습니다. 해주세요."

죽 선생이 확인하듯 물었다.

"명품 로고를 박진 말라?"

"네."

"그럼 그 자리엔 뭘 넣어?"

내가 준비한 답을 던졌다.

"G, R, A, C, E, GRACE."

"그레이스?"

"네. 그게 제 회사 이름이에요."

"회사……? 어떤 회산데?"

"가죽으로 모든 것을 만드는 회사예요. 가방부터 지갑이나 벨트 나아가 가죽신까지."

"그레이스? 못 들어봤는데…… 넌 알아?"

대숙이 오른쪽 눈을 감고 왼눈의 안대를 고쳐 쓰며 답했다.

"몰라요, 모릅니다."

"가죽을 다루는 회사 치고 우리가 모르는 데는 없어. 아틀리에가 어디야? 매장은 또 어디 어디고?"

"아틀리에도 매장도 아직 없어요. 개인 사업자로 반년 전에 등록은 했는데……."

방죽포에서 올라온 다음 날이었다.

"없어?"

"이제 첫 제품을 만들 거니까요. 죽 선생님 손으로."

죽 선생이 먼저 코끝으로 웃자, 멋과는 담을 쌓은 대숙과 머리부터 발끝까지 멋을 부린 매니저가 뒤이어 웃음을 터뜨렸다.

"맹랑하네. 근데 이건 팔 게 아니고 그쪽이 쓸 거라며?"

"맞아요. 일종의 투자죠."

가방의 가치를 이백만 원에서 이천만 원으로, 이천만 원에서 이억 원으로 만드는 것은 내 몫이다.

대화를 마쳤다. 앞으로 종종 뵙겠다고 했지만, 세 사람은 믿지 않는 눈치였다. 사다리를 올라가서 나무판을 밀고 골목을 내려가 대로변에서 택시를 잡아탄 후에도, 지하 공방에서 대숙이 안타까운 눈빛과 함께 건넨 목소리가 전쟁기념관을 지날 때까지 귓전을 맴돌았다. 곧게 뻗은 길에 무성하게 늘어선 은행나무와 양버즘나무로도 질문들이 가려지지 않았다.

"짝퉁을 만드는 건 다 그만한 이유가 있는 거예요…… 이렇게 정석대로 만들어달란 주문은 처음이네요. 그걸 왜 그렇게 하려 하시죠?"

가방은 거의 완벽했다.

거의, 그러니까 티끌만 한, 결함 같지도 않은 결함이 있긴 했다.

일주일 후 전쟁기념관 광개토대왕릉비 앞 벤치에서 대숙을 만났다. 실물 크기로 만든 모형 비석은 죽 선생 같은 꺽다리를 세 명쯤 붙여 세워야 높이를 맞출 정도로 거대했다. 지는 해가 비석에 걸리자, 벤치까지 그림자가 드리웠다. 처음엔 쓰다듬더니 개미지옥과도 같은 어둠을 만든 후 삼켰다.

미리 와서 기다리던 대숙이 나를 먼저 발견하고 손을 흔들었다. 노란 바탕에 파란 물방울들이 무수하게 맺힌 원피스 차림이었다. 지하 공방의 트레이닝복과는 전혀 달랐다. 나란히 앉자마자 에코백에 눈이 갔다. 어서 넘겨받아 그 안을 확인하고 싶었다.

"참…… 좋네요."

눈치 없는 대숙은, 햇살을 조금이라도 더 받으려는 듯 내 쪽으로 한 뼘 옮겨 앉았다. 입소리를 내며 종이컵에 담긴 아이스커피를 홀짝홀짝 마셨다. 싸구려 향수 냄새가 훅 밀려들었다. 퀴퀴한 지하 공방 냄새를 지우려고 뿌렸겠지만 대숙에겐 어울리지 않았다.

"뭐가…… 좋아요?"

두 뼘 물러나며 웃는 낯으로 물었다. 대숙이 고개를 들곤 옛일을 회상하듯 눈을 반쯤 감았다. 뿔테 안경도 쓰지 않았다. 가로등 불빛이 렌즈를 껴 더욱 동글동글해진 눈동자와 들창코로 떨어졌다.

"진품이 아니라고 깔보지만…… 우린 정말 최선을 다하거든요. 어쨌든 짝퉁 거래를 할 땐 사람들 눈을 피해야 하니까, 어두컴컴한 지하실이나 인적 끊긴 산길이나 아니면 아예 강변도로 길가에서 가방만 전달하고 끝이죠. 한데 그쪽이 만들어달라고 한…… 이건 그럴 필요가…… 전혀 없으니까요. 전쟁기념관에서 가방을 전하긴 처음이에요."

나는 벤치 아래에 둔 에코백을 눈으로 가리켰다.

"봐도 될까요?"

"그, 그럼요. 보세요. 이 녀석, 특별히 더 잘 나왔답니다."

대숙이 허락하자마자 재빨리 에코백에 손을 집어넣었다. 기대했던 가방 대신 종이상자가 잡혔는데, 그 상자를 꺼내 열었더니 비닐이 나왔으므로, 그 비닐까지 뜯고 나서야 비로소 그레이스의 첫 가방이 모습을 드러냈다. 가방을 들고 구석구석 살피는 동안, 대숙은 커피를 끝까지 비운 뒤 비석 그림자에 완전히 잠겨 이야기를 늘어놓았다.

"조수라고 해서 다 같은 조수가 아니에요…… 십오 년이나 죽 선생님께 배우고 있거든요. 저랑 비슷하게 시작한 친구들은 대부분 독립해서 공방을 차렸죠. 저도 가죽 고르는 것부터 패턴 만들고 가죽 자르고 손바늘질이든 미싱이든 하고 장식 붙이는 데까지 혼자 완벽하게 이젠 해요……. 독립은 안 하는 거랍니다, 못 하는 게 아니라 ……. 지금 보고 계신 고 녀석도 제 품이 절반 넘게 들어갔죠. 그렇다고 제가 한 건 물론 아니고…… 제가 준비를 빠짐없이 하고 여러 군데에서 정성을 쏟았다 쳐도, 죽 선생님 솜씨예요. 완벽해요! 영국과 프랑스 그리고 이탈리아에서 스카우트 제의까지 받으셨어요……. 충분히 명품을 만들 실력을 갖춘, 명품보다 훨씬 나은 녀석을 힘들이지 않고 내놓을 분이랍니다. 솔직히 이백만 원은 너무 싼 가격이죠. 짝퉁도 짝퉁 나름이고, 또 이건 짝퉁이 아니니……."

"선생님을 뵙고 싶어요. 공방에 계신가요, 지금?"

만족스런 미소 대신 사무적인 어조로 물었다. 대숙은 내 얼굴과 손에 들린 가방을 번갈아 보며 되물었다.

"혹시…… 그럴 리야 없겠지만…… 문제라도?"

처음으로 눈을 맞추곤 또박또박 답했다.

"전체적으론 좋아요. 훌륭합니다. 거의 완벽해요."

"거의…… 라면?"

"98퍼센트는 손댈 곳이 없는데, 딱 2퍼센트가 아쉽습니다."

대숙이 성난 복어처럼 부푼 볼에서 한꺼번에 바람을 뿜었다. 뿔테를 썼을 땐 보이지 않던 눈썹과 눈썹 사이 주름이 세로로 깊었다.

"무슨 흠이 있단 건가요? 제가 두 번 세 번 확인했습니다. 이상이 전혀 없어요."

"선생님을 뵙고 말씀드렸으면 해요."

자존심이 상한 대숙이 잘라 말했다.

"선생님 시간은 선생님 겁니다."

"그게 무슨 말이죠?"

"누굴 만나고 말고는 선생님이 결정하신다고요. 지금은 만날 수 없습니다."

"여행이라도 가셨나요? 어딘가요? 계신 곳으로 제가 가서 뵐게요."

"여행 가셨단 얘긴 안 했어요. 하여튼 선생님이 결정하시기 전엔 어디 계신지 알려드릴 수 없어요."

"지하 공방으로 저를 데리고 갔던 건 그럼……?"

"선생님이 정하신 거죠. 여섯 달이나 매주 찾아온 정성을 인정하신 겁니다."

매주 찾아온 정성을 인정해?

"죽 선생을 뵈러 눈스테이블로 왔단 얘긴 지하 공방에 간 그날 처음 했는데요."

"비건도 아닌데, 혼자, 눈스테이블에 매주 오는 이유가 뭐겠어요? 선생님을 만나려는 사람들이 가끔 그렇게 가게에 무작정 나타나곤 했어요. 사나흘도 지나기 전에 매니저를 붙잡고 용건을 밝히죠. 여섯 달이나 버텼으니 대단하단 건 인정해요. 생김새랑은 달리 놀라운 인내심입니다. 솔직히, 내가 유 대표처럼 첫눈에 쏙 들어올 만큼 예쁘다면, 기다리는 일 따윈 안 해요……. 하여튼 제게 말씀하세요. 다른 길은 없답니다. 선생님이 안 계실 땐 제가 그분을 대신해요. 말씀 주시면 전해드리죠."

매니저의 시원하고 건강한 구릿빛 어깨와 사자 문신이 떠올랐다. 내가 죽 선생을 만나러 왔다는 사실을 눈치 채고도 여섯 달이나 두고 본 것이다. 칠 장인에 어울리는 신중한 성격이다. 나는 죽 선생을 훗날 만나서 이야기할 것인지, 아니면 오늘 이 자리에서 대숙에게 문제점을 밝힐 것인지 잠시 망설였다. 지금 말하지 않으면 또 반년이 훌쩍 지나갈 수도 있었다. 똑같은 시간도 쓰는 사람에 따라 그 가치가 매우 다른 법이다. 지하 공방에서 짝퉁을 만들며 하루하루를 보내는 죽 선생에겐 반년이 길지 않은 시간이지만, 사업을 시작한 나로선 매우 아깝고 귀한 시간이다. 결국 대숙에게 아쉬운 점을 밝혔다.

"흠이라고까지 하긴 뭣해요. 손잡이가 1센티미터 높아야 하고 여기 이 어깨끈을 박은 실의 땀도 20퍼센트 길어야 하고요. 박스 스티치(box stitch)가 직각에서 조금 모자랍니다. 90도가 아니라 87도쯤이 아닐까 해요."

"손잡이 높이 1센티미터 플러스, 어깨끈 박은 땀의 길이 20퍼센트 플러스, 박스 스티치 3도 플러스……."

대숙이 눈동자를 치뜨곤 반복했다.

"제가 그려드린 것과 딱 그렇게 세 가지가 다르네요."

붉은 장미 문양으로 발등을 장식한 대숙의 흰 단화가 덜덜덜 떨렸다. 얼굴이 가부키 배우처럼 하얗게 질리더니 시선이 차츰 내려갔다. 렌즈를 끼고 물방울 원피스를 입고 향수를 뿌린 뒤, 슬리퍼 대신 단화까지 꺼내 신으면서 기대한 결말이 아닌 것이다. 가까운 카페로 자리를 옮겨, 정겨운 대화를 이어가는 상상이라도 했던 걸까. 스타트업 대표인 내가 가방에 대해 이런저런 질문을 던지면, 부드러운 눈길로 다양한 충고를 따뜻하면서도 상세하게 하고 싶었는지도 모른다. 그러나 그 기대는 비석의 그림자 속으로 사라졌다.

죽 선생의 조수를 하며 산전수전 겪은 경험이 수습할 힘을 주었다. 대숙은 감정에 마냥 휘둘리지 않고 핵심을 물었다.

"돈을 못 내겠단 건가요? 고쳐서 다시 가져오길 원해요?"

나는 고개를 들고 비석을 바라보았다. 좌우에서 올려 쏜 조명이 비석을 더 거대하게 만들었다. 매머드가 저와 같을까. 흰수염고래가 저와 같을까. 앞으로 내가 넘어야 할 벽이 저와 같을까.

"아뇨. 이건 가져가서 쓸게요. 다음부턴 제가 그려드린 그대로 100퍼센트 만들어주셨으면 해요."

대숙의 얼굴이 먹구름을 뚫고 나온 해처럼 밝아졌다.

"알겠어요. 꼭 그렇게 할게요."

세상에는 지켜지지 않는 약속이 훨씬 많다.

매달 적게는 한 건 많게는 서너 건씩 죽 선생에게 주문을 넣었다. 내가 영업을 시작한 곳은 독고찬을 따라 나갔던 모임 '스윙'이다. 독고찬은 떠났지만 스윙은 지속되었다. 나를 제외하곤 2세 경영인이거나 창업하여 성공을 거둔 CEO가 대부분이었다. 독고찬이 시애틀로 떠났으니 나를 탈퇴시킬 법도 했지만, 상황은 엉뚱한 방향으로 흘렀다. 독고찬의 청혼을 단숨에 걷어찼다는 소문이 돌자, 회원들의 관심이 오히려 쏠렸다. 여자들은 그토록 좋은 자리를 마다한 속내를 알고 싶어 했고, 남자들은 독고찬 대신 자신들이 들어갈 자리는 없는지 욕심을 냈다.

예전처럼 그들과 자연스럽게 어울렸다. 다른 점이라면 죽 선생이 만든 핸드백을 가지고 나갔다는 것.

스윙의 여자들은 하나같이 명품 가방을 들고 왔다. 멀리서도 브랜드와 출시 연도 그리고 자신의 클로짓에 그 가방이 있는지 없는지 알아차렸다. 그런데 내가 든 가방만은 자신들의 검색망에 걸리지 않았다. 품격은 있되 브랜드는 오리무중이었다. 남자들도 다투어 새로운 가방에 관심을 드러냈다. 어느 명품관에서 샀는지 묻기도 했다. 나는 별것 아니라는 듯 답했다.

"명품관엔 없어요. 제가 주문 제작한 거니까요. 세상에 딱 요거 하나뿐이에요."

주문을 넣겠다는 그들의 요청을 순순히 받진 않았다. 깐깐하단 불만을 들을 만큼, 각자 원하는 가방을 고민해서 그려오라 했다. 카탈로그를 보고 대충 골라 사던 이들에겐 힘들고 귀찮은 요구였다. 그림을 건네지 않는 사람은 아무리 높은 값을 불러도 제외시켰다.

죽 선생은 번번이 약속을 어겼다.

높은 수준을 유지했지만 2퍼센트 이상 부족했다. 그림대로 100퍼센트 완벽하게 만든 경우는 단 한 번도 없었다.

광개토대왕릉비 앞 벤치에서 변명하는 대숙의 목소리가 점점 더 은사시나무처럼 떨렸다. 만년 조수의 화장법과 골라 입은 옷들이 세련되지 않듯이, 죽 선생이 만든 가방도 마지막 고비를 넘지 못해 등정에 번번이 실패한 등반가를 닮았다. 나는 압인(壓印)하듯 짜증을 누르며 물었다.

"죽 선생은 이 나라에서 손꼽히는 가죽 장인이시잖아요? 한데 왜 100퍼센트를 못 만들까요? 실력이 부족해선가요?"

대숙이 엉덩이를 들썩이며 씩씩거렸다. 아기 멧돼지를 잃고 성난 어미 멧돼지 같다.

"절대 아닙니다. 선생님 실력은 세계 최고 아니 우주 최고예요."

대숙의 극찬이 탐탁지 않았다. 우주 최고라면 백 퍼센트 완벽해야지!

"그쪽과 비교한다면요?"

우주 최고라는 칭찬보다 나은 칭찬을 찾지 못했는지, 잠시 고개를 돌렸다. 그러다가 아예 일어나선 비석을 우러르며 섰다. 대답을 기다리던 나도 슬그머니 대숙의 곁으로 가선 침묵을 나란히 줄 세웠다. 대숙이 허리를 숙여 엄지와 검지로 둘레를 감싸고도 남을 돌멩이를 집어 내게 보였다.

"선생님이 저 광개토대왕릉비라면, 저는 이것만 할 겁니다. 몇 년 못 버티고 공방을 떠난, 그래서 지금은 선생님 소리 들으며 살고 있는 녀석들 중에는 우리 선생님과 어깨를 나란히 한다고 자랑을 늘어놓기도 하죠. 하지만 우주에서 죽 선생님은 단 한 분이십니다. 무지한 고객들은 그 솜씨가 그 솜씨 아니냐고 간주할 수도 있겠죠. 하지만 공방에서 같이 먹고 자며 가죽 제품을 만든 이들은 선생님을 깎아내려선 안 됩니다."

"구체적으로 설명해 보세요. 무엇이 그렇듯 대단하단 거죠?"

대숙은 손바닥이 보일 만큼 양손을 쫙 폈다. 물결이 퍼져가듯 열 개의 손가락을 순서대로 빠르게 굽혔다가 다시 펼쳤다. 내가 현란한 손가락 놀음에 감탄하는 사이, 대숙은 새로운 설명 방식을 찾아냈다.

"이해하실지 모르겠지만, 이렇게 비유해 볼게요. 절대음감 아시죠? 그걸 지닌 사람들처럼, 절대시감과 절대촉감의 소유자도 매우 드물지만 있다고나 할까요. 슬쩍 보는 것만으로도 가방의 크기에서 실의 굵기까지를 밀리미터 단위까지 알아맞힌다거나 검지 손끝으로 가볍게 긁었을 뿐인데도 가죽의 종류는 물론이고 원산지와 염색처까지 알아맞히는 거죠. 지하 공방으로 들어온 후 제 인생에서 그런 절대시감과 절대촉감을 지닌 사람은 오직 한 명 우리 선생님뿐이에요."

다시 극찬에 가당았다. 나는 단검으로 심장을 찌르듯 물었다.

"평생 조수만 할 건 아니죠?"

"때 이르게 서툰 솜씨로 독립하느니, 선생님께 오래 배우는 것도 삶의 방법 중 하나입니다."

"월급 떼일 걱정을 하진 않는다는 것. 그걸 행복이라 정의하기도 하더군요. 하지만 평생을 모셔도 누가 조수를 알아줍니까?"

대숙이 답했다.

"알아줘봤자 뭣하겠어요? 어차피 짝퉁인데……."

나는 한 걸음 더 나아가려다가 멈췄다. 차차 따져도 늦지 않았다. 추측과 확인이 가능한 부분은 대숙의 솜씨가 조수들 사이에선 으뜸이라는 것, 그리고 죽 선생을 지나치게 의지한다는 것이다. 시급한 과제로 돌아왔다.

"우주 최고라면 그레이스 제품들이 늘 2퍼센트 부족한 이유는 뭘까요?"

"그게…… 시간이 부족해서……."

"일주일이면 빠듯해도 만들 순 있다고 하셨잖아요? 앞으로는 열흘이나 보름 뒤에 받아도 돼요. 그럼 해결이 될까요?"

이마에 맺혔던 땀이 흘러내려 들창코 구멍 속으로 들어갔다. 대숙이 킁킁 콧바람을 날린 후 답했다.

"보름이 아니라 한 달을 줘도…… 마찬가질 거예요. 절대 시간이 부족해요."

"한 달 뒤에 받더라도?"

"부족해요."

"이해할 수 없네요. 칠 일 만에 98퍼센트를 만드는데, 팔 일을 더 쏟아 2퍼센트 올리는 게 어렵단 건가요?"

대숙은 눈을 끔뻑이며 고개를 끄덕였다. 이미 다 알고 있으면서 왜 자꾸 묻느냐는 듯이.

"매달 가방을 서른 개 넘게 만들고 있어서 그래요. 주문이 시도 때도 없이 밀려들거든요. 일주일이란 기한을 보름으로 늦추면, 그 틈을 다른 주문으로 채우죠. 선생님에겐 시간이 돈이거든요. 하지만 다른 곳에서 주문받아 만드는 백이랑 유 대표님께 드리는 백은 다릅니다."

"뭐가 다르단 거죠?"

"그것들은 짝퉁이고, 그레이스는 오리지널이죠."

8
당신이 포기한 것

비단뱀 팔찌를 나눠 끼진 않았지만, 혜경과 나는 다시 만났다.

나는 시간이 많았고 할 일은 없었다. 아침저녁으로 소머리 국밥을 나르려 했지만 엄마가 막았다.

"방해 말고 네 할 일이나 하렴."

내 할 일?

그 일을 생각하며 걸었다. 걷다가, 걷는 것이 매일 내가 할 일이 되었다. 처음엔 마을 골목을 오갔는데, 낯익은 이웃들이 이미 세상을 뜬 외할아버지나 외할머니 그리고 아빠 이름을 앞세우며 내 인생에 참견을 해대는 바람에 조금 더 멀리 나갔다. 어차피 목적지가 없었으므로, 마음에 드는 곳이 나타나면 그냥 머물렀다. 서 있기도 하고 앉아 있기도 하고 볕 좋은 날엔 풀숲에 누워 낮잠도 잤다. 너무 곤하게 잠든 날엔 눈을 뜨자마자 별들이 쏟아져 놀랐다.

내 할 일!

혜경과 매일 만나는 것이 내 할 일이다. 중간고사나 기말고사 기간엔 아쉽지만 일주일을 기다렸다가 만났다. 일주일보다 더 오래 만나지 못한 적은 없다.

혜경을 만나러 갈 때도 걸었다. 여고가 자리 잡은 언덕은 시장 앞 정류장에서 버스를 타고 열 정거장이나 갈 만큼 멀었지만, 더 오래 걸을수록 더 많이 혜경이 보고 싶었기 때문에 상관없었다. 버스 요금은 모아뒀다가 혜경에게 줬다. 줄 것이 그것밖에 없었다.

"넌? 돈 필요 없어?"

"필요 없어."

이른 아침과 늦은 저녁, 엄마는 이 층으로 국밥을 올려줬다. 나는 여전히 이 층 안방에서 혼자 잤고, 아빠 옷장엔 멋진 점퍼와 셔츠와 바지 들이 가득 걸려 있었다. 결혼 전엔 월급을 받으면 옷가게부터 들렀다고 했다. 공장에서 쇳물을 옮겨 담느라, 그렇게 모은 옷을 맘껏 입지 못하고 옷장에만 넣어뒀던 것이다. 내 키가 아빠만큼 자란 후, 그 옷은 전부 내 옷이 되었다. 아빠가 제일 아끼던 가죽 점퍼를 걸친 날엔 엄마가 내 볼에 기습 뽀뽀를 하곤 용돈까지 건넸다. 그 돈도 혜경에게 줬다.

혜경은 돈을 받아 동전지갑에 넣은 뒤, 마주 서선 양손을 잡고 눈을 맞췄다. 무엇인가를 기다릴 때 항상 취하는 자세였다. 나는 임무를 무사히 마치고 돌아온 정찰병처럼 자랑스럽게 보고했다.

"서쪽 시냇물을 거슬러 세 시간쯤 올라가면 바위들이 바둑알처럼 깔린 산에 도착해. 대부분은 차갑고 단단하고 말랐는데, 틈으로 물이 흐르는 바위들만 나무와 풀을 친구로 삼지. 그런 바위에 귀를 갖다 대면 목소리가 들려. 절반은 욕설 절반은 웃음! 들을 만한 얘긴 없지만, 바위에 목소리가 담겼다는 것만도 신기해. 남쪽 언덕을 두 개 넘기까진 이차선 도로야. 도로 폭이 무척 좁아서 조금만 안쪽으로 걸으면 자동차 바퀴에 발등을 밟힐 거라는 얘긴 어제 했지? 세 번째 언덕까진 적어도 한 시간은 더 걸어야 하는데, 언덕을 넘으면 곧게 뻗은 육차선 도로가 나타나더라고. 삼십 분쯤 그 도로를 따라 걷다가 돌아왔어. 이차선 굽은 길에선 운전사들이 혹시 행인은 없는지 들짐승이 지나가지는 않는지 좌우를 살피는데, 육차선에선 거대한 트럭들이 싹 다 무시하고 질주했어. 무섭고 슬프고 그랬어. 도로로 들어가서 사체들을 옮기진 못했지. 자꾸자꾸 트럭이 달려드니까. 멀리서 추측만 했어. 저건 독수리의 왼쪽 날개, 저건 토끼의 귀, 저건 고라니의 뒷다리, 저건 개의 머리, 저건 또 저건…… 사람이 다치거나 죽더라도 멈출 트럭들이 아니야. 아무리 원해도 거긴 안 갈래."

혜경은 내가 늘어놓은 길 중에서 하나를 골랐고, 우린 거기까지 걸었다. 아무리 멀어도 버스를 탄 적은 없다.

길의 신비를 아는가. 길은 누구와 걷느냐에 따라 완전히 달라진다. 혜경이 없으면 늘 혼자 걸었다. 신비로운 체험은 혜경만으로 족했다. 그런 마음이 사랑이라면, 나는 혼자 걸으며 더욱 혜경을 사랑했다.

내 마음에 든 자리마다 혜경이 멈춰 서진 않았다. 더 가거나 덜 갔다. 혜경이 걸음을 멈추면, 그 장소를 고른 이유를 충분히 생각할 만큼 내겐 시간이 많았다. 그땐 그렇게 믿었다.

내가 정찰하고 혜경이 고른 곳에 도착하면 우리 외엔 아무도 없었다. 또래 아이들은 마을을 돌아다니며 서로의 집을 오가거나 버스를 타고 도시로 갔다. 어른들은 일터에 있거나 집에 있거나 일터와 집을 오가는 것이 전부였다. 사냥꾼이나 낚시꾼이 가끔 나타났지만, 간섭받기 싫은 듯 그들 스스로 숲속이나 강 저편으로 사라졌다.

혜경과 내가 함께 걷는 길은 그날 그날 달랐다. 말과 행동도 반복된 적이 없다. 마주 보며 이야기만 나눈 날도 있고, 나란히 앉아 말없이 산이나 강 혹은 하늘이나 들녘을 쳐다본 날도 있었다.

나는 천천히 혜경에게 다가갔다.

새벽에 서쪽 하늘에 있던 구름이 열두 시간 후 동쪽 하늘 지평선에 닿은 가을 오후였다. 너무 느려 다가가는 것이 보이지 않을 정도였지만, 혜경은 단번에 구름의 욕심을 알아차렸다. 서로의 필통을 훔쳐 결국 바꾼 꼴이 된 날부터 염소의 뿔에 팔찌가 걸린 날까지, 혜경은 내가 일흔아홉 번이나 자신에게 다가왔다고 했다. 나는 횟수를 헤아리지 않았다. 우연히 마주치더라도 우리 사이의 거리는 5미터가 넘었다.

"다가간 게 아냐. 우연히 마주친 거지."

지평선을 수평선으로 우기고 싶기도 했지만, 내가 아니라 네가 다가온 것 아니냐고 역공을 펴진 못했다. 혜경은 나처럼 느리게 굴다가도, 예측 못한 순간에 바삐 걷거나 꽁지에 불 붙은 강아지처럼 내달렸다. 정확히 말하자면 나로 하여금 내달리게 만들었다.

"우연을 이상한 데 써먹는구나. 이 년 전 5월 13일, 여중 앞 흑장미 제과점에서 빵을 사고 나오다가 골목에서 '우연히' 나를 본 거겠네? 하지만 넌 제과점에 드나들 만큼 빵을 즐기지 않아. 네 엄마도 빵을 싫어하는 건 마찬가지고. 빵을 사서 집으로 돌아가려면 왼쪽 골목으로 들어서야지? 넌 오른쪽 골목에 숨어 날 지켜봤어. 왜 그랬을까? 거긴 수업을 마치고 교문을 나서는 여중생들이 가장 잘 보이는 곳이지. 작년 11월 30일 화장품 가게 맞은 편 전봇대 뒤엔 왜 '우연히' 서 있었어? 엄마 생일 선물 사러 갔었단 소리 마. 네 엄마 생일은 봄이잖아? 가게 주방과 홀에서 일하는 아줌마들 핑계도 대진 말고. 국밥집 사장도 아닌데, 아줌마들까지 챙긴다는 걸 누가 믿겠어? 네가 주장하는 우연이 얼마나 기막힌 필연인지 말해 줄까, 더?"

더, 듣고 싶지 않았다.

"넌 왜 내게 안 왔어?"

내가 그렇게 다가가는 줄 알았다면?

결국 나는 이렇게 반문할 수밖에 없었다. 그 모든 마주침이 필연인 줄 알면서도 모른 척한 혜경의 연기력에 감탄할수록, 얄밉고

서운한 마음이 들었다. 나라면 용기를 냈으리라. 5미터를 넘어 2미터, 2미터를 넘어 1미터, 1미터보다 더 가까이 다가가선 말을 붙였으리라.

"안 간 것 같아?"

다가왔었다고?

내가 눈으로 묻자, 혜경이 고개를 끄덕였다.

혜경은 내가 보지 못한 눈짓과 손짓과 발짓과 몸짓을 직접 보았고, 내가 듣지 못한 기침소리와 웃음소리를 들려줬다. 내가 혜경에게 다가가는 데만 신경 쓰느라, 내게 오는 혜경을 놓친 걸까.

내게서 열 번이나 외면당한 뒤 범고래의 두툼한 손을 잡았다고 했다.

풀밭에 누워 구름을 바라보는 혜경과 입을 맞췄다.

혜경이 먼저 손을 잡고 당기긴 했지만, 구름을 가린 건 나였다. 입술이 닿자마자 뱃멀미를 하듯 어지러웠다. 어지러워도 물러나지 못하게, 혜경은 나를 끌어안고 등 뒤에서 깍지까지 꼈다. 다섯 시간 내내 입을 맞추진 않았지만, 나는 구름이 움직이는 것도 못 보고 입을 맞출 때든 아니든 혜경의 입술에만 집중했다.

불 하이드로 아빠의 수의를 지은 후, 엄마는 밤마다 춤을 췄다.

나처럼, 보이지 않을 만큼 느리게 접근하는 남자는 한 명도 없었다. 황소처럼 씩씩하게 국밥집을 드나들던 남자들의 고백이 이어졌다. 아빠가 쇳물에 녹아버리기 훨씬 전부터, 그들은 엄마를 사랑했다고 주장했다. 엄마는 고백하는 남자들을 물리치지 않고 일대일로 전부 만났다. 매일 한 명씩이었다. 국밥 장사가 끝나고 뒷정리와 청소까지 마치고 주방과 홀에서 일하는 아줌마들이 퇴근한 후 자정 무렵, 소머리 국밥을 먹으러 온 손님이 아니라 사랑을 고백하려는 남자를 맞아들였다.

형광등은 모두 꺼졌고, 촛불 하나만 홀 중앙 탁자에서 빛났다.

새벽에 엄마가 올려주는 국밥을 먹고 첫 손님이 들어올 즈음 잠들었다가 정오에 맞춰 일어났다. 아침 식사라고 엄마가 올려준 국밥이 언제나 내겐 늦은 저녁 식사였다. 엄마와 나 사이엔 평생 좁혀지지 않는 시차가 있었지만 불편하진 않았다.

긴긴 밤을 깨어 있으려면 약간의 사치가 필요했다. 아빠는 열여섯 살부터 이글거리는 쇳물을 보며 담배를 배웠다는데, 나는 열네 살에 시작했다. 자정을 넘겨 시장 골목이 내려다보이는 베란다로 나가 담배를 피워 물면, 국밥집으로 남자들이 매일 한 명씩 쭈뼛쭈뼛 걸어왔다. 몇몇은 어둠 속에서도 얼굴을 알아볼 정도로 단골이었다. 국밥집을 드나들 때 걸친 편한 작업복이 아니라, 낡았지만 그래도 양복을 갖춰 입은 이가 많았다.

고백은 다채로웠다.

꽃다발을 선사하는 고전적인 남자도 있었고, 하이힐이나 스카프를 가져온 남자도 있었으며, 와인에 과일까지 챙겨든 남자도 있었고, 케이크부터 꺼내놓는 남자도 있었다. 벌벌 떨다가 겨우 한 문장을 뱉는 남자도 있었고, 적어온 것을 처음부터 끝까지 읽는 남자도 있었고, 준비한 글도 제대로 읽지 못해 버벅거리다가 스스로 화를 내는 남자도 있었고, 왼 무릎을 꿇고 연기하듯 열변을 토하는 남자도 있었고, 제 감정에 겨워 눈물만 글썽인 채 침묵하는 남자도 있었다. 삼십 초 만에 끝나는 고백도 있었고 두 시간 넘는 고백도 있었다. 남자들은 새벽이 되기 전에 반드시 돌아갔지만, 국밥집에 머무는 시간은 천차만별이었다. 삼십 초 만에 가든 다섯 시간 만에 가든, 엄마는 남자들과 가벼운 포옹을 한 뒤 가게 문을 손수 열고 웃는 낯으로 배웅했다.

그리고 주방에 딸린 골방에서 홀로 춤을 췄다. 그 방 위가 바로, 외할아버지의 관과 외할머니의 관과 쉿물을 식혀 볼 하이드에 넣은 뒤 옮겨 채운 아빠의 관이 놓였을 뿐만 아니라, 지금은 내가 누워 빈둥대는 안방이었다.

엄마나 나는 입도 뻥긋하지 않았지만, 마을 사람들은 곧 야심한 밤 국밥집에서 벌어지는 일을 알게 되었다. 사랑을 고백하기 위해 다녀간 남자들이 모두 국밥집 주방에 딸린 골방에서 하룻밤 정사를 나누었노라고 자랑한 것이다. 삼십 초 만에 고백을 마치고 나온 남자가 세 번이나 쇠좆매를 닮은 자신의 물건을 흔들었다 했고, 다섯 시간을 넘긴 남자는 홀에 깔린 아홉 개의 탁자에서 아홉 가지의 다른 체위로 뜨거운 밤을 이어갔다고도 했다. 그들의 이야기가 사실인지 아닌지는 중요하지 않았다. 시장통 소머리 국밥집에 그와 같은 이야기를 갖다 붙이는 것 자체가 지루한 날들을 뒤흔들었다.

남자들은 계속 국밥집으로 와서 주린 배를 채웠고, 시장 아낙들은 엄마와 반갑게 인사를 나눴다. 밤은 밤 낮은 낮, 이야기는 이야기 삶은 삶이라는 식이었다. 간혹 궁금해진다. 엄마도 지루했던 걸까. 지루함을 지우기 위해 이 정도 소란스러움은 각오했을까.

확실한 사실은 엄마가 남자들을 딱 한 번씩만 야밤에 만났다는 것이고, 그 후로도 남자들이 국밥을 먹으러 오면 언제든 반겼다는 것이고, 그들의 데이트 제의를 모조리 거절했단 것이다. 고백이 통한 남자는 한 명도 없었다. 그렇게 삼 년이 흘러갔다.

엄마가 춤을 배우러 주말 저녁마다 댄스 학원에 간다는 사실을, 혜경에게 들었다. 혜경 역시 고등학생이 되고 나서부터 그 학원을 줄곧 다니는 중이었다. 마을 북쪽 저수지를 돌던 일요일 아침이었다. 엄마가 어떤 춤을 배우느냐고 묻자, 혜경이 스텝을 밟으며 앞서 걸었다.

"이것저것 다 배우셔. 조그만 동네에서 가르칠 춤 안 가르칠 춤 나누는 게 우습지 않겠니?"

암은행나무와 수은행나무가 나란히 서 있었다. 나는 암은행나무를 품에 안았고 혜경은 수은행나무에 등을 비볐다. 무릎을 뻗고 마주 보며 앉았다. 발바닥과 발바닥 사이가 다섯 걸음쯤이었다. 가을에 떨어질 노란 잎이 미리 다섯 걸음을 가득 채웠으면!

"아빠 닮았지?"

혜경은 내 아빠를 본 적도 없었다.

"왜 그렇게 생각해?"

"금방 배우시더라. 손맛은 소문이 났고 발맛도 아시는 분이더라고. 근데 넌 막춤도 춘 적이 없으니⋯⋯."

엄마는 가죽을 자르고 바느질을 하고 나무망치로 두드리는 법까지도 외할머니 어깨 너머로 익혔다는 자랑을 반복했다. 나는 눈썰미도 없고 지독한 몸치였다.

"엄말 닮지 않았지만 아빠를 닮은 것도 아냐."

아빠의 말투를 닮았다는 소릴 엄마에게 듣긴 했다. 어제를 좋아하지 않지만 내일을 좋아하는 것도 아냐. 아빠라면 이렇게도 말했을 것이다. 춤을 즐기진 않지만 몸치는 아냐.

"그럼?"

"널 닮았지."

혜경이 등으로 나무를 부딪치며 소리 내어 웃었다. 잎이라도 하나 떨어졌다면 그 웃음 때문이라고 여길 정도였다. 갑자기 웃음을 뚝 멈추곤 고양이처럼 네발로 기어 내게로 왔다. 콧잔등을 살짝 깨문 후 말했다.

"어쩜 이렇게 사랑스럽니?"

그날부터 혜경은 내가 마음에 드는 말이나 행동을 할 때마다 네발로 기어와선 사랑스럽다고 했다. 다정한 밀어도 좋았지만, 네발로 기어오는 몸짓과 속삭이기 전 내 몸 어딘가를 살짝 깨무는 것이 더 좋았다.

"널 닮아서 그래."

"그래? 증명해 봐."

내가 네발로 엎드렸을 때 혜경은 두 발로 달아나는 중이었다. 표범이나 재규어처럼 쫓고 싶었지만 거북보다 겨우 빠른 정도였다. 결국 나도 두 발로 저수지 뒤 솔숲을 뛰며, 두 팔로 솔방울 달린 가지들을 젖혔다. 솔잎 하나가 코를 찌른 후론 자꾸 콧잔등이 간지러웠다. 혜경이 앞니로 문 자리였다. 그 자리에 초록빛이 도는 작은 점이 생겼다.

솔숲도 내가 이미 산책한 곳이다. 혜경에게 권하지 않은 까닭은 잔돌이 많아 발목이나 무릎을 다치기 쉽고, 볕이 좋아 쉬기 좋은 동쪽 언덕에 무덤이 가득 찬 탓이다. 무덤의 절반은 그나마 단장을 했지만 나머지 절반은 풀과 나무에 뒤덮여 무덤인 줄 모를 정도였다.

"멧돼지 짓이지?"

무덤과 무덤 사이 혜경이 서 있었다. 무성한 풀이 무릎은 물론이고 허리까지 가렸다. 깊게 판 구덩이 옆에 발자국이 여럿이다. 소 발자국이었다면 가죽의 특징과 함께 품종까지 맞췄겠지만, 야생 들짐승에 대한 지식은 깊지 않았다.

내가 다시 네발로 엎드리자 혜경은 무릎을 접고 앉았다. 호랑나비 한 마리가 머리 위로 날아다녔다. 내가 거북보다 빨리 기어 귓불을 깨물려는 순간, 혜경이 먼저 말했다.

"네가 언제 다시 사랑스러웠는 줄 아니?"

다시……란 말이 목에 가시처럼 걸렸다. 엉덩이를 빼며 눈을 맞췄다. 내가 답을 못하리라 예상한 듯 스스로 답했다.

"팔찌 없이 왔을 때! 난 네가 어떻게든 범고래와 염소에게서 팔찌를 되찾아올 줄 알았거든."

"둘 사이를 깨고 싶지 않았어."

"팔찌를 내밀었다면, 너랑 사귀지 않았을 거야."

"확실해?"

"사랑스럽더라, 팔찌도 없이 내게 온 당신이."

때로는 단어 하나가 팔찌만큼이나 위력을 갖는다.

그날 혜경은 거미줄 같은 단어를 두 개나 연이어 날렸다. 하나는 '사랑스럽다', 또 하나는 '당신'.

순서는 몰랐지만 내 방식대로 최대한 천천히 움직였다. 나중에 혜경은 이 움직임을 '다정하다'고 했다.

나는 왼쪽 귓불을 깨물고 오른쪽 귓불까지 깨물었다. 입술을 깨물 때보다 부드러웠다. 윗니가 닿은 앞쪽보다 아랫니가 닿는 뒤쪽에 힘을 살짝 실었다. 혜경은 허리를 꼿꼿하게 세운 채 가만히 있었다. 눈을 감진 않았다. 다시 왼쪽 귀로 돌아가서 입바람을, 해변까지 밀려온 조각배를 지그시 밀 듯, 작고 깊은 구멍에 불어넣었다. 혜경은 왼 어깨를 잔파도처럼 떨며, 허리를 틀어 오른쪽으로 몸을 빼려 했지만, 오른 어깨를 당겨 안는 내 팔이 더 빨랐다. 혜경은 웃다가 찡그리고 찡그리다가 웃었고, 고개를 돌려 오른 귀를 내밀었다. 나는 볼을 부풀려 다시 입바람을 준비했다.

혜경이 고개를 들고 하늘을 보며 까르르 웃다가, 고목이 쓰러지듯 그대로 누우려 했다. 나는 먼저 팔을 뻗어 등을 손바닥으로 받

치곤 버텼다.

"잠시만!"

나는 혜경이 누우려던 자리의 잔돌을 주워 무덤 너머로 던지고는 풀을 밟아 땅을 다졌다. 무릎을 꿇은 채 가죽 재킷을 깔고 불꽃무늬 셔츠로 덮은 다음 러닝셔츠까지 폈다. 혜경은 바로 눕지 않고 오히려 벌거벗은 내 품으로 파고들더니, 눈과 입과 목덜미에 입을 맞춘 뒤 마른기침을 귀엽게 뱉곤 왼쪽 가슴과 오른쪽 가슴에 입술을 댔다. 배꼽에 이르렀을 때는 복수하듯 입바람을 계속 날렸다.

혜경은 내 입술에 자기 입술을 붙인 후, 어깨와 허리를 느리다가 빠르게 또 빠르다가 느리게 흔들었다. 풀숲의 나비들이 훨훨 날았고 솔가지의 새들이 지지배 지지배배 울었다. 내가 턱을 들거나 숙이려 들면, 혜경은 더 깊이 입술을 빨아 당기고 문고리처럼 혀를 걸어 움직이지 못하게 했다. 혀가 그토록 길고 뜨거운 줄 처음 알았다.

내가 석고상처럼 굳어 있는 동안, 혜경도 검은 후드 티를 벗고 반팔 티셔츠를 벗고 어깨끈이 가지런한 러닝셔츠까지 벗어 깔았다.

혜경은 내 옷 위, 나는 혜경 옷 위에 누웠다.

등이 배겨 불편했지만 눈이 시리도록 푸른 하늘을 발견한 우리는 숨을 아껴 쉬었다. 이대로 잠들어도 좋겠다는 생각이 들었다. 혜경이 왼 어깨를 세우며 나를 봤고, 나는 오른 어깨를 세우며 혜경을 봤다.

우리는 빈틈을 조금도 내지 않고 끌어안으려 했다. 그러나 아무리 힘을 줘도 틈이 자꾸 생겨났다. 속옷까지 완전히 벗은 후, 우리는 다시 빈틈없이 서로를 안으려 들었다. 틈 따윈 아무래도 좋다는 생각이 들진 않았다. 혜경의 왼쪽 젖가슴에 볼을 비볐다. 그 속에서 뛰는 심장을 움켜쥐고 싶었다.

"무슨 생각해?"

다음엔 틈을 더 메우고 그다음엔 더욱더 틈을 메우는 상상을 한다고 했더니, 혜경이 내 옆구리를 세게 깨물었다. 두껍고 진한 잇자국이 남았다. 그날 이후로 사랑스럽다는 이야기를 듣거나 스스로 사랑스런 느낌이 들 때면, 나는 내 옆구리를 쳐다보거나 만지곤 했다.

노을이 완전히 사라진 뒤에야 집으로 돌아왔다.

엄마가 이 층 안방에 앉아 있었다. 들어오는 내 목을 당겨 끌어안았다. 술 냄새가 났다. 엄마의 젖가슴이 내 볼을 비볐다.

"냄새 나니?"

고개를 들며 한 걸음 물러섰다. 엄마가 내 몸에서 혜경의 냄새를 맡지나 않았을까. 나풀거리는 연꽃무늬 투피스를 흔들며 다시 물었다.

"나냐고, 냄새?"

냄새가 나긴 났다, 소머리 국밥집에선 맡기 힘든.

"혹시 향수 뿌리셨어요?"

향수도 투피스도 낯설긴 마찬가지다. 춤을 배우러 가는 토요일과 일요일엔 이렇게 옷도 향기도 바뀌었다.

엄마가 갑자기 털썩 주저앉더니, 손바닥으로 눈물을 훔쳤다.

"나랑은 춤을 안 추겠대. 피비린내가 지독하대. 정말 그래?"

가죽신이 뒤집힌 채 문지방에 걸려 있었다. 엄마는 분풀이라도 하듯 가죽신을 거실로 저만치 툭 차버렸다.

"어떤 놈이 그딴 개소릴 해요? 소머리 국밥집 주인에게서 고기 냄새 나는 게 당연하죠."

"그게 아니라…… 가죽 냄새래. 피와 가죽이 엉킨 비린내……."

엄마가 마음을 빼앗긴 남자의 이름은 아서였다.

외국인도 혼혈도 아니었지만 마을 사람들은 모두 그를 아서라고 불렀다. 예전에 대도시를 순회하며 〈원탁의 기사〉라는 무용극을 했는데, 그가 맡은 역할이 아서왕이었다는 소문이 돌았다.

아서는 마을 역사상 최초로 춤을 가르치는 학원을 열었다. 철강 회사와 조선소와 자동차 부품 회사 노동자들은 학원이 곧 망할 것이라고 비웃었지만, 뜻밖에도 수강생이 몰려들었다. 혜경을 포함한 여학생만도 열 명이 넘었다. 아서가 폴을 돌며 댄스를 선보이자, 춤이라기보다는 서커스에 가까운 동작을 구경하기 위해서라도 학원에 등록하는 여인들이 늘었다. 차이니즈 폴이라고 했다. 평일반으로도 모자라 주말반을 따로 열 정도였다. 연령 제한을 두지 않은 주말 저녁엔 나이 지긋한 마을 여인들도 제법 왔다.

아서는 수강생 모두와 춤을 췄다. 탱고처럼 남녀가 짝을 이루는 춤은 물론이고, 혼자 즐기는 춤일 때도 거울처럼 마주 서선 동작을 맞춰줬다.

오직 한 사람, 엄마만 예외였다.

수강생은 구 대 일의 비율로 여자가 많았다. 그 일(一)에 속하는 남자들은 모두 엄마와의 춤을 바랐다. 손짓뿐만 아니라 발짓에도 재주가 있었던 엄마는 학원에서 배우는 춤을 매우 빨리 익혔다. 특히 남녀가 함께 추는 이인무에 능했다. 학원에서 엄마는 거절하지 않고 남자들과 번갈아 춤을 즐겼다.

오직 한 사람, 아서는 예외였다.

아서의 대답은 간결했다.

"냄새에 예민한 편이라서요."

엄마는 목욕을 하고 옷을 사고 향수를 진하게 뿌렸지만 소용없었다. 내게 무슨 냄새가 난다고 그러느냐고, 면전에서 따지기까지 했다. 아서는 안타까운 표정으로 답했다.

"미안합니다. 지금까지 제가 맡아보지 못한 악취예요. 숨을 참고 추려고도 했지만, 냄새가 제 코는 물론이고 온몸에 달라붙더라고요. 이렇게 두 걸음 간격을 두고 멀찍이 서서 얘길 나누기만 해도, 저는 일주일 내내 하루 세 번 이를 닦듯 몸을 씻어야 한답니다. 재능이 뛰어나시니 춤 동작들 설명을 충분히 해드릴게요. 글이나 그림으로 알려달라면 그렇게 하고요. 하지만 춤을 같이 추는건 어렵겠습니다. 제가 죽겠어요."

죽을 지경인 쪽은 엄마였다.

국을 끓이고 밥을 지으면서도 양팔을 학처럼 들곤 몸 구석구석 냄새를 맡는 습관이 생겼다.

아서의 찢어진 차이니즈 폴 슈즈를 본 것은 삼 주 전이다.

정확히 설명하자면, 덧댄 가죽이 떨어지면서 찢긴 부분이 드러난 것이다. 폴에 매달려 도느라 마찰이 심한 탓에 자주 신을 바꿔줘야 했다. 덧대고 덧대면서 지금까지 버텼다.

엄마는 일주일 동안 아서의 발을 살폈다. 새끼발가락부터 엄지발가락까지, 발가락 열 개의 길이와 굵기 그리고 발톱 모양도 놓치지 않았다. 발등의 높이와 넓이까지 거듭 확인했다. 나머지 이 주 동안은 주방에 딸린 골방에서 잠을 줄여가며 폴 슈즈를 만들었다.

엄마는 수업이 끝날 때까지 기다렸다가, 슈즈가 든 주머니를 내밀었다. 아서는 주머니를 열지도 않고 코부터 쥐었다.

"이제 확실히 알겠어요. 바로 이 냄새였어요. 피가 가득 찬 양동이에 가죽을 담았다가 막 꺼냈을 때 나는 피비린내! 가져가십시오. 다시는 학원에서 뵐 일이 없었으면 합니다. 수업료는 환불해드리겠습니다."

아서는 열다섯 살부터 채식을 시작했고 스물다섯 살부터는 불을 전혀 쓰지 않는 생식으로 나아갔다. 가죽으로 만든 옷이나 가방도 가까이하지 않았다. 차이니즈 폴 슈즈에 가죽을 덧대는 것만 예외였다. 소머리 국밥집을 하면서 가죽으로 다양한 작품을 만드는 여자를 그가 스스로 찾아갈 가능성은 전혀 없었다.

"차라리 잘되었네요. 그딴 곳, 안 나가면 그만이죠."

엄마를 위로한답시고 건넨 이 말을 나는 두고두고 후회했다.

"그는 날 원해."

엄마는 단번에 내 착각을 바로잡았다.

"내가 그를 원하는 것보다 더!"

내 잘못을 인정하기 싫었다.

"그걸 어떻게 아세요? 춤추자고 손도 내밀지 않았다면서요? 엄마가 내민 손도 거절하고. 수업할 때도 멀찍이 거리를 뒀고."

"눈을 봤어. 춤추는 나를 보는 눈, 또 자신의 춤을 추면서 나를 보는 눈! 너무 원하니까 눈앞에서 사라지라고 한 거야. 내가 가까이 가면 그 사람이 사라지려 든 거고."

"냄새가 싫다고 했다면서요?"

"핑계야 그건."

"서로의 체취도 못 맡겠다면서 어떻게 사랑을 해요? 멀찍이 떨어져 눈으로만? 그건 사랑이 아니죠."

정말 그건 사랑이 아니라고 엄마도 깨달았던 걸까. 엄마는 아서의 체취를 무척 좋아했으므로, 아서가 끔찍하게 싫어하는 엄마의 체취를 바꾸면 되는 일이긴 했다. 그렇지만 체취를 바꾸려면 전부를 바꿔야 했다.

엄마가 아서와 밤에 몰래 마을을 떠난 것은 한 달 뒤였다.

나를 포함한 마을 사람들은 국밥집과 댄스 학원이 동시에 문을 닫고 나서야 두 사람의 잠적을 알아차렸다. 그들은 떠나기 전날에도 각자의 터전에서 소머리 국밥을 팔고 차이니즈 폴 댄스를 즐겼다. 그 밤에 아서가 슈즈까지 벗고 맨발로 나선 것이 특별하긴 했다.

국밥집을 인수한 부부는 이웃 마을에서 왔다. 엄마는 내가 국밥집을 물려받을 생각이 털끝만큼도 없음을 너무나도 잘 알았다. 일 층은 새 주인에게 넘겼지만, 이 층은 내게 남겼다. 외할아버지와 외할머니와 아빠의 관이 들어왔고 엄마의 품에 안겨 냄새를 맡던 안방에서 홀로 살게 되었다.

엄마는 하나를 더 남겼다.

아서를 얻기 위해, 자신이 어디까지 포기했는지를 알려주는 물증. 가죽 공책이었다.

'가죽들의 공책'이라는 설명이 더 정확할까. 다양한 가죽의 조각들이 담긴 공책이기도 했다.

다크네이비 컬러의 소가죽 사이에 공책을 끼워 사용했다. 똑딱단추가 있는 띠덮개엔 옅은 물색으로 'T'라는 알파벳 대문자가 선명했다.

커버를 펼치니 아래쪽에 새긴 'TAK'란 세 글자가 먼저 눈에 띄었다. 엄마는 작품을 만드는 동안, 공책을 손바닥으로 탁탁 두드리곤 했다. 작업이 잘될 때도 두드렸고, 고민이 생겼을 때도 두드렸고, 무사히 완성한 뒤에도 두드렸다. 확인해 보니 덴마크어로 '고맙다'는 뜻도 있었다. 나는 이 공책을 '타아그'라고 불렀다. 덴마크에선 그렇게 발음한다고 했다.

타아그는 마지막 바닥까지 엄마 글씨로 가득했다. 외할머니 어깨 너머로 가죽 만지는 법을 익힌 뒤, 처음 만든 동전지갑이 첫장을 차지했다. 공책의 각 바닥을 양분하여, 왼편에는 사용한 가죽 조각을 붙였고, 오른편에는 가죽의 특징과 작품을 만든 과정을 적었다. 제일 마지막엔 완성한 작품을 받은 사람의 이름과 그 이유가 꼬리표처럼 붙었다.

엄마는 자신의 역사이기도 한 타아그를 내게 남기는 것으로, 다시는 가죽에 손을 대지 않겠다는 의지를 분명히 했다. 지금부터는 동물의 피와 살점을 전혀 사용하지 않고 음식을 만들어 먹으며 아서와 살 것이다. 당장 체취가 없어지진 않겠지만, 언젠가는 함께 멋진 이인무를 선보일 것이다. 아서와 같은 체취로 살아보는 건 어떠냐고 내게 한번쯤 물을 수도 있지 않았을까. 엄마는 내게 가죽 만지는 법을 가르치진 않았지만, 나 역시 가죽으로 만든 작품을 매우 좋아한다는 사실을 알고 있었다. 아서가 나타나지 않았다면, 이제 슬슬 어깨 너머로 뭔가를 배울 때가 되지 않았느냐고 운을 뗐을지도 모른다. 엄마는 내 취향대로 자유롭게 살도록, 지금까지와 똑같이 나를 방목한 채 떠났다. 입방정을 떠는 마을 사람들 중엔 '방목'을 '방치'로 바꾸는 이도 있었다. 그러나 국밥집 안주인이자 가죽으로 작품을 만드는 엄마의 체취를 이어가느냐 혹은 채식주의자인 아서에 가깝게 체취를 바꾸느냐 하는 것은 나만의 자유였다. 이 자유가 마음에 들었다. 적어도 혜경은 아서에게 춤을 배우긴 했지만 아서와 같은 식성을 지니진 않았다.

나는 타아그를 덮기 직전, 엄마의 마지막 작품인 차이니즈 폴 슈즈를 받을 사람의 이름과 만든 이유를 확인했다. 마지막 바닥 마지막 줄에 또렷하게 적힌 이름은 '아서'이고 이유는 '사랑'이었다.

9
구름바다를 헤엄치는 법

"팀을 짜지 않고는 제대로 된 물건을 만들기 힘들어.
내 사람은 없어, 내 팀만 있을 뿐!"
―타로 정

새벽 세 시에 타로 정이 잠시 드라이브나 하고 오자고 했을 때
는 파주나 양평 정도일 줄 알았다. 아우디 R8이 의왕과 수원을 지
난 후에도 눈표범처럼 남쪽으로 내달리자, 나는 한 시간 만에 물
었다.

"어딜 가시려고요?"

타로 정은 구레나룻을 쓰다듬은 뒤 속력을 더 높였다. 핸들을
잡은 오른손목엔 쉔 덩크르 팔찌가 빛났다. 체인으로 감긴 손목
을 다시 감싸듯 냇 킹 콜의 명곡이 흘러나왔다. 〈키사스 키사스
키사스(Quizas, Quizas, Quizas)〉를 스튜디오 녹음과 실황 녹음
으로 연이어 들었다. 내게도 저 노래를 하루에 백 번 듣던 낮과 그

처럼 노래하고 싶어 잠을 줄여 연습하던 밤이 있었다.

"직접 봐야 유 대표가 감을 잡을 것 같아서…… 할 얘기도 있고. 오전까지 비우라고 하지 않았던가?"

고속도로엔 차들이 거의 없었다.

"스케줄을 빼두긴 했죠."

"됐네, 그럼. 늦어도 정오까진 돌아올 테니 걱정 마."

서울에 있는 타로 정의 단골집 몇 곳을 순례하지 않을까 짐작했었다.

"그래도……"

"꼭 보여줄 게 있다니까 그러네. 그래야 또 실수를 안 하지."

억울함이 밀려들었다. 그레이스를 창업하기 전까지 나는 그에게 실수한 적이 없었다. 타로 정이 자신만만하게 실수 운운하는 것은 죽 선생 때문이다. 세상에는 내가 어쩌지 못하는 사람도 있다. 죽 선생과 함께 일하는 것이 행운인지 불운인지 아직도 판단하기 어려웠다. 그가 없었다면 그레이스의 첫발을 떼기 어려웠겠지만, 그가 있음으로 인해 듣지 않아도 될 비난을 너무 자주 듣고, 지지 않아도 될 짐을 너무 많이 졌다.

타로 정은 해가 진 뒤에야 사람을 만나는 것으로 유명했다. 내가 블랙 브리프케이스를 들고 그가 알려준 호텔 스카이라운지에 도착한 시각이 자정이었다.

타로 정의 나이를 정확히 아는 사람은 없었다. 에르메스 마니아를 자처하면서 캐주얼한 옷도 즐겨 입었다. 음반 시장에 이름이 오르내린 지 십 년이 지났으니, 마흔 살은 넘었을 것이다. 고등학교와 대학에선 기타와 베이스를 오가며 스쿨 밴드에 몸담았다. 졸업 후에도 이 년 남짓 밴드 생활을 이어갔는데, 그때는 드럼을 쳤다. 그러나 곧 밴드에서 탈퇴했고 음향기사로 오 년쯤 일하다가 음반 회사를 차렸다. 모자 회사를 경영하는 집안의 막내아들이었다. 집안의 내논 자식으로 상속 지분을 미리 받았다고 떠든 것은 타로 정자신이다. 부모 잘 만나 돈 걱정 없이 잘 먹고 잘 산다는 비웃음을 샀지만, 그 행운을 오로지 음악에만 쏟는 부자도 드물었다.

어깨가 넓어지고 가슴이 두꺼워진 것은 드럼을 본격적으로 치면서부터였다. 그는 하루의 절반을 개인 연습실에서 드럼을 연마했고 나머지 절반을 헬스클럽에 머물며 러닝머신을 뛰었다. 덕분에 실력도 늘고 몸매도 역삼각형으로 잡혔다. 창업 후에는 에르메스 셔츠를 입고 율리시스 노트를 끼고 다녔다. 밤을 새워 폭음한 날에도 새벽이면 역기를 들고 러닝머신 위에서 10킬로미터를 달렸다.

군살이 전혀 없는 몸매만큼이나 손도 얇고 손가락도 길었다. 무엇이든 집으면 가볍게 흔들며 요모조모 뜯어봤다. 좁은 이마에 주름이 잡히면 탐탁지 않다는 뜻이고, 입술이 파르르 떨리면 흡족하다는 신호였다. 열에 아홉은 탐탁지 않았고, 열에 열 전부 이마에 주름이 잡히는 날도 많았다. 입술이 떨린 날이면 지갑을 열었고 목돈을 지불했다. 내 노래를 처음 들은 날도 그랬다.

고객과의 사적인 만남을 갖지 않는 것이 나, 유다정의 원칙이다.

처음엔 죽 선생에게 손가방만 주문을 넣었지만, 지갑이나 벨트 그리고 여행 가방이나 골프 가방까지 품목이 늘었다. 나는 고객을 최소한 두 번 공식적으로 직접 만났다. 주문 사항을 듣고 착수금을 받기 위해 한 번, 완제품을 주고 잔금을 정리하기 위해 또 한 번. 그 외에 추가 주문이나 수정 사항은 전화나 메일로 처리했다. 꼭 만나 설명을 듣거나 불만을 전하고 싶다는 고객과는 커피숍에서 간단히 마무리를 지었다. 밥을 같이 먹거나 술을 함께 마신 적은 없었다.

타로 정은 예외였다.

연기자로도 빛을 보지 못하고 5인조 아이돌 그룹 데뷔도 무산된 후 나는 길을 잃었다. 정목은 목신통신 입사를 강력하게 권했지만, 이룬 것 하나 없이 의지하긴 싫었다.

그때 나를 일으켜 세운 것이 노래였다. 정확히 말하자면, 내 목소리에 어울리는 노래를 만들어 부르고자 애쓴 시간이 나를 우울과 절망에서 끌어올렸다. 처음엔 재즈에 대한 호기심이었다. 연습생 시절 내내 발레와 고전무용을 배우고 익혔다. 좋은 연기자가 되기 위한 투자였다. 아이돌 그룹을 준비하면서 보컬 트레이닝을 처음으로 받았다. 댄스 위주의 팀이고, 내가 메인 보컬도 아니었으며, 또 급히 팀을 만들어야 하는 기획사의 사정 탓에, 한두 해 여유를 두고 꾸준히 배우진 못했다. 겨우 두어 달 맛만 살짝 봤지만, 노래 실력이 달라지는 것을 확실히 느꼈다.

보컬 트레이닝을 받으면서, 유튜브에서 다양한 장르의 노래들을 접했다. 그중에서 가장 나를 끌어당긴 것은 재즈였다. 자유로운 흐름과 함께 강렬한 가사를 곱씹었다. 빌리 홀리데이, 엘라 피츠제럴드, 사라 본도 좋았지만 니나 시몬에게 특히 끌렸다. 가슴이 답답한 날엔 온종일 〈미시시피 갓뎀(Mississippi Goddam)〉을 양팔을 휘저으며 불렀다. 큰 바람이 휩쓸고 간 벌판에 홀로 선 기분이었다.

별명이 '빅마마'로, 빌리 홀리데이보다 〈스트레인지 프룻(Strange Fruit)〉을 처절하게 부르던 재즈 보컬 선생은 실망과 희망을 동시에 내게 안겼다. 재즈 가스가 되기엔 목소리가 너무 얇으니 포기하란 혹평과 함께 노래 만드는 재주를 지녔다는 것이다. 그때까지 나는 내가 곡을 쓸 수 있는 줄도 몰랐다.

그날 이후로 목소리에 어울리는 노래를 만들고 부르는 법을 익혔다. 빅마마는 존 바에즈와 밥 딜런을 비롯한 1960년대 포크송들을 소개했다. 화려하진 않지만 단순하고 맑은 울림으로 가득 찬 노래들이 나와 어울린다는 것이다. 가사에 집중하라고도 했고, 노래를 부를 때마다 이야기가 다르게 들리도록 다듬어 보라고도 했다. 고음을 멋지게 내지르는 것보다 듣는 사람의 마음을 흔드는 것이 만 배는 더 어렵다고도 했다. 용기를 주는 말들이었다.

이 년 남짓 노랫말을 짓고 곡을 썼다. 쉰 곡 중에서 고르고 고른 열 곡으로 1집 앨범을 내고 싶었다. 그런데 노래를 만든다는 것과 앨범을 낸다는 것은 전혀 다른 문제였다. 내 음색을 살리고 곡의 결을 풍부하게 만들 편곡자가 필요했으며, 세션과 함께 녹음할 스튜디오도 빌려야 했다. CD를 찍어내는 데까지 최소한 이천만 원이 들었다. 정목에게 요청하면 단번에 얻겠지만, 이번에도 나는 경계를 지키며 자존심을 유지하는 쪽을 택했다.

여섯 달 꼬박 각종 아르바이트를 했다. 목신통신으로부터 번역할 문서를 두 배 더 받았고, 일주일에 오 일 강남으로 과외를 다녔고, 파트타임으로 카페에서 일했다. 버스나 지하철을 애용했으며 가까운 거리는 운동을 핑계로 걸었다. 그렇게 반년을 꼬박 일만 했는데도 오백만 원이 부족했다.

그 돈을 빌려준 이가 타로 정이었다.

대표실에서 내 노래 한 곡을 들은 뒤 곧바로 입금했다.

소속 가수가 아닌 내게 '타로뮤직' 녹음실을 사용료 없이 내주었다. 그리고 음반 유통에 유리할 것이라며 타로뮤직을 제작사로 올리도록 권했다. 지나친 호의는 부담스럽다고 하자, 곡과 노래가 좋아서라고, 이 정도 호의는 아무것도 아니라고 답했다. 예명을 따로 정하는 것이 낫겠다는 충고는 받아들였다. 십 분도 고민하지 않고 '그레이스'로 정했다. 데뷔 준비를 했던 아이돌 그룹의 이름이자, 빅마마가 내 자작곡을 들을 때마다 외쳤던 감탄사이기도 했다.

그레이스 1집의 호응이 미미하자 오백만 원을 갚지 말라고도 했다. 음반을 내고, 크진 않지만 몇 군데 무대에서 노래할 기회가 있었다. 나중에 알았지만, 그중 절반은 타로 정이 미리 손을 쓴 곳이었다. 두고두고 잊히지 않을 두 가지 경험을 했다. 상처가 뒤따랐지만, 겪지 않는 것보다는 훨씬 나았다. 상을 받는 만큼이나 벌을 받으며 알아나가는 것이 또한 세상이니까.

첫 번째 경험은 타로뮤직의 스튜디오에서 녹음을 진행할 때부터 시작되었다. 타로 정이 소개한 세션과 녹음 기사의 실력은 최정상급이었다. 정 사장의 부탁이니 저렴하게 참여한 측면이 컸다. 결과적으로 말해 보자면, 연주 실력은 조금 떨어지더라도, 시간 여유를 갖고 내 노래의 결을 이해할 또래 연주자들을 수소문하는 편이 나았으리라.

스튜디오 녹음은 나로선 처음이었다. 녹음 전에 무엇을 준비하고 녹음 중에 무엇을 점검하고 녹음 후에 무엇을 살펴야 하는지 몰랐다. 다만 이 좋은 스튜디오와 이 뛰어난 연주자들을 놓쳐서는 안 되겠다는 마음이 컸다. 나보다 최소한 스무 살은 더 많은, 산전수전 다 겪은 녹음기사와 연주자 들이 툭툭 내 노래에 품평을 했다.

"너무 심심한데."

"거기선 힘을 줘야지. 쭉쭉 고음을 뻗는 게 요즘 유행이야."

"빠른 곡들도 왜 하나같이 슬퍼? 따라 울어주진 않아, 이젠."

'색깔이 분명한 건 좋지만 대중적이진 않다'는 타로 정의 평가도 결국 같은 맥락이었다. 무대에 올라 노래를 불러도 비슷한 반응이었다. 속삭인다는 건 그나마 나은 평가였고, 웅얼거린다는 단상을 넘어, 가창력이 부족하다거나 돈을 주고 살 만큼은 아니라는 평가까지 따랐다.

상처를 받지 않았다면 거짓말이겠지만, 내 노래의 방향을 바꿀 마음은 없었다. 아이돌 그룹 데뷔를 위해 댄스곡만 반년 넘게 연습했었다. 댄스곡 나름의 가치를 모르는 것은 아니지만, 두 번 다시 그 길로 가고 싶지 않았다. 열창도 내 길이 아니었다. 도드라지지 않고 조화를 이룬 채 평화로운 오후의 들녘 같은 노래를 만들어 부르고 싶었다.

또다른 경험은 무대에 서면서 이뤄졌다. 1집을 준비하며, 혹은 연기자가 되기 위한 연습생 시절부터 즐겨 들은 몇몇 가수를 만난 것이다. 소속사 없이 독립적으로 움직이며, 공중파에 출연하지 않더라도, 활동 경력이 십 년을 넘었고 나름대로 이름을 얻은 가수들이었다. 그들은 내 앞 순서이거나 뒤 순서였고, 음원으로 듣는 것보다 훨씬 큰 감동을 받았다. 내 노래에 대해서도 많든 적든 덕담을 해주었다. 내가 뜻밖으로 받아들인 대목은 따로 있었다.

그들은 무대에 올라 노래를 두세 곡 부른 후 바삐 자리를 떴다. 식사가 어렵다면 간단히 차나 술 한 잔은 나눌 수 있으리란 내 기대는 번번이 깨졌다. 우연히 세 번이나 앞뒤로 순서가 붙어 무대에 올랐던, 데뷔 팔 년차 가수에게 용기를 내어 식사를 청했다. 아카시아꽃을 닮은 선배는 미안한 표정을 짓더니 양해를 구했다.

"아르바이트 가야 해서……. 교대 시간까지 삼십 분밖에 여유가 없네요. 오 분 후엔 출발해야 해요."

"그럼 내일은?"

"내일도!"

선배는 당황해서 부자연스러운 내 얼굴을 보며 물었다.

"타로뮤직 소속인가요?"

"도움만 조금 받았어요."

"어정쩡하게 흉내 내지 말고, 둘 중 하나만 해요. 이제라도 소속 되든가 아니면 다 끊고 독립하든가. 도움? 웃기는 얘기지. 그런 게 어디 있어? 타로 정 같은 놈들에게 속지 마요."

실력과 부(富)가 정비례하진 않았다. 글만 써서 먹고사는 소설 가가 극소수이듯, 노래만 불러 삶과 예술을 꾸리는 가수도 극소수 였다. 가난이 두렵진 않았다. 정말 간절한 것은 자유였다. 예술을 제대로 하기 위해, 예술 아닌 일들에 쏟아야 하는 시간이 턱없이 많음을, 먼저 그 길을 가고 있는 선배들을 통해 확인한 것이다. 전 업 예술가는 환상이다. '전업(專業)'은 없다.

두 달 더 아르바이트를 해서 타로 정에게 빌린 돈을 갚았다. 두 달이면 그레이스 1집의 상품 가치를 확인하기엔 충분한 기간이었 다. 음반은 거의 팔리지 않았고, 신인 가수 그레이스를 찾는 무대 도 없었다. 내 음악에 자부심을 갖고 계속 같은 길을 가더라도 2집 도 3집도 4집도 달라지지 않을 것이다. 아주 긴 시간 아르바이트 로 돈을 모으고 밤잠 줄여가며 작업을 해서 음반을 내고, 또 아 주 긴 시간 아르바이트로 돈을 모으고 밤잠 줄여가며 작업을 해 서 음반을 내는, 벗어나기 힘든 반복이 열망은 넘치고 돈은 없는 예술가들을 기다렸다. 돈의 속박은 계급이나 이념의 속박보다 훨 씬 가깝고 무서웠다. 이 길을 묵묵히 간 예술가들의 일생을 감명

깊게 읽었지만, 내 길로 받아들일 자신은 없었다.

타로 정은 대표실에서 내가 내민 돈다발을 바라보며 혀를 찼다. 통장번호를 가르쳐주지 않아서, 오만원 권 백 장을 들고 찾아갔던 것이다.

"도로 넣어둬. 그레이스 2집은 같이 내자."

타로뮤직 소속 가수로 받아들이겠다는 뜻이다.

"싫어요."

"싫어? 이유가 뭐야?"

"1집을 이 정도로 망한 가수의 2집을 내신 적 있나요?"

"없지."

"그런데 저한테는 왜 그런 제안을 하세요?"

타로 정이 웃으며 탁자에 올려놓은 내 손등을 가볍게 쥐며 말했다.

"특별한 재능이니까."

"멍!"

나는 손을 빼며 개 짖는 소리를 갑자기 냈다. 타로 정이 놀란 눈으로 쳐다보았다. 왜 남자들은 특별하다는 칭찬을 여자의 손을 만지는 수단으로 삼을까. 가만히 손을 빼기라도 하면 더 적극적인 스킨십을 해왔고, 허락도 없이 손을 왜 만지느냐고 따지면 관계 자체가 틀어지기도 했다. 단호하게 끊고 먼저 일어서거나 따귀라도 때리고 싶은 순간이 적지 않았다. 나는 원하지 않는 신체 접촉의 순간마다 개 짖는 소리를 냈다. 웃기긴 해도 효과는 만점이다. 개 소리가 나면 짧은 침묵과 함께 분위기가 일단 깨진다. 접촉을 시도한 남자는 이 황당한 소리를 어떻게 이해할 것인지, 놀란 눈으로 고민할 수밖에 없다. 그때 나는 개 짖는 소리에 대한 설명은 건너뛰고 하고 싶은 말을 건넸다.

"특별하지 않아요."

"응? 뭐라고?"

남자가 경고를 못 알아차리고 멍청하게 구는 경우, 눈에는 눈 맞대응을 했다. 타로 정의 손등을 가볍게 쥐었다가 놓으며 다시 짖었던 것이다.

"멍!"

타로 정의 눈이 처음보단 작아졌다. 내가 짖은 개 소리의 의미를 알아차린 듯했다. 그날 이후 적어도 내겐 칭찬과 격려를 스킨십의 수단으로 삼는 짓은 그만두었다. 그건 개들이나 하는 짓이라고 친절하게 설명하진 않고, 할 말을 이어갔다.

"전 하나도 특별하지 않다고요."

그는 내 손바닥이 덮었던 자신의 손등을 불쾌하게 내려다보다가 반박했다.

"넌 스스로를 평범하다 여길 수 있어. 1집이 실패했으니 자존감이 많이 떨어졌겠지. 하지만 내게 넌 매우 특별해. 2집 내고 싶지 않아?"

"물론 내고 싶죠. 하지만 소속되고 싶지 않아요."

"가수 할 거 아니었나? 소속사 없이 가수로 성공하는 건 하늘에 별 따기야. 음반 제작할 돈을 벌려고 아르바이트나 하며 허송세

월할래?"

"노래는 할 거예요. 하지만 소속사 없이 그냥 쏘다닐래요."

"쏘다녀? 네가 무슨 세렝게티의 표범이야?"

"고마워요. 정 사장님 아니었으면 1집도 내기 힘들었을 거예요. 은혜는 꼭 갚겠습니다."

"다신 보러 오지 않겠다는 소리로 들리는데? 내가 지금 네게 작업이라도 건다고 착각해? 음반 제작자가 특별한 재능을 만나면 누구라도 나처럼 할걸."

"뵙고 이런저런 조언 구하고 싶어요. 하지만 제작자와 소속 가수로는 만나길 원치 않습니다."

"언제 어디서 어떻게 만날지를 네가 정하겠다?"

"그러면 안 된다는 법이라도 있나요? 소속 가수가 되면 불가능한 일이긴 하겠죠? 그래서 소속되지 않으려는 거예요."

그가 율리시스 노트를 손바닥으로 쓸며 물었다.

"이유가 도대체 뭐야?"

대답 대신 일어섰다. 대표실 장식장에는 CD가 가득 꽂혀 있었다. 거기서 그레이스 1집을 꺼내 탁자에 놓고 그에게 밀었다. 그의 시선이 CD의 커버 사진에 머물렀다. 하얀 비둘기 한 마리가 횡단보도를 걸어서 건너는 중이었다. 탑골공원 앞에서 내가 찍은 것이다.

"1집에 실린 열 곡의 공통점이 뭔지 아세요? 돌아다니면서 만든 노래들이에요. 논두렁이나 밭두렁에서, 바퀴벌레가 출몰하는 더러운 숙소에서, 뜻밖에 제 취향인 카페에서, 공공도서관 앞 벤치에서, 광장에 우뚝 선 동상 아래에서, 가로등 옆 벽에 기대서, 바닷물이 발목을 찰랑이는 모래사장에서, 그리고 보도블록을 지나 공원 입구에서 썼어요. 전 계속 이렇게 맘껏 돌아다닐래요. 여행하며 사람과 동물과 식물과 사물을 만날래요. 곡이 찾아오면 써서 모았다가, 그 사람과 동물과 식물과 사물에게 들려줄래요."

"여행 못 다녀 죽은 귀신이라도 씌었어?"

오래된 얼굴이 스쳤다. 그 여자의 당찬 슬로건을 내 것인 양 답했다.

"여행하며 노래하거나 노래하며 여행하거나."

타로 정이 코웃음을 친 후 안색을 바꿔 차갑게 경고했다.

"노래할 땐 노래만 따져. 작곡이나 작사도 마찬가지야. 여행을 강조해야 할 이유가 따로 있겠지? 하지만 내가 그걸 꼭 알아야 하나? 인생에서 짚고 싶은 게 각자 하나씩은 있다고. 하지만 그걸 노래와 대등하게 놓거나 노래보다 앞에 놓는 건 한심한 짓이야. 여행하며 곡 만들고 가사 쓰고 음반 만들었다고? 그래서 뭐? 여행가로 살다 죽을 거 아니잖아? 가수 하고 싶은 거잖아? 내 자랑 같지만, 이 나라에서 음반 작업을 가장 잘 할 수 있는 제작사가 바로 타로뮤직이야. 넌 여기가 여행하기에 적당하지 않은 비닐하우스 같다고 무시하는 꼴이고. 똑똑히 잘 봐. 영영 2집을 못 낼 수도 있어. 만만한 판이 아니라고. 비닐하우스가 답답하다고? 그럼 어디 들판으로 나가봐. 뼛속까지 파고드는 비바람을 맞아봐야 정신을 차릴래?"

나는 고집을 꺾지 않았다.

"2집을 못 내더라도…… 제 맘에 드는 노래는 계속 만들 수 있잖아요? 어디에 소속되고 그런 거 안 할래요. 그리고 2집을 정말 내고 싶으면 제가 벌어 내겠어요."

타로 정이 눈을 비비며 혀를 끌끌 찼다.

"곰인 줄 알았더니 여우네."

"여우라서 끊어내실 건가요?"

"곰이 넘는 재주는 몇 번 봤지만, 여우가 어떻게 재주를 넘을지 궁금하군. 가끔 와서 보여봐. 내게 소속되지 않고 어딜 가서 뭘 배우고 익혔는지."

타로 정은 지금까지 스물네 명에게 전속 제안을 했다. 나는 그의 청을 거절한 유일한 가수였다.

타로 정의 추측대로 나는 아직 2집을 못 내고 있다. 곡 작업이 순조로울 땐 돈이 없었고, 독고찬과 사귀면서 여유가 생겼을 땐 곡이 나오지 않았다. 예전 곡들로 음반을 내라는 권유도 받았으나 거절했다. 바로 지금 이 싱싱한 마음과 몸을 담은 음반을 내고 싶었다.

그레이스에서 오트쿠튀르(haute couture)로 가죽 가방을 주문받아 제작한다는 소문이 알음알음 퍼져나갔다. 대부분은 호기심 삼아 한두 번 주문하곤 끝이었다. 2퍼센트 아쉬움을 발견한 예리한 눈들도 있었고, 만족은 했지만 익숙한 명품으로 되돌아가기도 했다. 아쉬워 불만을 쏟으면서도 일곱 번이나 재주문한 고객은 타로 정뿐이다. 음향 기사로 오 년 넘게 일한 탓인지, 정확하고 까다로운 청감으로 이름이 높았다. 귀뿐만 아니라 눈도, 눈뿐만 아니라

가늘고 긴 손가락도 사소한 허점을 놓치지 않았다.

타로 정과 저녁도 먹고 술도 마셨다. 밥값도 술값도 내가 내는 조건이었다. 나는 마르지엘라 그레이와 네이비 슈트를 번갈아 입었다. 그는 조금이라도 더 젊어 보이려 했고, 나는 옷차림도 말투도 최대한 '어른처럼' 했다.

"경영 컨설팅 사례비도 못 드리는데, 제가 사야죠."

타로 정이 아무리 지적을 해도, 죽 선생은 완벽한 작품을 만들지 못했다. 여기를 막으면 저기에 금이 가고, 벽의 금을 지우면 천장에 틈이 생기는 식이었다.

여섯 번까진 밥과 술로 끝이었는데, 이번엔 함께 다녀올 데가 있다며 나선 것이다.

새하얀 스포츠카는 어느새 경기도를 벗어나 전주에 이르러서도 멈추지 않고, 모악산 도립공원을 병풍처럼 동쪽에 끼곤 내달렸다. 쉬지 않고 남쪽으로만 내달린 적이 내게도 딱 한 번 있었다. 독고찬과 백수로 내려갔을 때였다. 휴게소에 들른다고 목적지가 바뀌는 것도 아니지만, 단숨에 닿으려 드는 남자들이 의외로 많았다. 산꼭대기에 오르지 않으면 등산도 아니라는 극언도 여러 번 들었다.

"이번 건 또 뭐가 부족한가요?"

참고 또 참았던 질문을 던졌다. 냇 킹 콜도 지겨울 때가 있다니.

"망하고 싶어?"

과시욕이 심하긴 해도 빈말은 하지 않는 사람. 음악과 명품을 논할 땐 무시무시할 만큼 정확하고 예리했다.

"망하려고 사업하는 사람이 어딨어요?"

"한데 왜 똑같은 잘못을 일곱 번이나 해?"

죽 선생의 약점은 곧 내 약점이다.

"처음이라 부족한 부분이 있어요. 그래도……."

"자, 들어봐."

그가 말을 끊었다. 그레이스 1집 타이틀곡 〈리옹을 달리다〉가 흘러나왔다. 리옹에 갔을 때 벨쿠르 광장을 종횡으로 산책하며, 여길 신나면서도 허무하게 뛰어다니는 생텍쥐페리를 상상해서 쓴 곡이다. 노래가 끝난 후에도 그만큼 더 침묵이 흘렀다.

"저 곡엔 허점이 전혀 없어. 2퍼센트 아니 1퍼센트도 없다고. 유다정은 저런 노랠 만들 수 있는 사람이야. 저 수준으로 만들지 않으면 못 견디는 사람이고. 전속이냐 자유냐, 난 그딴 건 아직도 모르겠어. 다만 제대로 된 물건인지 아닌지, 제대로 된 물건을 만들 사람인지 아닌지는 알아. 한두 번도 아니고 무려 일곱 번이나 이딴 식으로 만들어 와놓고선, 뭐, 처음이라서 부족하다고? 유다정이 변한 거야 아니면 내가 사람을 잘못 본 거야? 왜 이번 건 지적을 안 해주느냐고? 해봤자 다음에 또 부족할 거니까. 이 판에서 일이 퍼센트 차이가 얼마나 큰지 알아 몰라?"

"알아요, 알죠."

당연히!

타로 정이 왼손 검지를 쉔 덩크르의 체인 사이에 끼우며 고개를 돌려 조수석의 나와 눈을 맞추곤 다시 정면을 바라보았다. 운전 중이었으므로, 시선이 마주친 순간은 0.5초쯤 될까 말까였지만, 그 동안 내게 보낸 눈길 중에서 가장 맹렬했다. 운동으로 단련된 상체가 부풀어 오르는 듯했다. 그러나 그는 몸을 쓰지 않고 장작더미에서 불씨를 고르듯 묻기만 했다.

"아직도 날 못 믿는 건가? 아니면 내 실력을 인정하지 않는 거야?"

"정 사장님……."

"나 정도면…… 이런 잘못을 반복하는 까닭을 털어놓고 조언을 구해야 한다고 보는데……. 그렇지 않다면, 에르메스를 능가하는 명품 가방을 만드느라 지구에서 제일 바쁜 유다정이 나한테 밥도 사고 술도 살 이유가 없지 않아? 우리가 연애하는 것도 아닌데 말씀이야."

섭섭한 기운이 연기처럼 흩어졌다. 임실로 접어들어 문필봉을 지났다. 타로 정은 여전히 운전 실력을 뽐내며 속력을 유지했다. 나는 비로소 썩어 부서진 속을 조심스럽게 꺼냈다.

"가죽 만지는 장인 중에서 죽 선생 솜씨가 최고란 건 알 만한 사람은 다 알지 않습니까?"

기다렸다는 듯이 타로 정이 받았다.

"비밀 공방을 여러 곳에 차리고 은밀히 돌아다니며, 조수들에게 밑 작업을 시키는 걸로도 유명하지. 그렇게 하지 않고서야 그 많은 주문량을 채울 수도 없고."

"알고 계셨어요?"

"유명 레스토랑에 가서 맛난 음식만 먹으면 가끔 신물이 날 때가 있거든. 그땐 무명이더라도 손맛 좋다고 소문난 허름한 식당을 다녀. 죽 선생이 만든 백을, 그레이스에서 받은 것 외에도 열 개쯤더 가지고 있어. 물론 짝퉁이지만 다른 사람이 만든 것과는 수준이 확실히 다르지. 그렇다고 그것들을 들고 나가진 않아. 선물하지도 않고."

"그러면 왜?"

"그레이스가 만든 백을 일곱 개나 샀냐고? 타산지석이랄까."

"타산……지석?"

"회사 안에서 팀을 이뤄 생산하지 않고, 회사 밖 실력자에게 의존하다간 망한다는 교훈!"

내비게이션이 속력을 낮추라며 깜빡거렸다. 무인 단속 카메라를 지나자마자 나타난 이정표에 '옥정호' 세 글자가 뚜렷했다. 지금까지 활주로처럼 곧게 뻗었던 도로와는 달리, 능구렁이처럼 구불구불 휘어진 도로가 시작되었다. 잠시 내려 밤하늘도 우러르고 심호흡도 하고 싶었다. 내 마음을 읽기라도 한 듯 그가 짜증 섞인 혼잣말을 흘렸다.

"서둘러야겠어."

운암대교를 건너지 않고 왼편으로 꺾었다.

"옥정호? 이 호수를 보러 오신 건가요?"

낯선 이름이었다. 어둠에 잠긴 호수는 처마에 가려진 창처럼 제모습을 온전히 드러내지 않았다. 오가는 차들이 뿜는 빛 사이사이로 더 어둡고 더 습하고 더 불편한 기운만 느껴졌다. 아직 납량물을 찾을 여름은 아니었지만, 봄도 산뜻한 기운은 사라지고 나른함만 남은 5월이었다. 길에서 허비한 세 시간과 다시 돌아갈 세 시간이 아까웠다. 내일 가방을 들고 만나야 할 고객만도 세 명이다. 그 불편한 마음까지 짚은 듯 그가 답했다.

"호수만 해도 대단하지. 지금 막 섬진강 황포돛대 나루터를 지났어."

"섬진강은 더 남쪽에 있지 않아요? 전라남도나 경상남도?"

더 먼 곳에 있는 강을 더 가까이 당기는 방법은 없다. 타로 정이 그답지 않게 하나하나 설명했다.

"섬진강은 진안과 장수 경계의 팔공산에서 발원하여 전라북도 임실군 운암면으로 흐르다가, 갈담저수지라고도 하는 이곳 옥정호에 모여. 1965년 다목적댐 건설로 만들어진 인공 호수야. 여기서 다시 남원을 지나 광양만으로 내려가고. 총길이는 212킬로미터!"

"언제 그걸 다 외우셨어요?"

"그 질문은 내 사랑을 모욕하는 건데……."

'사랑'이라는 단어가 '모욕'이라는 단어와 함께 팝콘처럼 튀었다. 둘 다 질문의 답으로는 어울리지 않았다.

"모욕한다고요, 사랑을?"

타로 정이 운전대를 힘껏 치곤 급히 돌렸다. 내 왼 어깨가 운전석으로 기울었다. 그가 동문서답을 했다.

"사랑하는 사람이 생기면 어때? 모든 걸 알고 싶지 않아? 취미나 식성이나 습관은 물론이고, 어떤 노래를 좋아하는지 어떤 영화를 싫어하는지 아침점심저녁 중 언제 가장 컨디션이 좋은지…….
생김새도 물론 관심이 가지. 얼굴이야 제일 먼저 확인할 테고. 귓불은 긴지 짧은지, 뒷목은 딱딱한지 부드러운지, 등과 엉덩이는 어떤 맛인지……. 확인하다 보면 저절로 외워져."

"그 말씀은 옥정호를 정 사장님이 사랑한단 거군요."

"이번이 스물한 번째야. 내 인생에서 스물한 번 데이트한 여자가 있었던가? 없었어."

"정말 아끼시는 곳이네요."

타로 정이 피식 웃었다. 쓸쓸함이 묻어나서 더 묻지 못했다. 그는 서울을 떠난 후 두 번째로 고개를 돌려 나와 눈을 맞췄다. 열기가 이미 많이 식었다. 불꽃보다 재가 더 날렸다.

"물론 아끼는 곳이기도 하고……. 그중에서 열 번은 던지러 왔었어."

"던진다고요?"

"요 몸뚱아리……!"

그가 말을 맺지 않고 입귀로만 웃었다.

그랬던가? 미리 받은 유산으로 음반 회사를 차리고 탄탄대로를 걸어왔으리라 여겼다. 만나면 언제나 자랑만 잔뜩 늘어놓았으니까. 열 번이나 옥정호로 투신하러 왔었다는 말이 믿기지 않았다. 그는 내 의심의 언덕에 올라, 열 번이나 반복해서 세운 자살 계획을 무덤덤하게 털어놓았다.

"지금은 깜깜해서 안 보일 건데 호수 건너에 바위가 하나 있어. 이름을 한 번 딱 들으면 절대 잊히질 않지. 음지휜바위! 여기서 운전대만 오른편으로 꺾으면 호수에 풍덩 빠지겠지? 달리기라면 울트라마라톤까지 완주했지만 수영은 젬병이니, 음지휜바위엔 닿지도 못한 채 끝일 테고. 휜한 대낮엔 못 죽겠더라고. 저렇듯 지독하게 깜깜하면, 어둠을 끊고 다른 휜빛을 향해 뛰어들 용기가 나지 않을까 싶었는데…… 결국 못 던졌어. 회사 차리고 힘든 일 많지?"

그레이스의 첫 가방을 만든 것이 작년 여름이었다. 열 달이 지나는 동안 낙엽이 지고 눈이 내리고 봄꽃들이 다투어 피긴 했다. 개인 사업자로 창업은 했지만, 따로 아틀리에를 차리고 창고를 얻고 사무실을 내지 않았다. 18평 아파트가 사무실 겸 창고였고, 제품 생산은 전적으로 죽 선생에게 의존했다. 처음부터 오트쿠튀르로 방향을 정하여 품질로 승부하고 싶었다. 그러나 엄밀히 말해 그레이스는 죽 선생이 열 개가 넘는 비밀 공방에서 조수들을 두고 만드는 가방 중 하나다. 죽 선생이 계속 나와 거래를 이어가는 것이 신기했다. 그레이스가 주문한 가방 하나를 만드는 시간이면 짝통을 열 개는 더 만들고도 남았다. 돈으로만 따지면 분명히 손해인데도, 죽 선생은 열 달 동안 채대숙을 조수로 두고 거래를 계속했다. 내 나름대로 생각한 이유를 대숙에게 들려준 적이 있었다.

"아흔아홉 번 값싼 가죽에 명품을 카피해서 백을 만들다 보면, 한 번은 제대로 실력 발휘를 하고 싶지 않나요? 죽 선생도 페인터눈도 대숙 씨도 짝통만 만들긴 아까운 실력이니까요. 그레이스가 그 욕망을 충족시켜 드리는 거죠?"

대숙은 들창코가 천장을 향할 정도로 웃었다.

소문이 제법 났지만 대박을 치진 못했다. 죽 선생은 그레이스를 위한 가방을 한 달에 네 개 이상 만들지 않았다. 타로 정처럼 까다롭게 1퍼센트 혹은 2퍼센트 부족한 부분을 짚으면, 수선 기간이 따로 들어 한 달에 가방을 한두 개밖에 못 내놓기도 했다. 죽 선생은 내가 대책을 꺼내기 전에 경고부터 했다.

"백 더 만들려고 딴 놈 끼워넣으면, 한 달에 네 개 받던 날들을 그리워하게 될 거야."

죽 선생과 대숙이 어느 날 갑자기 연락을 끊고 공방을 옮겨버리면 내 사업도 끝이었다. 누가 갑이고 누가 을인지 분명해졌다. 내 손으로 가방을 만들고 싶지만 먼 미래의 일이었다.

"이것저것…… 꾸려는 가려고 해요."

"관두는 게 어때? 으쌰으쌰 힘을 합쳐야 일을 제대로 하는 사람이 있고, 혼자 묵묵히 제 길을 가야 하는 사람도 있지. 유다정은 결단코 후자야. 1집을 뭐라고 설명했더라? 자유롭게 홀로 떠돈 기록이라며? 앞으로도 그렇게 살고 싶어 전속도 거절한다며? 그런 사람이 회사를 차리다니. 그것도 생산부터 판매까지 전부 하는 회사라니. 회사를 꾸려가려면 얼마나 많은 사람과 부대껴야 하는지 알아? 곧 지치고 말 거야. 유 대표의 장점, 그러니까 더 귀하고 우아한 작품을 만드는 데 쓸 에너지를 자잘한 관계 속에 몽땅 허비할걸. 내 말 안 듣고 회사 차린 가수 중에 성공하는 사람을 못

봤어. 엄연히 달라, 다른 거라고. 전속하잔 소린 안 할게. 연습실은 언제든 와서 써도 돼. 녹음실을 비롯해서 제작에 필요한 돈은 꿔줄게. 이자 안 받는 조건으로."

"언젠간 노랠 다시 할 거예요. 하지만 지금은 아니에요."

"믿지 않을지 모르지만 난 운이 무지무지 좋은 놈이야! 행운에 행운이 이어졌지. 운 좋은 나도 열 번이나 옥정호에 와서, 운전대를 틀어버리고 끝내려 했어. 유 대표는 운도 엄청 나빠. 열 번까지 가지도 않을 것 같다. 이 기회를 놓치면 노래는 영영 못해. 회사가 망하는 게 회사만 망하는 게 아냐. 유 대표 몸도 마음도, 또 지닌 기억도 자부심도 깡그리 다 사라져. 죽은 후 저승 가서 곡 만들고 노래할래?"

"사업 접으라, 설득하려고 여기로 데려오신 건가요?"

침묵이 에어백 터지듯 조수석과 운전석을 채웠다. 타로 정의 본심을 확실하게 알았다. 가방 일곱 개를 연이어 주문했기 때문에 든든한 응원군으로 간주했었다. 그러나 누구보다도 그는 내가 사업과 어울리지 않는다고 여겨왔던 것이다. 그가 먼저 침묵을 깼다.

"관두라고 순순히 접을 유 대표가 아니란 건 알지. 하지만 옥정호 저 어둠을 보여주고 싶긴 했어. 어둠은 차라리 낫지. 호수니까, 여기서 더 가면 물에 빠질 거고 옷이 몽땅 젖는 걸 예측할 순 있잖아? 하지만 사업하는 동안 부딪치는 어둠은 전후도 좌우도 상하도 없어. 얼마나 깊은지 또 어떤 흉기가 튀어나올지 전혀 모른다고. 예상이 불가능해. 죽 선생에게 지금처럼 매달리다간 첫 어둠도

통과 못하지. 알아?"

"노력할게요."

"노력해도 안 되는 일이 있다는 걸 사업은 또 가르쳐줘. 노래하는 게 죽을 만큼 힘들다는 소릴 가수들이 가끔 하지? 사업은 죽을 만큼 힘들 뿐만 아니라 죽을 수밖에 없는 상황으로까지 내몰아. 자살이 비유가 아니라 사실이란 뜻이야. 정신 차려보면 건물 옥상이든 옥정호 같은 호수든 아니면 걸어들어가 사라지기 좋은 서해 어느 바닷가에서 마지막 병 소주나 캔 맥주를 들이켜고 있다니까……."

감정이 차올랐는지, 타로 정은 말을 잇지 못한 채 오른 주먹으로 제 이마를 툭 치곤 쓸었다. 나는 그의 비관론에 동조하진 않았다. 그레이스를 여기까지 끌고 오는 것이 힘들긴 했지만 자살을 떠올린 적은 없었다. 회사 CEO들의 자살 소식을 듣긴 했다. 그러나 그보다 훨씬 많은 사업가들이 자살을 떠올리지 않고 각자의 길을 만들고 있지 않은가. 타로 정이 겨우 말을 맺었다.

"난, 유 대표가 그 험한 데까지 안 갔으면 싶어."

그리고 스포츠카를 세웠다. 새벽인데도 주차장엔 차가 다섯 대나 있었다. 타로 정이 뒷좌석에서, 마차 넉 대가 그려진 에르메스 까레 가브로쉬 실크 스카프와 황금색 스카프 링까지 챙겨 선물이라고 내밀었다. 호수에서 스멀스멀 올라오는 밤바람이 스산했다. 타로 정이 가라앉았던 기분을 바꿔 가볍게 말했다.

"여기서부턴 등산! 힘들진 않을 거야. 나무 계단을 딱 오 분만 오를 거고! 바람이 그래도 쌀쌀하니 잘 여며."

블루 슈트에 스카프를 두른 나는 등산이란 말에 고개를 돌려 호수가 아니라 산을 쳐다보았다. 타로 정은 동네 산책이라도 가듯 익숙하게 앞서 걸었다. 산을 오른다고 귀띔이라도 했다면 구두 대신 운동화를 챙겼을 것이다. 오늘 고른 세르지오 로시 펌프스 힐의 굽이 높지는 않았지만, 낯선 산길을 걷다가 발목이라도 삐지 않을까 걱정이었다. 등산에 편한 신발이 아닌 것은 그도 마찬가지였다. 다른 이들은 등산화에 등산모까지 갖췄지만, 느와 카도간을 신은 그는 또각또각 구두 소리를 내며 뒷짐을 진 채 걸었다.

나무 계단이 나왔다. 잎들이 나무판에 듬성듬성 깔렸다. 잘게 부서진 녀석들은 괜찮지만, 아직 물기를 머금은 녀석들은 미끄러웠다. 가지에서 떨어진 때나 계단에 내려앉은 위치나 다른 잎들과의 거리에 따라, 같은 단인데도 확연히 달랐다. 바삐 올라가는 타로 정처럼 굴지 않고 걸음을 늦추며 잎들을 내려다보았다. 등산이란 설명을 미리 듣지 않았다면, 이제 마르고 닳아서 부서져 썩을 일만 남은 잎들의 시간을 아예 앉아서 그려보았을 것이다.

유난히 작은 잎을 골라 비닐에 싸서 미니백에 넣었다. 가방의 모양과 크기는 바뀌었지만, 가방을 신체의 일부처럼 여기기 시작한 후론 늘 하는 행동이었다. 주워 넣는 대상은 그때그때 달랐다. 어느 날은 꽃잎, 어느 날은 죽은 잠자리, 어느 날은 고양이의 털, 어느 날은 주인을 알 수 없는 틀니였다.

죽어가거나 이미 죽은 이들을 만나면 그냥 지나치지 못했다. 여건이 허락하는 한 곁에 머물며, 지금과는 달랐던 과거와 또 지금과는 다를 미래를 가늠했다. 너무 좋은 시절을 보냈기에 눈물이 났고, 너무 쓸쓸한 날들이 기다리기에 위로 삼아 웃었다. 그리고 그곳을 떠날 때는 이야기가 쌓인 물건 하나를 가방에 챙겨 넣었다. 경신은 꿈을 가두는 것이 가방이라고 일러줬지만, 가방의 쓸모는 그보다 훨씬 많았다. 타로 정 앞에서 처음 노래를 불렀을 때, 그는 노래가 아주 마음에 든다는 평과 함께 호기심 가득한 눈으로 물었다.

"초면에 실례인 줄은 알지만, 궁금해서 말인데, 어깨에 메고 온 가방에 뭐가 들었는지 보여줄 수 있나? 기타만 해도 무거울 텐데, 푸른 가방이 부풀어 터질 빵처럼 보여서……."

자라며 어울린 또래 여자들 대부분은 절대로 가방만은 열어 보여줄 수 없다고 했다. 가방의 겉은 자랑하더라도 가방의 속은 안 된다는 것이다. 나는 달랐다. 타로 정에 앞서 방지훈에게도, 방지훈에 앞서 고정목에게도, 그들이 원하면 종종 가방을 열어 넣어둔 것을 꺼내 보였다. 타로뮤직 대표실 탁자에 가방 속 물건들을 증거품 놓듯 나열했다. 타로 정의 눈이 더욱 커졌다. 값비싸고 대단한 것들은 없었지만, 서른 즈음의 여자가 넣고 다니리라곤 상상하기 힘든 물건들이었다. 조약돌, 깨진 토기 받침, 크기가 다른 연필 세 자루, 작동을 멈춘 회중시계, 사진이 뜯겨 나간 여권—내 여권이 아니다—, 나뭇가지들—당진의 소나무 가지, 여의도의 벚나무 가지, 울산의 대나무 가지—, 책꽂이용으로 비닐에 넣어 압착한 꽃 잎들—튤립, 매화, 수선화, 칸나—, 송곳, 나무망치, 발자국 사진

석 장―표범, 사슴, 타조―, 빨주노초파남보 색깔 다른 풍선, 미니 석고상 셋―예수와 석가와 공자―, 고무공, 접는 체스판, 낙서로 가득한 공책과 수학 문제를 푼 공책―두 권 모두 내 필체가 아니다―, 서양 별자리 지도와 동양 별자리 지도, 삼엽충 화석!

"이것들이 다 뭐야?"

나는 아무렇지도 않게 답했다.

"시간을 넣고 다녀서 그래요."

타로 정이 설명을 더 원했다면, 물건 각각의 시간을 차례차례 들려줬을 것이다. 그 시간들이 가방 속에서 섞인 이야기까지 나아갔다면, 그 밤을 꼬박 새웠을지도 모른다. 그러나 타로 정은 타인의 이야기를 듣는 것보다 자신의 감각을 자랑하며 회사를 운영하고 가수들을 만나왔다. 그날도 그랬다.

"많이 외로웠나 봐. 하고 싶은 노랜 많겠네."

이제 겨우 늦봄인데 계단에는 늦가을 정취가 흘렀다. 타로 정은 가끔 내게 충고했다. 봄엔 봄을 즐기고 가을은 나중에 생각하라고. 겨울은 아예 생각조차 말라고. 봄을 만끽하지도 않고 가을로 서둘러 가버린 분위기가 그레이스 1집에 담겼다고도 했다. 노래에선 가을의 담백함이 무척 좋았지만, 삶까지 겨울을 코앞에 서둘러 두려 하지 말란 뜻이다.

처음 디뎠는데도 계단이 마음에 들었다. 봄이든 여름이든 겨울이든 가을로 수렴되는, 나를 닮은 계단! 여기선 나를 설명할 필요가 없다.

고개를 숙인 채 계단을 꼼꼼히 보며 걸었지만, 나뭇잎들을 일일이 가리긴 어려웠다. 왼쪽 구두 앞코가 밀리더니, 스케이트 선수가 코너를 돌 때처럼 오른쪽 구두가 쭉 미끄러졌다. 기운 몸의 균형을 잡느라 왼발을 거듭 딛다가 소나무에 어깨를 부딪쳤다. 무릎을 완전히 접지 못한 상태에서 엉덩방아부터 찧었고 뒤이어 등이 참나무 밑동을 쿵하고 때렸다. 지독한 통증이 꼬리뼈를 지나 척추를 타고 뒷목까지 올라왔다.

불행 중 다행이었다. 그 자리에 참나무가 없었다면 비탈 아래까지 굴렀을 것이다. 무릎까지 자란 풀숲에는 바위들이 포복하듯 깔렸다. 살갗이 긁히거나 찢기는 것은 물론이고 뼈가 산산이 부서져도 이상하지 않을 지형이었다. 되돌아 뛰어내려온 타로 정이 다급하게 물었다.

"괜찮아?"

"어쩌죠?"

"다쳤어? 어디야 어디?"

그는 두 다리와 두 팔과 얼굴과 목과 어깨를 살폈다. 당장 119에 전화라도 넣을 기세였다. 나는 저만치 떨어진 스카프를 주워 들며 답했다.

"흙투성이가 되었네요. 선물로 주신 건데 죄송해서……."

그가 정중히 허리를 숙여 인사하는 시늉을 한 뒤, 팔꿈치를 삼각형 모양으로 벌리곤 손등을 허리에 붙였다. 나는 파티에라도 가듯 팔짱을 꼈다.

"차라리 고갤 들어. 밤하늘을 보라고. 계단만 내려다보며 걷다 간 또 미끄러지고 말지."

그를 따라 나란히 걸음을 떼며 억울한 마음을 내비쳤다.

"나뭇잎을 좀 치워놓으면 안 되나요?"

"못할 짓이지. 야밤에 계단을 오르내리며 비질을 한다고 생각해 봐. 잎을 잘못 밟아 미끄러지기라도 하면 누가 구해? 스무 번이나 여길 왔지만 계단에서 굴러떨어진 방문객이 있단 소린 못 들었어."

"오늘 지독하게 재수 없는 첫 방문객을 목격하실 뻔했네요."

"천하의 유다정이 아래만 보고 걸을 줄은 몰랐어. 대부분은 좌우 숲도 살피고 별도 우러르다가 가끔 계단도 내려다보는 정도인데, 처음부터 끝까지 고개를 들지 않더군. 늘 그래?"

그랬던가. 내 인생의 진창길들을 떠올렸다. 걷기 시작하면 발에 밟히는 길에 집중했다. 우연히 찾아드는 행운보다 피해야만 하는 불행에 더 마음을 썼다. 열다섯 살 이후로 나는 내가 고아란 사실을 떠올리지 않은 날이 없었다. 불행의 늪에 빠지더라도 손 내밀 가족이 없었다. 스스로 빠져나와야만 했다. 할 수만 있다면 처음부터 그런 늪을 피하고 싶었다. 스스로 터득한 삶의 지혜였다.

계단을 다시 오르는 동안 동녘이 희붐했다. 호수에서부터 나무와 풀과 돌을 휘감으며 불어 올라온 바람이 등을 시원하게 떠밀었다. 어깨를 움찔 떨며 고개를 돌리려 했다. 타로 정이 명령하듯 말했다.

"돌아보지 마!"

여긴 소돔도 아니고 고모라도 아니다. 돌아본다고 소금기둥이 될 까닭이 없다.

"전망대가 괜히 전망대겠어? 거기 서야 비로소 외앗날을 온전히 볼 수 있거든."

"외앗날? 그게 뭔가요?"

"산자락 끝 외로운 봉우리쯤 되려나. 댐이 들어서기 전엔 우람한 산봉우리였는데, 지금은 물이 가득 차서 겨우 섬으로만 남았지. 여기 사람들은 외앗날이라 하고, 관광객들은 그냥 편하게 붕어섬 이라고 불러. 생긴 모양이 딱 붕어니까."

붕어 닮은 섬이나 보자고 이 먼 길을 왔을까. 옥정호를 채운 강물만큼이나 퍼부을 말들이 많았다. 긴 숨을 내쉰 뒤 감정을 싣지 않고 건조하게 물었다.

"외앗날, 그걸 보는 게 이번 여행의 목적인가요?"

타로 정이 흘끔 뒤를 살피곤 바삐 걸으며 엉뚱한 답을 했다. 가끔 곤란한 질문을 받을 때 회피하는 방식이었다.

"전망대가 모두 셋인데, 저마다 경관이 다르긴 해. 오늘은 가까운 제1전망대만으로도 충분하겠어."

충분하다는 근거를 밝히진 않았다. 변전소를 끼고 돌자 바로 제1전망대가 나타났다. 전망대보다도 먼저 밀려든 것은 바다였다. 붕어 모양이라는 외앗날뿐만 아니라 옥정호수의 푸른 물까지 모두 덮고 돌아다니는 구름바다, 운해(雲海).

옥정호 운해는 느릿느릿 떠가는 뭉게구름이나 새털구름과는 달랐다. 실바람에도 먼저 흔들리고 먼저 방향을 틀고 먼저 몰려들고 먼저 흩어지고 다시 먼저 뭉치고 먼저 빠져나갔다가 먼저 되돌아왔다. 이렇게까지 흉물스럽게 변하랴, 품은 마음을 먼저 알아차려 큰센바람에 쑥대밭이 된 마을처럼도 바뀌고, 저렇게까지 부풀어오를까, 던진 의심을 먼저 틀어쥐곤 승천하는 백룡의 형상을 띠고, 그렇게 쉽게 사라지진 않을 거야, 잡은 미련을 먼저 뿌리치며 시린 호숫물을 내보였다.

나는 이미 지리산 운해나 설악산 운해를 담은 사진을 본 적이 있었다. 그곳은 높디높은 산자락이었으므로, 구름들이 계곡과 능선과 봉우리를 덮고 잠겨 고이고도 남았다. 그러나 내가 선 제1전망대는 그 산들에 비해 너무 낮았다. 나무 계단을 겨우 십 분 남짓 올랐는데도 발 아래로 운해가 펼쳐질 줄이야! 생각할수록 신기하고 바라볼수록 놀라웠다.

등 뒤에서 타로 정이 자화자찬을 했다.

"역시 나는 운 좋은 사나이! 오늘 정도면 뵐 것 같았거든. 매일 나타나는 운해가 아냐. 악심을 품은 이가 한 명이라도 전망대에 오르면 그 순간 운해는 사라진대. 옥정호 운해를 백두산 천지 운해에 비기는 사람도 있어. 얼마나 장관일까 궁금도 하고, 두 운해를 비교도 하고 싶어서, 천지에 두 번 갔었는데, 안타깝게도 운해를 뵙진 못했다니까. 어때?"

그에게 운해는 사사롭게 '보는' 것이 아니라 경건하게 '뵙는' 것이었다. 나는 곧장 품평할 수 없었다. 몸과 마음이 운해를 따라 쉼 없이 움직이는 중이었다.

구름이 흩어지면서 붕어 모양 초록섬이 모습을 드러냈다. 감추었던 비밀 하나가 단숨에 제자리로 올라온 듯했다. 운해의 압도하는 하양도 근사했지만, 그 아래 고인 물의 파랑과 나무의 초록과 흙의 잿빛과 바위의 젖빛이 보일 듯 말 듯 구름과 어우러지는 순간순간 눈을 뗄 수 없었다. 파괴와 생성이 동시다발로 일어나는 중이었다. 스러지는 아쉬움과 만들어지는 기쁨이 온몸을 뒤섞어 춤을 췄다. 예상 못한 때에 잠기고 예상 못한 곳에서 떠올랐다. 눈을 부릅뜬 채 그 변화를, 변화에 잇달아 터져 나오는 이야기를, 온 마음과 온몸에 담으려 해도 놓치는 눈대목이 팔할이었다. 사진이나 동영상은 천분의 일도 옮기지 못하리라! 틀을 만들면 틀을 넘고 짝을 이루면 짝을 지웠다. 호수겠구나 싶은 곳은 백호가 훌쩍 뛰어오르는 바위였고 산이겠구나 싶은 곳으론 기억을 얼릴 물이 흘렀다. 확실한 내 것이 단 하나도 없었다. 전혀 없는데도 불안하거나 슬프거나 안타깝지 않았다. 오히려 편안하고 좋았다. 여기선 이렇게 말해도 이상하지 않을 것 같았다. 나는 가방이 되어가는 사람이라고. 혹은 사람이 되어가는 가방이라고. 나는 당신이 가방이었던 아침을 알며, 당신도 내가 가방이었던 저녁을 안다고. 사람이 온전히 사람일 수 없고, 가방이 온전히 가방일 수 없다고.

감정의 빈 계곡마다 담담하게 물이 고였다가 증발하고 또 고이기를 반복했다. 구름과 산과 호수가 화선지에 큰 붓으로 휘저은 초서의 획처럼 번져 엉켰다. 어느 것이 구름인가 어느 것이 산인가 어느 것이 호수인가. 제각각 구름이고 산이고 호수였던 적은 있는가. 뺨을 타고 흐르는 눈물을 닦지 않았다. 눈물과 함께 꽉 막혔던 길이 뚫리고, 그 길로 내달린 강물이 폭포로 떨어졌다.

타로 정이 왼팔로 내 어깨를 감싸곤 오른손을 들어, 발아래 펼쳐진 풍경이자 마음 밑바닥에서부터 솟구친 욕심 한 덩어리를 가리켰다.

"유다정! 저 운해와 똑같은 가방을 만들어줘. 그럼 가죽 가방에 목숨을 걸려는 네 길을 인정할게. 손에 익은 대로 자르고 붙이고 바느질하는 죽 선생은 죽었다 깨어나도 못 만들어. 팀을 짜. 저 운해를 닮은 팀! 무엇이든 품고 무엇으로도 바뀌는 팀! 회사 밖의 장인이 아니라 회사 안의 팀! 사람은 바뀌어도 팀은 영원해."

10
맺을 땐 맺고 끊을 땐 끊고

누구에게나 적용되는 인생의 법칙이 있다면, 이야기는 필요 없으리라. 인생에선 법칙이 없다는 것이 법칙이다.

틀 안에서 안온하게 흐를 것 같은 나날이 틀을 부수고 틀 밖까지 나아가기도 한다. 내 안의 집착을 끄집어내는 과정이기도 하다. 대부분은 틀 밖으로 한참을 흘러간 다음에야 놀람과 후회와 체념 같은 것이 뒤따른다. 그러나 몇몇 지나친 예민 덩어리들은 틀이 흔들리자마자 대응책을 마련하기 위해 부산하게 움직인다. 나는 이름을 바꿨다.

소머리 국밥집을 넘기고 이 년이 지난 늦가을 저녁, 젊은 남자가 현관문을 붙들고 내 엄마의 이름을 들먹였을 때, 나는 두 손을 겨드랑이에 엇갈리게 끼곤 수전증 환자처럼 떨었다. 까만 버버리 코트를 깔끔하게 입은 남자는 빵 꾸러미부터 건넸고, 그때까지 아무것도 먹지 않았던 나는 그를 집으로 들였다. 안방까진 아니고 거실 바닥에 마주 보며 앉았다.

"어디로 가셨습니까?"

모른다고 했다. 모르는 것이 사실이고, 엄마의 신혼집을 알더라도 초면인 남자에게 가르쳐줄 수는 없었다.

남자는 코트 안주머니에서 곱게 접은 하얀 손수건을 꺼내 바닥에 놓았다. 보물이라도 공개하듯 정성껏 폈다. 가죽 책갈피였다. 생후 육 개월 미만의 송아지 가죽, 카프 스킨.

"십오 년 전 고등학교 입학 선물로 받았습니다. 오래전이죠. 파파가 그러시더라고요. 행운을 가져올 테니 항상 간직하라고. 책에 끼우고 다니진 않았습니다. 제가 다닌 학교에선 교과서에 책갈피를 꽂고 다닌 친구들이 없었거든요. 책갈피는 계집애들 장난감 정도로 취급했죠. 그걸 용도에 맞게 사용했다면 당장 놀림감이 되거나 도둑맞았을 겁니다. 그렇다고 책갈피를 버리거나 책상 서랍에 처박아두진 않았어요. 품에 넣고 다녔죠. 파파 말씀대로, 행운이라고 간주할 수밖에 없는 멋진 일들이 계속 생겼거든요."

원하는 학교에 가고 흠모하는 여자와 사귀고…… 그랬단 뜻인가. 나는 단팥빵을 베어 문 후, 책갈피를 집어 보석 감정사처럼 살폈다. 푸른 실로 바느질한 알파벳 대문자 'Y H J'가 뒷면에 선명했다.

"이름은 요한이고 성은 지, 지요한입니다. 파파는 「요한복음」이나 「요한계시록」을 평생 단 한 번도 읽으신 적이 없지만, 요한이란 이름을 좋아하셨습니다. 지요한도 제 맘엔 썩 들지 않지만, 지마태나 지누가보단 훨씬 낫죠."

내게도 '요한'과 맞먹을 만한 이름이 필요했다.

"아서라고 합니다."

그날부터 내 이름은 아서였다. 요한이 내 엄마를 찾아왔으므로, 지금 엄마와 함께 있을 그 남자 이름이 떠올랐던 것이다. 요한이 큭큭 코로 웃었다.

"차이니즈 폴 댄스라도 추시게?"

무작정 찾아온 것이 아니다. 엄마가 마을에 없다는 것, 댄스 학원이 문을 닫았다는 것, 엄마와 잠적한 남자 이름이 아서라는 것까지 알고 왔다. 두 사람이 함께 떠난 줄 알면서도 여길 와서 엄마를 찾는 이유가 궁금했다.

모른다고 다시 말했다. 물론 나는 실종 신고 따윈 하지 않았다. 이번엔 슈트로이젤 쉽게 말해 소보로를 골랐다. 그렇게 훌쩍 이 마을을 갑자기 떠나리라곤 생각하지 않았지만, 그것도 엄마 인생이다.

"아는 건 뭡니까?"

질문 방향이 급선회하자 어지럽고 배가 아팠다. 롤케이크를 들었다가 놓곤 화장실로 갔다.

좌변기를 딛고 올라서선 팔을 뻗어 천장을 밀었다. 가로세로 30센티미터 정사각형 나무판이 열렸다. 아버지가 담배와 성냥 그리고 각종 잡지를 두던 곳이다. 벌어진 어둠으로 손을 넣어 공책 한 권을 집었다. 엄마가 두고 간 가죽커버 공책 타아그였다. 엄마를 그리워해서는 아니지만, 하루에 한 번은 타아그를 꺼내 좌변기에 앉아서 읽었다. 재료도 무늬도 탄력도 제각각인 가죽 조각들과 겨우 서너 줄에 불과한 설명을 곱씹으며 제작 과정과 완성작을 떠올리는 재미가 쏠쏠했다. 이 년을 거듭 읽고 상상하다 보니 거의 외울 지경이었다.

타아그를 읽다 말고 엄마가 이웃에게 선물했던 작품들을 구경하러 달려가기도 했다. 가령 마을에서 가장 나이가 많은 꼬부랑 할머니에겐 생후 육 개월 미만의 어린 양 가죽을 털과 함께 가공한 토스카나로 감싼 지팡이 손잡이를 드렸다. 백일 때부터 라디오에서 흘러나온 첼로 선율에 빠졌다가 결국 첼리스트의 길을 걷기 시작한 문방구집 딸에겐 첫 연주 기념으로 물소 가죽으로 만든 첼로 케이스를 선물했다. 사진관 홀아비에겐 카메라 케이스와 함께 다양한 렌즈를 함께 넣고 다닐 수 있는 백팩을 만들어줬다. 덜렁대다가 카메라를 떨어뜨리더라도 그때부턴 안전했다. 십오 년 전 늦겨울에 책갈피를 만든 기록도 있었다. 작품을 청하고 받아간 사람의 이름은 '지충수', 이유는 '격려'였다.

쾅쾅. 문 두드리는 소리가 요란했다.

타아그를 천장에 다시 감추곤 서둘러 나왔다. 내가 앉기도 전에 요한이 명령했다.

"따라와. 가서 얘기해."

반말이었다. 바닥에는 그가 사온 빵이 아직 다섯 개나 남아 있었고 나는 여전히 배가 고팠다. 그리고 누군가의 명령을 반말로 들을 나이도 지났다. 지충수를 파파라고 부르는 남자의 사타구니를 힘껏 걷어찼다. 그가 빵 위로 쓰러져 뒹굴자마자, 현관문과 안방 창문과 건넌방 창문 그리고 거실 창문으로 건장한 남자 넷이 동시에 뛰어들었다. 오른팔을 등 뒤로 꺾인 나는 비명을 지르며 바닥에 엎드렸다. 요한이 표정 변화 없이 낮은 목소리로 읊조렸다.

"그만."

남자들이 마네킹처럼 멈췄다.

사방을 가득 채운 전시품은 칼이었다. 은은한 조명이 벽 구석구석을 비췄다. 옹이와 나이테가 선명한 향나무 탁자가 가운데를 차지했고 의자 두 개가 마주 놓였다. 요한은 나만 데리고 전시실로 들어갔다. 승합차로 이동하는 동안엔 손목을 묶고 안대를 씌웠지만 거기서부턴 자유를 줬다. 돌아다니는 것은 물론이고 칼을 꺼내 살피고 휘두르는 것도 허용했다. 내가 저 칼로 요한의 손톱이라도 자르면, 밖에서 대기 중인 남자들은 나를 가루로 만들어버릴 것이다.

세상의 모든 명검을 모아놓은 듯했다. 칼들은, 지극히 흰 숫눈에서 까마득하게 검은 지하 동굴까지, 저마다의 비유법을 간직했다. 『삼국지연의』나 『수호전』의 삽화에나 등장할 법한 칼도 있었고, 원탁의 기사나 잔 다르크나 십자군 전쟁을 다룬 영화나 드라마에 등장한 칼도 있었다. 내 키보다 긴 칼도 있었고, 새끼손가락보다 짧은 칼도 있었고, 칼날이 엄지손톱만큼 두꺼운 칼도 있었고, 소가죽 1밀리미터를 다시 열 개의 층으로 저미고도 남을 칼도 있었고, 온갖 동식물로 칼자루를 장식한 칼도 있었고, 어디서부터 칼자루인지 모를 칼도 있었다. 내가 충분히 관람을 마치고 눈을 비비며 돌아와 자리에 앉자, 요한이 곧장 본론을 꺼냈다.

"정확히 천 자루야. 가죽 칼집을 씌우고 싶어. 칼이 전부 다르듯 칼집도 전부 다르게."

"못합니다. 가죽으로 뭘 만들어본 적이 없어요."

"너처럼 가죽 책갈피를 끝내주게 만드는 엄마가 있었다면, 나라도 기가 죽어 가죽을 잡지 않았을 거야. 지금도 내가 원하는 건 네가 아니라 네 엄마야. 엄마가 달아난 곳을 정말 모르는 것 같으니, 나로선 너라도 믿어보는 수밖에."

꿩 대신 닭. 요한의 믿음은 어리석고 어리석었다.

"자른 적도, 바느질한 적도, 붙인 적도, 칠한 적도 없습니다, 전혀!"

요한이 내 어깨를 양손으로 꽉 붙들었다. 나는 두 눈이 칼날처럼 빛난다는 문장을 처음 현실에서 확인했다. 그는 깊게 숨을 들이마신 뒤 건너뛰었던 서론으로 돌아갔다. 결과적으론 내게 이로운 시간이었다. 가죽보다는 이야기에 더 익숙했으니까.

"파파가 모으신 거야. 얼마나 많이 사들이셨는지는 모르겠어. 여기 있는 것의 열 배 아니 백 배? 고르고 골라 소장용으로 둔 것이 천 자루니까. 네가 앉은 바로 그 자리에서 파파가 돌아가셨지. 저 칼들 중에서 한 자루 어쩌면 두 자루가 파파를 죽음으로 이끌었을 거야. 파파를 죽인 자가 누구냐고? 파파를 찌르고 달아난 그 계집도 이 세상 사람이 아니란 것만 말해 둘게. 내가 죽이진 않았어. 추격하긴 했지. 도망을 치려거든 제대로 치지, 차를 몰고 호수를 향해 돌진은 왜 해? 차가 무슨 비행기야? 비키니를 백 벌이나 사들인 계집이 수영을 못 해서, 물만 실컷 마시고 갔어.

하나같이 명품이야. 억만금을 줘도 못 사. 어렸을 때부터 난 책보다 칼이 좋았어. 파파 몰래 여기 들어왔다가 갇혀버린 적이 있었어. 전기까지 끊긴 채 사흘을 꼬박 지냈지. 파파가 벌을 주신 거지만 내겐 축복이었어. 눈 뜬 장님 신세로, 한 자루 한 자루를 만지는 기분을 짐작이나 할까? 칼날과 칼등과 칼자루를 손바닥으로 쓰다듬고 손가락으로 튕기고 혀로 핥고 코로 비비다 보면 시간이 훌훌 흘렀지. 천 자루의 칼을 끝까지 간직할 거야. 한데 파파를 죽이는 데 사용된 칼이 섞여 있는 게 문제야. 도저히 찾아낼 수가 없으니, 사악한 죽음의 기운을 통째로 덮어야겠더라고. 그러자 늘 지니고 다닌 가죽 책갈피 생각이 났지. 내가 책의 세계에서 승승장구하도록 행운을 선사한 장인을 찾아가자. 천 개의 칼집을 만들어 달라 청하자.”

나는 합리적으로 따지고 싶었다. 천 개의 칼집을 만드는 것보다는 파파를 살해할 때 사용한 칼을 찾는 편이 더 빠르고 간단할 것이다.

“자상(刺傷), 그러니까 칼이 만든 상처의 길이와 모양을 칼날과 비교해 보면…….”

요한이 내 눈을 똑바로 들여다보며 경고했다.

"잔머리 굴리지 마. 계집은 파파를 찌르거나 베지 않았어. 목뼈만 네 군데를 부쉈지. 불면증이 심하셨던 파파는 수면제 없인 하루도 잠들지 못하셨어. 그 계집이 약을 먹여 파파를 재운 뒤 입에 재갈을 물리고 칼등과 칼자루로 목을 내리쳤을 거야. 미칠 노릇이지. 샅샅이 조사했지만 파파에게 최후를 안긴 칼을 찾는 데는 실패했어. 자, 둘 중 하나를 선택해. 응낙하고 칼집을 만든다. 아니면……."

"저를 죽이실 건가요?"

"아니! 널 죽이면 나만 손해지. 나도 취미 생활을 새로 해볼까 싶어. 네 엄마가 선물한 작품들을 강제로 빼앗진 않아. 정당하게 열 배쯤 비싼 가격으로 사들이려고. 하지만 훔쳐간 작품까지 돈을 주고 살 순 없겠지? 도둑은 벌하고 장물은 압수하여 정의사회를 구현해 볼 참이야. 본보기로 응징할 죄인은 이미 골라뒀어."

요한과 나는 똑같은 사람을 떠올렸다.

"맞아. 가죽 필통."

혜경이 당하도록 둘 순 없었다.

요한은 천 자루의 칼집에 씌울 천 개의 가죽을 천 군데 마을에서 구해왔다. 작업 도구도 최고급으로 갖췄다. 내가 손에 쥐기 전에 그가 먼저 향나무 탁자에 가득 펼쳐놓곤 도구의 쓰임새와 성능을 하나하나 확인했다. 재단 판과 문진과 펀치와 본드 헤라와 솔과 롤러와 클램프와 각종 펜과 원형 송곳과 자와 커터와 직선 재단칼과 곡선 재단칼과 환도와 스트랩 커터와 패링 나이프와 반

월도와 파라폴루이와 디바이더와 크리저와 각종 바늘과 밀랍과 포니와 마름 송곳과 목타와 그리프와 쇠망치와 나무망치와 우레탄 망치와 납볼 망치와 쪽가위와 라이터까지 일체를 갖췄다. 전속 요리사까지 붙여 식사와 간식을 챙겼다.

문제는 나 자신이었다.

가죽으로 무엇인가를 만든다는 생각을 한 적이 없었다. 그것은 엄마의 일이었다. 타아그를 즐겨 읽긴 했지만, 훗날을 대비해서가 아니라 엄마의 지난 작업을 추억하기 위해서였다. 엄마는 얼굴도 곱지만 손이 더 아름다웠다.

한 달이 흘러갔다.

그사이 나는 매일 가죽을 자르고 붙이고 바느질을 했지만 단 하나의 칼집도 완성시키지 못했다. 어떤 집은 너무 컸고 어떤 집은 너무 작았으며 어떤 집은 너무 딱딱했고 어떤 집은 너무 부드러웠으며 어떤 집은 너무 무거웠고 어떤 집은 너무 가벼웠으며 어떤 집은 너무 빛났고 어떤 집은 너무 어두웠다. 타아그를 첫 바닥부터 마지막 바닥까지 빠르게 떠올리다가 문득 깨달았다. 엄마는 가위집까진 선물했지만 칼집을 만든 적은 없었다. 사냥이나 낚시를 위한 칼을 허리에 차거나 가방에 넣어 다니는 남자들이 적지 않았으니, 가죽 칼집을 만들어달라는 청을 받기도 했으리라. 그러나 칼집은 단 하나의 예외였다. 그 이유를 엄마에게 묻고 싶었지만 너무 늦었다.

"노력해도 안 되는 게 있습니다."

요한이 고개를 저었다.

"겨우 한 달이 지났을 뿐이야. 이래 봬도 난 인내심이 제법 강해. 천 개의 칼이 있는 전시실을 갖기 위해 기다린 세월이 삼십 년이야. 마라톤에서 이제 첫걸음을 디딘 꼴이랄까. 얼마든지 더 실패해도 돼. 단 최선을 다해 실패할 것!"

결코 실패해선 안 되는 것도 있었다.

"혹시…… 만났습니까?"

"필통을 훔친 게 아니라 마음을 훔쳤다더군."

"제가 직접 확인해야겠습니다."

"날 못 믿겠다 이건가?"

"안전하게 데려왔다가 안전하게 돌려보낸다면, 그땐 믿을지 말지를 고민해 보죠."

요한이 읊조렸다.

"실망이군. 전부를 얻으려면 전부를 끊어야 해."

"우린 한 팀입니다. 끊을 수 없어요. 영원히 이어져 있답니다."

"언제부터?"

"서로의 필통이 장물이 되던 날부터."

그 저녁 혜경이 왔다.

나를 밀어붙여 의자에 앉히곤 허벅지에 올라앉았다. 다음은 당연히 긴 입맞춤.

"감시 카메라……."

따위가 혜경의 입술을 막진 못했다.

우리는 머리카락부터 발뒤꿈치까지 서로의 전부를 확인하길 원했다. 혜경이 먼저 자신의 눈과 코와 귀와 입과 손가락 끝에 담긴 나에 대한 기억을 끄집어내느라 바빴다. 나는 들개가 털갈이를 하듯 남김없이 옷을 벗었다. 향나무 탁자를 혜경의 손짓에 따라 돌다가 멈추고 또 돌았다. 미심쩍은 부위는 혜경이 직접 만지고 비틀고 냄새 맡고 두드리고 핥았다. 혜경이 오감을 두루 써서 자신의 기억을 회복할수록, 나 역시 혜경의 몸이 그리웠다. 먼 곳에 머무는 연인을 향한 그리움과는 달랐다. 지난날을 추억하는 데 그치지 않고, 과거를 바탕으로 하되 바로바로 현재의 이야기를 덧입히면서, 향과 맛과 소리와 감촉이 한꺼번에 새로워질 기회였다. 더 가까울수록 더 간절했다.

"몽땅 말해."

절대자의 명령 같았다.

혜경의 젖가슴을 번갈아 만지며, 타아그의 첫 바닥부터 설명을 시작했다. 아홉 번 식사를 하고 세 번 빙수와 케이크와 떡을 간식으로 먹었다. 나는 작품과 작품 사이에서 깜빡 잠이 들기도 했지만 혜경은 눈을 크게 뜨곤 버텼다. 참기 힘든 졸음이 밀려들 때면, 혜경은 마음에 드는 칼을 골라 어깨에 얹곤 전시실을 걸었다. 나 역시 벌거벗은 검투사처럼 돌아다니다가 와선 이야기를 이었다. 마지막 바닥까지 설명한 뒤 선언했다.

"엄만 칼집을 만든 적이 단 한 번도 없었어."

나로선 대단한 발견이지만, 혜경은 사흘이나 탁자에 던져뒀던 속옷과 원피스와 챙 넓은 모자를 다시 입고 쓰면서도 맞장구를 치지 않았다. 혜경은 내 입술 내 콧잔등 내 오른 눈과 왼 눈 내 오른 귀에 입을 맞춘 뒤, 내 왼쪽 귓불을 살짝 깨물곤 속삭였다.

　"나를 위해서라면, 하지 마."

　물론 혜경을 지키기 위한 일이다. 칼집을 만들지 않고도 혜경을 요한으로부터 보호할 방법이 내겐 없었다.

　"기다려. 아직 너랑 가볼 곳이 많아."

　"기다릴게. 네가 내게 오고 있는 한."

　"쉼 없이 갈게."

　혜경이 내 손가락을 하나씩 어루만지며 열 번 입을 맞췄다. 나는 이별의 예식처럼 느껴져 기분이 나빴다.

　"어디에선가 멈춰 쉬더라도 널 원망하진 않을 거야."

　"안 쉰대도! 내가 하는 말 내가 하는 행동, 이 모든 게 너한테 가는 걸음걸음이야. 다른 건 없어. 넌 안 그래?"

　"나도 그래."

　"그럼 됐지?"

　"됐어 그럼."

　혜경이 돌아가고 나서부터 칼집이 만들어지기 시작했다. 혜경은 내게 자신을 위해서라면 칼집을 만들지 말라고만 했다. 분석을 좋아하는 평론가라면, 사흘 동안 내가 혜경에게 타아그에 관한 이야기를 늘어놓는 동안, 해결책이 떠올랐다고 주장할 것이다. 마음에 품기만 하는 것과 타인에게 이야기하는 것은 천양지차라면서! 오 감을 총동원하여 사랑을 나눈 것도 큰 도움이 되었다는 설명을 덧붙일지 모른다. 혜경의 몸을 특히 왼쪽 젖가슴을 그리워하지 않은 날은 단 하루도 없지만, 틈 없이, 천 자루의 칼로 둘러싸인 전시실에서, 그것도 감시 카메라 아래에서 나눈 사랑이 강렬했던 것은 사실이다.

일주일 만에 첫 칼집을 완성했다.

붉은빛이 도는 코도반(cordovan)이었고, 길이는 15센티미터, 삼실로 손바느질을 했다. 요한은 칼집을 찬찬히 뜯어보았다. 한 번 보고 두 번 보고 세 번 보았다. 한 번 만지고 두 번 만지고 세 번 만졌다. 고개를 끄덕이고 눈귀를 떨고 콧바람을 내쉬는 지점이 조금씩 달랐다. 고체가 액체가 되고 액체가 기체가 되어 흩어질 때까지, 자신이 관심을 두고 돈과 시간을 쏟으며 후원한 작품을 충분히 만끽하는 감상자의 자세였다. 미리 고민하고 먼저 주장하는, 사업가에게 최적화된 평소 스타일과는 정반대였다. 이윽고 요한은 칼을 칼집에 꽂아 원래 자리에 놓고는 칭찬 한마디 없이 나가버렸다. 칼집을 꽂은 채 전시한다는 것 자체가 칭찬이었다.

두 번째 칼집은 사흘이 걸렸다. 세 번째 칼집은 하루 반이면 충분했고, 네 번째 칼집은 하루 만에 끝냈다. 그보다 더 짧아지진 않았다.

천 개의 칼집을 다 만든 날, 요한이 물었다.

"소원이 뭐야? 뭐든 들어주지."

내가 열 개의 손가락을 하나하나 쥐고 뽑는 시늉을 한 뒤 답했다.

"지금까지 만든 칼집을 전부 없애주세요. 처음부터 다시 만들겠습니다. 그리고 이번엔 칼집에 이름을 새기고 싶습니다."

"어떤 이름?"

"아서."

요한은 처음부터 다시 시작하겠다는 청을 들어줬다. 과연 인내심이 강했다.

천 일이 더 지나고 칼집을 모조리 바꾼 뒤에야 나는 소머리 국밥집 이 층 안방으로 돌아갔다. 요한은 소원을 다시 묻진 않았다. 명함에 휴대전화 번호를 따로 적어 건넸을 뿐이다.

주인이 바뀐 국밥집은 여전히 손님이 많았고, 상철이 형은 잡지가 가득한 지하 방으로 여인들을 데려가기 위해 이야기를 지어내느라 바빴다. 딱 한 사람만 마을을 떠났다. 혜경이었다.

11
노을을 함께 본 사람

"디자인은 세 가지 틈을 고민하죠.
사람과 사람 사이 인간, 곳과 곳 사이 공간, 때와 때 사이 시간."
―비컨

아틀리에 이름은 '운해(雲海)'였다.

거기엔 나만의 의지가 담겼다.

옥정호에서 운해를 만끽하고 열흘 뒤 죽 선생을 찾아갔다. 지하 공방에서 꾸부정하게 앉은 그와 눈을 맞추고, 그레이스에 아틀리에를 만들겠다고 밝혔다. 그는 왼손엔 타조 가죽 오른손엔 가오리 가죽을 만지작거리며 물었다.

"거래 중지를 통보하러 온 건가?"

"더욱 돈독하게 가보자는 거예요."

그가 손등을 마주 비비며 넘겨짚었다.

"그레이스 가방만 만들라, 이건가? 아틀리에로 들어오라?"

"전권을 드리겠습니다. 최고의 팀을 꾸려주세요. 어떠신가요?"

죽 선생이 가죽을 바꿔 쥐며 코웃음을 쳤다. 말이 되지 않은 요구이긴 했다. 지금까지 그레이스는 한 달에 가방을 네 개 이상 팔지 못했는데, 죽 선생이 은밀히 납품하는 짝퉁은 줄잡아 백 개가 넘었다. 그는 대답도 하지 않고 칸막이 저편으로 가버렸다. 더 이상 제안을 듣지 않겠다는 뜻이다. 예상은 했지만 허망한 결별이었다.

채대숙이 골목까지 배웅을 나왔다. 때마침 매니저도 눈스테이블에서 돌아오는 길이었다. 대숙이 멋대로 풀린 파마 머리를 긁적이며 위로했다.

"실망 말아요. 선생님은 몸을 빼고 싶어도 못 빼요. 선금 받은 것만 만들어도 족히 일 년은 걸리니까."

"이 년!"

매니저가 기간을 정정했다.

나는 씩씩한 척 두 사람에게 말했다.

"식사 초대하고 싶어요. 그동안 고마웠습니다. 좀 멀긴 한데, 괜찮으시다면 저희 집에서 그냥 편하게 먹고 마시고……."

"가겠습니다."

대숙이 성급하고 단순하게, 그러니까 채대숙답게 답했다.

"저도요!"

매니저는 한 달에 두 번 근무를 쉰다고 했다.

내가 사는 아파트에 오려면 경의중앙선을 타고 문산역에 내려

십 분을 더 걸어야 했다. 토요일 저녁 여섯 시에 모여 저녁을 먹었다. 매니저와 대숙을 위해 알리오올리오 파스타와 해산물 파스타를 만들었다. 설거지까지 마쳤는데도 아직 날이 훤했다. 내가 좋아해서 미리 사둔 에일 캔 맥주를 하나씩 들고 문산천 산책을 나섰다. 해가 기운 뒤에도 천변에는 더운 기운이 가득했다. 두 사람은 아주 오랜만에 나온 소풍이라며 즐거워했다. 토요일에도 대숙은 지하 공방에서, 매니저는 채식 식당에서 대부분의 시간을 보냈던 것이다.

문산천은 내게도 낯설었다. 사 년 동안 매일 아르바이트를 하며 악착같이 모은 돈으로 대학 졸업과 함께 18평 아파트를 겨우 장만 했지만 잠만 자는 곳에 가까웠다. 아이돌 그룹 데뷔 준비를 할 때는 숙소 생활을 하느라 전세를 줬다. 독고찬과 연애하는 동안에는 갖가지 즐거움을 찾아다니느라 집에 있을 시간이 없었다. 그레이스를 창업한 후에도 세끼를 집에서 먹은 날이 손에 꼽을 정도였다. 대부분의 시간은 서울에서 더 좋은 가죽 가방을 만들 궁리를 하거나 고객을 만나거나 아니면 카페에서 짬짬이 쉬었다. 일찍 문산으로 돌아와서 천변을 걸은 적이 없었다. 그러므로 나도 소풍 나온 두 여자처럼 들떴다.

우리가 그날 한 일은 지극히 간단했다. 우선 천을 따라 걸었고 걸으면서 웃었다. 자꾸 웃음이 나왔다. 진지한 표정을 지어도 웃고, 대숙의 어깨와 뒷목이 자주 뭉친다거나 매니저의 종아리에 핏줄이 터졌다는 이야기에도 웃고, 가진 돈 다 털어넣어 여유 자금

이 전혀 없다는 내 찌질한 고백 후에도 우린 웃었다. 희망이 있고
새 길이 보여서 웃은 것은 아니다. 웃기라도 해야 소풍 나온 기분
을 망치지 않을 것 같아서이기도 했고, 셋이서 이렇게 걷는 것이
솔직히 약간 웃기기도 했다. 우리가 어쩌다가 문산천을 함께 걷게
되었을까요?라고 묻진 않았지만, 다 같은 마음이었다. 편의점에 들
러 캔 맥주를 하나씩 더 사서 마시며 어둠을 등진 채 돌아왔다.
적당히 덥고 적당히 배부르고 또 적당히 취기가 올랐다. 준비한
화이트 와인을 꺼냈다. 매니저가 알은체를 했다.

"코르통 샤를마뉴? 이 귀한 걸……."

"그동안 진 신세를 생각하면 아무 것도 아니에요."

팔인용 빈티지 식탁에 둘러앉아 와인까지 두 잔씩 더 마셨다.
한 모금 마시고 웃고 또 한 모금 마시고 웃었다. 나는 턱없이 긴 식
탁에 책과 가방과 노트북과 화장품 들을 죄다 늘어놓곤 작업도
하고 화장도 했다. 책상도 화장대도 따로 없었다.

"왜 하필 백이었어요?"

매니저가 텅 빈 하얀 벽을 쳐다보며 물었다. 다른 집이라면 거실
이나 부엌에 그림이나 사진 액자 한두 개쯤은 걸렸을 것이다. 나
는 식탁 외엔 아무 것도 들이지 않았다. 안방은 침대와 이불까지
모두 화이트.

"인생의 수수께끼를 풀고 싶어서요."

대숙이 물었다.

"누가 낸 건데요?"

매니저가 의욕을 드러냈다.

"같이 풀어봐요."

나는 입김으로 앞머리를 불어 올린 뒤 답했다.

"형숙 씨가…… 아, 제가 중2 때 돌아가신 엄마 이름이 형숙이에요, 조형숙! 여러모로 특이한 분이셨어요. 여행을 좋아하셨고, 엄마라고 부르면 화를 내셨거든요."

대숙이 물었다.

"엄마를 엄마라고 안 부르면 뭐라고 부르죠?"

"형숙 씨라고 부르라 하셨어요. 입에 붙어서 지금도 엄마 대신 형숙 씨가 더 익숙하네요. 오늘도 형숙 씨라고 할게요, 괜찮죠?"

두 사람이 고개를 끄덕였다.

"형숙 씨가 제게 말했어요. '너는 내게 가방이란다.' 이게 무슨 뜻일까요? 그런 적 있어요?"

둘 다 이번엔 고개를 저었다.

"어떨 때 엄마가 딸을 가방이라고 할까요?"

대숙이 답했다.

"간직하고 싶은 귀중한 사람일 때!"

내가 검지를 흔들어 반대를 표시했다.

"형숙 씨는 간직하고 담아두는 사람이 아니었어요. 귀중한 건 다 팔아서 여행 경비로 썼죠."

"자랑하고 싶을 때!"

매니저의 답을 나는 또 튕겨냈다.

"형숙 씨는 가방을 자랑한 적이 없어요. 형숙 씨가 세상을 뜨고 나서 유품들을 챙겼는데, 가방이라곤 가죽이 너덜너덜한 손가방 하나랑 배낭 하나가 전부였어요. 얼마나 즐겁게 여행을 다녔는지는 몇 날 며칠을 떠들었지만, 가방을 내세우며 설명한 적은 없어요."

대숙이 다시 도전하려다가 바닥을 보이는 화이트 와인을 입술에 대는 척하며 머뭇거렸다. 나는 잔을 부딪치며 물었다.

"또 생각이 났어요?"

대숙이 조심스럽게 물었다.

"혹시 인생의 짐 같은 건 아닐까요?"

"설마!"

매니저가 눈을 찡그렸지만, 나는 대숙의 의견을 받아들였다.

"저도 그 생각을 했어요. 형숙 씨는 저만 쏙 빼놓고, 잠시도 눈을 뗄 수 없을 만큼 세상에서 제일 멋진, 그래서 결혼한 남자와 둘이서만 여행을 다녔거든요. 하지만 형숙 씨가 만약 저를 짐으로 여겼다면 말했을 거예요. 엄청나게 솔직한 사람이거든요."

대숙은 내 추측을 받아들이지 않았다.

"아무리 솔직해도 엄마가 딸에게 '넌 내 인생의 짐이야'라고 말한다고요? 세상에, 딸에게 상처를 주겠다고 작정하지 않는다면, 어떤 엄마가 그런 소릴 해요?"

"형숙 씨는 했을 거예요. 제가 알든 모르든, 상처를 입든 말든, 할 말은 꼭 하는 사람이거든요."

매니저가 말머리를 돌렸다.

"죽 선생은 어제도 제게 말했어요. '넌 내 인생에서 가장 크고 무거운 짐이야.'"

대숙이 눈으로 웃으며 받았다.

"그건 경우가 다르죠. 죽 선생님이 바라는 만큼 칠을 빨리 못해서 그러신 거죠. 눈스테이블 매니저 당장 그만두라고 한 게 하루이틀도 아니고……."

나는 다시 형숙 씨의 마음을 가만히 만졌다.

"충분히 즐기자고 하셨어요. 형숙 씨는 형숙 씨대로, 저는 저대로! 짐으로 여기는 딸에겐 그런 말을 하진 않죠."

매니저가 정리했다.

"인생의 짐은 그럼 아닌 걸로……."

대숙이 끼어들었다.

"어렵네요. 오늘은 도저히 못 풀겠어요."

나는 이미 짐작하고 있었으므로 별일 아니라는 듯 양 손바닥을 가볍게 비비다가 털어내는 시늉을 했다.

"가방을 만들며 풀어보려고요. 이러다가 어느 날 갑자기 풀릴 수도 있겠죠? 풀리지 않더라도 인생의 수수께끼 하나쯤 품고 사는 게, 없는 것보단 훨씬 좋더라고요."

매니저가 말했다.

"저도 인생의 수수께끼를 만들어야겠네요."

대숙이 농담을 건넸다.

"그렇다고 죽 선생님께 괜한 질문 던지진 말아요. 선생님은 알쏭

달쏭한 걸 제일 싫어하시니까. 수수께끼라면 끔찍하게 여기실걸."

나는 한 잔씩 더 따르곤 일어서서 드레스룸으로 갔다. 매니저와 대숙도 비틀대며 뒤따랐다. 그 방엔 클로짓 외에 아무 것도 없었다. 나는 청포도 문양 문고리 두 개를 동시에 잡고 당겼다. 무대에 갑자기 올라온 배우처럼 쉰 개가 넘는 명품 가방이 한꺼번에 등장했다. 대숙이 양손을 들어 가리키며 쌍권총을 쏘듯 읊어나갔다.

"디올, 보테가베네타, 델보, 프라다, 루이비통, 구찌, 샤넬, 에르메스…… 명품 백을 이렇게 많이 가진 줄 몰랐네요."

매니저가 물었다.

"이것들로 우릴 스카우트할 건가요?"

분위기가 굳었다. 처음으로 셋 모두 웃지 않았다. 내가 즉답을 하지 않자 셋 중에서 연장자인 대숙이 엉덩이를 살짝 흔들고 침을 닦는 시늉을 하며 말했다.

"탐나는 게 있긴 하네요. 죽 선생님 조수로 짝퉁을 만드는 동안, 가끔 백화점 명품관에 들러 진품을 보고 오기도 했습니다. 돈값을 정말 한다는 게 맞는 말인지, 하나같이 다 멋지더라고요. 프라다나 구찌의 수준은 최상급이 아니지만, 나머지 여섯 개 회사는 넘기 힘든 벽이죠. 그레이스가 가죽의 질이 조금 떨어지긴 해도 딴 건 꿀릴 게 없다고 여겼지만, 사실 아쉬운 구석이 조금은 있어요. 이렇게 한꺼번에 직접 볼 줄 알았으면 술을 조금만 먹는 건데……"

매니저가 차갑게 말허리를 잘랐다.

"우리 몸값을 어느 정도로 쳐주려고요? 이래 봬도 꽤 비싸답니다. 저걸 다 팔아도 부족할 걸요. 우릴 문산까지 초대한 이유가 저 거였어요?"

내가 코끝을 찡긋하며 순순히 인정했다.

"클로짓을 싹 비우기 전에 자랑하려고요."

"싹 비운다……."

말꼬리를 잡은 대숙도 진지해졌다.

클로짓 아래 놓인 검은 도구함을 열었다. 가위와 칼과 나무망치를 비롯한 각종 도구가 들어 있었다. 매니저가 도구들과 내 얼굴을 번갈아 보며 물었다.

"뭘…… 하자는 건가요?"

"궁금하지 않아요? 이 백들?"

"궁금하다뇨?"

"다들 정말 멋지고 예뻐요. 그 아름다움이 어디서 왔는지, 어떻게 자르고 붙이고 기웠는지, 낱낱이 알고 싶은 건, 나뿐인가?"

대숙과 매니저가 휘둥그런 눈으로 서로를 쳐다보다가 동시에 답했다.

"궁금해, 우리도!"

나는 공구함에 든 가위들을 눈짓으로 가리키곤, 구찌의 빈티지 블론드 숄더백부터 집어 들었다. 로고를 단숨에 가위로 싹둑 잘라 떼어냈다.

"와우!"

"정말? 이러자고?"

내가 가방을 하나 더 들어 흔들며 권했다.

"오늘 다 뜯어서 봐요. 어서요! 뭐하세요? 맘에 드는 걸로 하나씩 잡아요."

웃음병이 다시 도졌다. 말을 섞지 않아도, 가방이 하나씩 원래 모습을 잃고 바닥에 조각조각 떨어질 때마다, 웃음이 터져나왔다. 번갈아가며 각자의 손에 들린 가방을 심각한 표정으로 살피다가도 풋, 웃었고, 가방의 안감을 검지로 밀며 감탄하다가도 낄낄, 웃었고, 단단하고 깔끔한 바느질 솜씨에 감탄하다가도 픽, 웃었다. 웃지 않고는 가방을 못 뜯는 바보처럼.

채대숙과 매니저가 죽 선생을 떠나 그레이스의 아틀리에로 합류하겠다는 뜻을 밝힌 것은 클로짓의 명품 가방들을 모두 뜯어본 다음 날 새벽이었다. 매니저는 눈스테이블에 사표를 냈다. 그날부터 매니저는 '페인터 눈'이라고 불렸다.

방죽포해수욕장을 거닐었던 방지훈에게도 일 년 반을 훌쩍 넘겨 전화를 했다. 이제 본격적으로 회사를 시작하니 영업 담당으로 합류해 달란 뜻을 전했다. 지훈이 기다렸다는 듯이 승낙하고 나선 꼬리표처럼 걱정스럽게 물었다.

"죽 선생과는 결별?"

"응."

죽 선생과 계속 거래한다면 영업 담당을 따로 둘 필요가 없다. 한 달에 겨우 네 개 정도 가방은 나 혼자서도 충분하니까.

"그럼 아틀리에는?"

"실력자들이 합류하기로 했어."

"자금은 있어?"

"응."

"얼마나?"

"이천만 원."

"이천? 이억이 아니고?"

지훈이 잠시 숨을 고른 후 물었다.

"보탤까?"

"아니."

"너무 적어. 당분간은 오프라인 매장 없이 간다 해도, 아틀리에에 사무실에 창고까지 필요한데…… 최소한 일억은 있어야지."

제대로 갖추려면 일억 원으로도 부족하다. 지훈은 방죽포 생활을 정리하면 팔천만 원 정도 여윳돈이 생긴다고 했다. 그 돈을 그레이스에 넣겠다는 뜻이다.

"영업만 맡아줘."

지훈은 설득을 더 하진 않았다. 내 고집을 꺾은 적도 없었고, 죽 선생과 열한 달이나 거래했으니 나름대로 계획을 짰으리라 추측했던 것이다.

"언제부터 가능해?"

"일주일만 줘. 주문 들어온 제품들 챙기고, 메종 벨라리바에서 작별 드립 커피 한 잔 나눈 뒤 곧바로 올라갈게."

"다음다음 주 월요일부터 정상 출근해."

"사무실이 어디야?"

"구하는 중. 곧 알려줄게."

어린이대공원역 근처에 지하 공방을 얻었다. 보증금 일천만 원에 월세 육십만 원. 작업에 필요한 탁자와 도구만 넣었는데도, 네 사람이 무릎을 맞대고 앉기도 힘들었다. 게다가 공방을 절반으로 가르는 칸막이까지 넣는 바람에 더욱 좁고 답답해 보였다. 가죽을 만지는 동안 누구도 자신을 지켜봐선 안 된다는 대숙의 고집 때문이었다. 죽 선생의 비밀 공방 칸막이도 대숙을 위한 것이었다.

천장 에어컨을 설치하며 형광등까지 두 배로 밝게 바꾸었다. 페인터 눈은 대숙이 제안한 칸막이를 받아들이는 대신, 하루 두 번 청소를 조건으로 내걸었다. 채식 레스토랑 매니저에겐 당연한 일상이 지하 공방에 파묻혀 가죽을 만지는 장인에겐 일주일에 한 번도 하지 않는 일이었다.

"셋이서 후딱 해치우는 걸로 해요. 그렇게 청소가 싫으면 잠깐 나갔다 와도 좋고. 우리 둘이 할 테니."

나까지 페인터 눈 편을 들자, 대숙도 버티지 못하고 응했다.

"같이 해. 셋이서."

청소를 하면서도 웃음병이 도졌으면 싶었다. 웃음병이 도질 때까지 청소를 계속할까.

약속한 월요일에 네 사람이 공방에 모였다. 지훈은 어두컴컴하고 가파른 계단을 내려오다가 벽에 이마를 찧었고 자리에 앉자마자 재채기부터 해댔다. 방죽포의 바닷바람을 맞으며 돌아다니던 사람에게 지하 공방은 너무나 좁고 탁했다. 대숙이 둥근 어깨를 흔들어대며 투포환 선수처럼 웃었다.

"다, 다들 이렇게 시작해요. 좀더 좁고 좀더 넓은 차이가 있을 뿐, 지하에서 가죽 냄새 맡으며 웅크리죠."

페인터 눈도 거들었다.

"고향의 향기 같기도 하고."

내가 이어 지훈에게 말했다.

"영업부장이 공방에 올 일은 거의 없을 거야. 사무실 겸 창고에 있다가 외근 나가면 돼."

"사무실 겸 창고는 어딘데?"

"나중에 주소 불러줄게."

내가 말머리를 돌렸다.

"전화로 간략히 말씀드렸듯이, 개인 사업자 등록은 말소하고 주식회사 그레이스로 새 출발합니다. 자본금 이천만 원, 제가 지분의 70퍼센트, 여기 세 분이 각각 10퍼센트씩을 갖습니다. 설립 자금은 제가 전부 부담합니다."

나머지 세 사람이 동시에 입을 열었다.

"그래도……"

"그래도……"

"그래도……."

"그래도, 됩니다. 이건 제 뜻을 따라주세요. 조건 없이 합류해주셔서 정말 고맙습니다."

회의 자료를 꺼내 세 사람에게 나눠줬다. 뒷 강물이 앞 강물을 밀어내듯 진도를 나갔다.

"벌써 받아둔 주문이 몇 건 됩니다. 이것부터 우선 보실까요?"

세 사람의 시선이 자연스럽게 자료 위로 모였다.

"오트쿠튀르의 정신을 살려, 고객들 요청을 최대한 반영하려고 합니다. 죽 선생과 일을 할 땐 고객의 요구 사항을 들으면서 수첩이나 공책에 간단히 옮겨 적었죠. 그러다가 동의를 얻고 녹음을 하기도 했고요. 말로 설명이 잘 안 되는 부분은 직접 그려보시라 권했습니다. 그때그때 적당한 방식을 택하다 보니 크고 작은 문제가 생기더라고요. 크기나 색깔 그리고 부착품의 종류나 위치 등이 조금씩 차이가 났습니다. 대화를 나눌 땐 충분히 의견 일치를 봤다고 생각했는데, 만들어놓고 보면, 말하는 사람 따로 듣는 사람 따로였어요. 고객의 언어 습관이나 설명 방식 그리고 거기에 얹히는 감정 등 주관적인 요소가 의외로 많았습니다. 그래서 누가 보더라도 객관적이고 정확한 제품주문서가 필요하단 생각이 들었어요. 고객이 작성한 동일한 제품주문서를 세 곳에서 보관할까 합니다. 본사, 고객, 매장. 아직 우린 오프라인 매장이 없지만, 있다고 가정하면, 고객은 본사에서 만든 제품을 매장에서 찾아갈 겁니다. 그때 고객이 제품에 문제를 제기하면, 제품주문서가 판단 근거가 됩니다."

제품주문서는 크게 네 부분으로 나뉘었다. 첫 부분엔 고객명, 주소, 전화번호, 접수일, 매장명, 판매자, 약속일 등 고객의 기본 정보와 판매에 관한 정보가 담겼다. 둘째 부분엔 제품명, 소재, 컬러, 사이즈 등 제품에 대한 설명과 총괄적인 특징을 쓰도록 했다. 셋째 부분엔 상세 내용을 적거나 그린다. 마지막 부분은 각인 문구와 기타 사항을 남기도록 했다. 고객의 요구 사항이 가장 많이 담기는 셋째 부분을 더 자세히 설명했다.

"지금 여긴 박스가 절반 정도지만, 고객이 원하면 얼마든지 길게 많이 작성해도 됩니다. 그림도 물론 가능하고요. 참고 사진을 붙여도 됩니다. 고객이 작성한 내용은 아무리 사소한 것이더라도 비밀입니다. 외부 유출은 절대로 안 돼요. 제품과 직접 관련된 내용이 아니더라도 꼼꼼하게 읽고 기억해야 합니다. 제품의 기능적인 측면도 중요하지만, 그 제품을 갖고자 하는 마음을 헤아릴 필요가 있습니다. 고객들과 마주 앉으면, 제품 설명은 십 분 남짓이고 대부분 살아가는 이야기들입니다. 시시콜콜한 신변잡기부터 이토록 중요한 문제를 왜 내게 털어놓는 걸까 묻고 싶은 문제들까지 다양하죠. 충분히 고객의 이야길 들어야 합니다. 어떤 고객은 일 분 만에 자신이 원하는 걸 설명하지만, 어떤 고객은 한 시간을 풀어야 시작점에 닿아요. 이야길 하다가 이 제품을 원하는 진짜 이유를 깨닫는 고객도 적지 않습니다. 고객들을 만나 듣는 일은 당분간 제가 계속 하겠습니다만, 한 달에 한 번씩은 저와 동행하는 게 좋겠습니다. 세 분도 주문서에 적힌 내용을 빠짐없이 살펴 주세요. 우리가 회의할 때는 주문서에 적힌 요청 사항을 직원 모두가 숙지했다는 전제 위에서 출발하겠습니다. 대숙 님!"

아틀리에를 책임진 대숙이 놀란 눈으로 코를 실룩거렸다.

"고객과의 시간 약속은 무조건 지켜야 해요. 아틀리에 팀장인 대숙 님 손이 빠르고 솜씨가 좋은 건 알지만, 든든한 조수를 두셔야죠?"

"봐둔 녀석이 둘 있어요. 둘 다 두긴 어렵다면……."

"어떤 분들이죠?"

"파이톤은 저랑 십년지기고 실력도 나쁘지 않아요. 은어란 녀석은 아직 일 년밖에 안 되었지만 눈썰미가 좋고 몸이 가벼워 조수로는 딱이고요. 둘 다 남자입니다."

"둘 다 원하는 거죠?"

대숙이 뿔테 안경을 고쳐 쓰곤 답했다.

"좌청룡 우백호죠."

"알겠어요. 그럼 둘 다!"

내가 응낙하자 대숙이 천하를 얻은 것처럼 엉덩이를 들썩이며 좋아했다. 페인터 눈과 지훈도 따라 웃었다.

단체 톡방 이름을 '그레이스-운해'로 정했다. 내가 단톡방에 운해와 관련된 자료를 처음으로 올리는 사이, 지훈이 참지 못하고 물었다.

"그레이스는 회사 이름이니 알겠고, 운해는 뭡니까?"

대숙과 페인터 눈도 고개를 갸웃거렸다. 나는 즉답을 하지 않고 사진 열 장과 동영상 두 개를 올린 뒤 잠시 눈을 감고 고개를 들곤 기다렸다. 대숙과 페인터 눈과 지훈의 탄성이 연달아 터졌다. 페인터 눈이 물었다.

"여기가 어디죠? 우리나란가요?"

"임실, 옥정호라고 해요. 우리 가방을 일곱 개나 산 단골 고객이 특별 주문을 해왔어요. 제작비 걱정은 말고 옥정호를 덮은 운해를 쏙 닮은 가방을 만들어달라고."

죽 선생은 결코 이와 같은 가방을 만들진 못한다는, 타로 정의 의견까지 밝히진 않았다. 페인터 눈이 말했다.

"이건 색과 칠의 문제가 아니네요."

지훈이 물었다.

"그럼 뭐가 문제죠?"

대숙이 답했다.

"휘도는 구름바다를 가방에 담으려면 디자인을 따로 해야죠. 여기 모인 네 사람 중에 가방 디자인을 해본 이는…… 없습니다."

지훈이 또 물었다.

"지금까진 디자이너 없이 뚝딱뚝딱 만들어왔잖아요?"

페인터 눈은 귀찌가 빠질 만큼 자신의 두 귀를 잡아당겼다. 고민이 깊을 때마다 귀를 당기면 해결책이 떠오르곤 했던 것이다. 오늘도 손톱 열 개의 무늬와 색깔이 전부 달랐다.

"죽 선생 밑에서야 짝퉁이니까 아예 상관없었고, 이제껏 유 대표님 주문들도 따로 디자이너를 쓸 정도는 아니었죠."

대숙이 거들었다.

"저랑 페인터 눈이 유 대표님 주문에 맞춰 그때그때 디자인을 한 셈이죠. 하지만 이 구름바다를 가방에 넣는 건…… 제 머리론 상상이 안 돼요. 대표님이 디자인하시겠어요? 직접 보고 왔잖습니까?"

아이폰에 담긴 사진들을 잠시 넘겨보았다. 전망대에서 내려다본 운해의 변화무쌍함이 몸과 마음을 다시 덮쳐왔다.

"감당 못해요, 저도."

페인터 눈이 예측했다.

"앞으로도 이처럼 어려운 주문이 종종 들어올 겁니다. 그때마다 디자인 때문에 골머리를 앓을 테고요. 디자이너를 한 사람 채용하시죠. 당장 여건이 안 된다면 협업 파트너라도."

대숙이 넘겨짚었다.

"추천하고 싶은 디자이너라도?"

페인터 눈은 대안이 있을 때만 의견을 내는 스타일이다. 이번에도 그랬다.

"많이 어리긴 한데, 실력은 출중하고, 소속되는 걸 싫어해서 프리랜서로 계속 다니는 괴짜가 있긴 해요. 비건이라서, 눈스테이블에 종종 와서 친구로 지내긴 하는데……. 벌써 돈은 넉넉하게 벌어놨으니 그걸로 덤비긴 어렵겠고, 옥정호 운해처럼 아무나 디자인 못하는 과제를 던지면 할지도 몰라요."

"이름이?"

"등대! 본명이에요. 성이 등(鄧) 이름이 대(對). 영어 이름은 비컨(beacon)이에요. 등대보단 비컨이 편하다더군요. 어렸을 때 '등대'란 이름 때문에 왕따를 당했었대요. '네가 무슨 등대야?' '네가 구한 배가 몇 척이나 돼?' '넌 언제 꺼져?' 하나같이 어려운 질문이긴 해요."

내 안에서 타오르는 영혼이 꺼질 날을 누가 정확히 알까.

페인터 눈에게 전화번호를 넘겨받아 비컨에게 연락했다. 벨이 한 번 울린 뒤 자동응답기로 곧장 넘어갔다. 용건을 상세히 설명하여 두 번 남겼고 긴 문자도 따로 일곱 번을 보냈지만 답이 없었다. 페인터 눈까지 합세하여 연락을 취했으나 묵묵부답이었다. 보름이 흐른 뒤, 단 한 줄의 문자가 날아들었다.

– 이 그레이스가 그 그레이스인가요?

'이'와 '그'가 무엇을 가리키는 걸까. 주저하는 사이 낯익은 여섯 글자가 떴다.

– 리옹을 달리다

그제야 실을 꿸 수 있었다. 〈리옹을 달리다〉를 부른 신인가수 그레이스가 주식회사 그레이스의 대표냐고 묻는 것이다.

– 맞아요.

– 벨쿠르 광장을 방금 달렸거든요. 〈리옹을 달리다〉에 담긴 노랫말대로 동상이 있네요. 걸터앉은 생텍쥐페리의 오른쪽 어깨를 짚고 선 어린 왕자! 여긴 언제 왔었나요?

아이돌 그룹 그레이스 데뷔가 무산된 뒤 한 달 남짓 프랑스에 머물렀다. 해외 여행은 처음이었다.

– 여행 삼아 잠시…….

– 직접 들려줄 수 있습니까?

처음 받는 요청이었다. 1집을 낸 후 몇몇 친구들이 노래가 참 좋더라는 칭찬을 해주긴 했다. 그러나 직접 들려달라는 이는 없었다. 이 년이나 연애한 독고찬조차도.

– 노래는…… 안 해요, 당분간.

– 보름 후에 귀국합니다. 연락드리죠.

문자는 여기까지였다. 옥정호 운해에 대해 하루라도 빨리 의논하고 싶었지만 기다려야 했다. 그로부터 보름 동안 혹시나 싶어 문자를 띄워도 답이 없었다. 전화를 걸었더니 사용자가 휴대전화 전원을 껐다는 안내가 나왔다.

보름 후 문자가 왔다. 이번엔 주소였다.

– 부안군 변산면 격포항길 24-11

그리고 시간이 따라왔다. 이틀 뒤였다.

– 7월 11일 오후 6시

나는 전화를 걸거나 문자를 보내지 않았다. 보름을 기다렸으니 이틀 정도는 더 참을 생각이었다. 조급할수록 약자의 위치로 내몰리는 법이다.

문산 아파트 그러니까 주식회사 그레이스의 사무실 겸 창고에서 지훈과 점심을 먹었다. 아침 아홉 시부터 드레스룸에 마주 앉아 여행 가방 다섯 개와 지갑 세 개를 포장하느라 바빴다. 안방은 침실, 드레스룸은 창고, 거실은 사무실이었다. 명품 가방들을 모두 분해하고 빈 클로짓을 그레이스 제품으로 채웠다. 레드, 그레이, 블루, 브라운, 블랙 등 색상만 다른 여행 가방은 한 사람이 주문한 것이다. 지갑은 카드를 많이 꽂는 경우, 명함집을 겸하는 경우, 동전을 따로 챙겨야 하는 경우로 특색을 살렸다. 모두 고객의 주문에 충실한 제품이었다.

비닐 속포장과 종이 겉포장을 하는 내내, 내 얼굴이 딱딱하게 굳었다. 사업가는 포커페이스가 필수라는데, 얼굴에 감정이 고스란히 드러났다. 지갑은 택배를 이용했지만, 가방은 지훈이 직접 들고 가서 고객을 만나기로 했다.

"가방 전달하고 같이 움직여. 내가 운전할게. 변산반도라며? 적어도 세 시간 막히면 네 시간이 넘을지도 몰라."

"백화점 돌면서 인사한다 하지 않았어?"

"내일 해도 돼."

"오늘 해. 영업부장은 영업부장의 일을 하고, 대표는 대표의 일을 해야지!"

지훈을 내보낸 뒤 옷을 갈아입었다. 비컨을 처음 만나는 자리이긴 해도, 오늘은 정장을 입고 싶지 않았다. 구찌 운동화를 꺼냈다가 누디스트송 샌들로 바꿨고, 띠어리 팬츠를 입으려다가 르메르 그레이 미디스커트로 낙점했다. 이큅먼트 에센셜 블루 코랄 셔츠는 단번에 골랐다. 바다의 갯내가 밀려드는 듯했다. 내비게이션에 비컨이 알려준 주소를 입력한 후 출발했다.

화성과 당진을 지나 보령에 이르렀을 때, 무창포해수욕장으로 잠시 빠졌다. 약속 시간까진 아직 여유가 있었다. 이 길이 낯설지 않았다.

독고찬과 연애를 시작하고 처음 떠난 여행지가 선운산이었다. 때마침 4월이라 선운사에 들러 동백꽃을 배경으로 커플 사진도 찍었다. 정확히 말하자면, 커플 사진을 처음 찍은 곳은 무창포다. 닭벼슬섬을 오가는 관광객들을 피해 무창포항 쪽으로 걷다가 눈을 맞췄고, 약속이라도 한 것처럼 입을 맞췄다. 연애 초기 대부분의 연인들이 그러하듯, 모든 것이 너무나도 척척 맞는다고 착각한 날이기도 했다. 독고찬이 긴 팔을 허공으로 뻗어 입맞추는 순간을 셀피에 담았다.

무뚝뚝하기는 독고찬이 비컨보다 더했다.

남산 타워가 정면으로 보이는 호텔 이그제큐티브 라운지에서 열린 파티에서, 동아리 선배 소개로 노래 두 곡을 부른 밤이었다. 공연료가 중학생 한 달 과외비보다 두둑했다. 자작곡을 부르고 싶었지만 주최 측 요구대로 대중적인 팝송 두 곡을 골랐다. 〈문 리버(Moon River)〉에 이어 나탈리 콜의 〈L-O-V-E〉까지 마치고 무대에서 내려왔다. 유난히 왼뺨이 뜨거웠다. 사회를 맡은 남자의 눈길이 금모래 깔린 해변의 햇살처럼 강렬했다. 노래가 제법 듣기 좋았던지 참석자들이 가벼운 칭찬을 건넸다. 앵콜을 청하는 이도 있었다. 무대에 서는 것 자체가 소중했던 시절이라 노래를 더 부르고도 싶었다. 톰포드 슈트 차림의 키 큰 사회자가 딱 잘랐다. 그가 바로 독고찬이다. 나는 곧 회랑 뒷마당 팽나무를 기억해 냈지만 그는 알은체를 하지 않았다.

재수 없고 차가운 껑다리 사회자를 다시 만난 것은 대학로 소극장이었다. 아이돌 그룹 그레이스의 데뷔가 무산되고 1집 음반의 호응도 미미한 때였다. 배역도 작고 대사도 적었다. 그래도 이 역을 맡은 것은 〈날고 싶어〉란 노래 한 곡을, 지붕 위에 걸터앉은 채 처음부터 끝까지 혼자 부르는 장면이 있었기 때문이다. 백혈병에 걸린 가수 지망생 역할이었다. 초연 때는 그 노래를 직접 만든 이가 연기까지 맡았는데, 갑자기 몸이 아파 그만두는 바람에 내가 대타로 들어간 것이다. 노랫말이 내가 이십 대에 꾼 꿈을 그대로 옮긴 것 같아 어렵지 않게 오디션을 통과했다.

노래를 막 시작했을 때, 제일 앞자리에 앉은 남자와 눈이 마주쳤다. 빙산 꼭대기로 솟구치는 불기운을 느꼈다. 한 사람을 얼리면서 동시에 태워버릴 눈빛과 함께 호텔 라운지에서 부른 노래 두 곡이 떠올랐다. 그 노래들과 〈날고 싶어〉의 가사가 엉켰고, 엉킨 가사를 겨우 풀어 노래를 마친 것이 기적이었다. 눈빛만으로도 사람을 흔들 수 있다는 걸 그때 처음 알았다. 연극을 마친 후 분장을 지우지도 않고 극장 입구로 나갔지만 그는 사라진 뒤였다.

네 번째는 극장 밖에서 만났다. 광풍이 불고 폭우가 쏟아지던 초봄 밤이었다. 공연을 마친 후 우산을 쓰고 지하철역까지 종종걸음을 쳤다. 골목을 빠져나와 대로변으로 나서는 순간, 몰아친 바람이 손에서 우산을 빼앗아 날려버렸다. 장대비에 고스란히 머리가 젖고 어깨가 젖고 치마가 젖었다. 벤틀리가 서더니 앞문이 열렸다. 다시 눈이 마주쳤다. 그 남자였다.

내가 차에 오르자 손수건을 건넨 후 물었다.

"집이 어디죠?"

그리고 여섯 번을 더 독고찬은 뜻밖의 순간 뜻밖의 장소에 나타났다. 감사 인사를 하고 싶었지만, 그는 녹음된 목소리처럼 똑같은 질문부터 던졌다.

"집이 어디죠?"

집에 가지 않겠다고 하면, 질문을 바꿨다.

"어디에 내려다 드리면 됩니까?"

돌이켜보면, 무뚝뚝함은 독고찬의 방어벽이었다.

상처를 가린 갑옷이기도 했다.

독고찬이 조금만 틈을 보여도 여자들이 호감을 표시하며 다가오고 또 다가왔던 것이다. 그가 여자들을 모두 거절한 것은 아니다. 자세히 설명하진 않았지만, 그도 꽤 많은 여자와 연애를 했다. 그러나 결혼에 도달한 여자는 없었다. 그리고 헤어진 여자들은 하나같이 각종 이유를 들어 독고찬을 비난했다. '나쁜 남자'의 전형이라고까지, 가명을 쓰긴 했지만, 어느 스포츠지에 등장한 적도 있었다. 그는 맞대응하는 대신 침묵했다. 만나는 여자들의 숫자나 횟수도 급격히 줄었다. 여자 없이 지내는 기간이 점점 늘어났다. 나와 연애를 시작한 뒤에도, 그는 다른 여자들에게는 무뚝뚝함을 유지했다. 믿음직스럽기도 하고 애처롭기도 했다.

열 번을 만나는 동안, 독고찬은 내 손도 잡지 않았다.

필요한 도움을 주곤, 내가 원하는 장소에 내려주는 것이 전부였다. 어색한 침묵을 못 견딘 쪽은 나였다. 마중물이 필요했다. 의미라곤 없는 가벼운 질문부터 줄줄이 건넸다.

"일기예보는 참 엉터리죠? 장대비에 광풍까지 몰아친다고 했으면 우산 대신 우비를 입었을 텐데……."

"이 길은 늘 막혀요. 그렇지 않아요?"

"그린 계통을 좋아하시나 보다. 지난번 재킷도 그랬죠?"

"팽나무 기억해요? 제가 부른 노래 기억하냐고요?"

해도 그만 안 해도 그만인 반응을 접하곤 더 이상 질문하지 않았다.

그 대신 노래를 불렀다.

멈추라고 하지 않았기에 목적지에 닿을 때까지 계속 노래했다. 침묵보단 그쪽이 좋았다. 내가 노래로 말을 건네는 법을 익히는 동안, 그는 노래를 들으며 말을 건네는 법을 터득했다. 노래만 했는데도, 그와 말을 섞지 않았는데도, 어느 저녁은 풍부하게 대화를 나눈 기분이 들었다. 나만의 착각이라고 여길 수도 있겠으나, 그의 잔기침 한 번, 얕은 날숨 한 번, 내 얼굴을 살짝 살피는 곁눈질 한 번이 우리가 생각과 느낌을 주고받았다는 증거였다.

에디트 피아프의 노래만 다섯 곡을 부른 저녁이었다. 단역으로 출연하던 연극의 마지막 공연을 마친 날이기도 했다. 공연은 보름을 쉬었다가 부산과 광주에서 재개될 예정이었다. 줄담배로 유명한 연출자가 나를 분장실로 따로 불러 통보했다.

"공연 시간을 서울보다 십오 분 줄여야 해서, 〈날고 싶어〉 독창을 빼기로 했어. 그동안 수고 많았고."

같이 가기 어렵다는 뜻이다. 거기서 멈췄으면 좋았을 텐데, 오지랖 넓은 연출자는 반으로 쪼갠 야자수 모양 재떨이에 담배를 비벼 끄며 한마디 더 얹었다.

"유다정, 넌 연기는 아무래도 아닌 것 같아. 노랜 그럭저럭 하지만, 솔직히 그런 음색 가진 사람도 많지. 더 늦기 전에 딴 길을 찾아보는 게 낫겠어. 많이 듣던 소리지?"

〈장미빛 인생〉과 〈빠담빠담〉과 〈밀로르〉와 〈사랑의 찬가〉를 지나 〈아니요, 난 아무것도 후회하지 않아요〉에 이르렀다. 문산 아파트 입구에 차를 세웠다. 천을 흐르는 물의 수위가 예사롭지 않았다. 밤비가 차창을 회초리 치듯 때렸다. 조수석 문을 열자마자 비가 들이쳤다. 차 밖으로 뻗은 발목은 이미 젖었다. 고개를 돌렸다. 눈이 마주쳤다. 타오르는 눈길을 피하지 않고 빙하를 던지듯 말했다.

"이제 나타나지 마요. 날 덮치는 불행을 구경이라도 하는 건가요? 그쪽이 나타날 때마다 기분이 얼마나 더러운 줄 알아요? 거지같아. 개 같다고!"

독고찬이 당겨 안으려 했지만, 나는 그의 가슴을 힘껏 밀었다.

"뭐야? 넌 대체 뭐냐고? 내가 그렇게 우스워? 이런 식으로 건져

주면 고마워할 줄 알았어?”

내 주먹이 그의 어깨와 가슴과 배와 옆구리와 이마와 정수리를 때렸다. 그는 맞고 또 맞았다. 비난이 화살처럼 날아들고 눈물이 폭포처럼 쏟아졌다. 침묵이 이어졌다. 문산의 아파트에서 대학으로의 공연장까지 되돌아 흐를 만큼 길었다. 끔찍하게 싫어하는 침묵이었다. 독고찬이 그 침묵을 지우는 노래를 시작했다. 말할 때 목소리보다 더 낮고 굵었다. 공연에서 내가 정성을 다해 부른 〈날고 싶어〉였다.

난 꿈을 꾸었지 자유롭게 사는 꿈을
다른 길을 가려면 용기가 필요해

날고 싶어 노래하는 새들처럼
빛날 거야 밤하늘의 별처럼

넌 내게 물었지 왜 이렇게 사느냐고
난 네게 말했지 너 때문에 산다고

날고 싶어 노래하는 새들처럼
빛날 거야 밤하늘의 별처럼

세상이 모두 같은 걸 본대도

난 너와 함께 다른 꿈을 꿀 거야

날고 싶어 노래하는 새들처럼
빛날 거야 밤하늘의 별처럼*

　노래가 끝난 후 독고찬이 내 입술을 찾았다. 나도 그 입술을 받아들였다. 그의 입술은 팽나무 아래에서 맛본 샤또 디켐보다 더 달콤했다. 그는 잊지 않았다. 더 잘 기억하기 위해, 내게로 왔다.

　우리는 입술만으로도 다양하게 만났다. 살갗과 살갗이 닿는 것 이상이었다. 그가 들숨이고 내가 날숨일 때, 나는 그의 안으로 달려갔고, 그가 날숨이고 내가 들숨일 때, 그가 내 안으로 파고들었다. 들숨과 들숨이 만나면, 블랙홀처럼 텅 비었으되 팽팽하게 빠는 힘을 느꼈고, 날숨과 날숨이 만나면, 부딪쳐 밀리면서도 어떻게든 틈을 찾아 뒤엉켜 버렸다. 그의 혀가 내 입이 먹고 마시고 뜯고 말하고 노래하고 기도한 흔적을 뒤졌고, 내 혀가 그의 입에서 사진첩을 보듯 더듬더듬 나른한 시간을 보냈다. 그의 혀와 내 혀가 즐겁게 노닐 땐, 놀이동산 같기도 하고 둘밖에 없어서 벌거벗고 뛰어다녀도 괜찮은 해변이거나 숲이거나 기차가 다니지 않는 간이역 같기도 했다. 운전을 하다가도 식사를 하다가도 연극이나 영화를 보다가도 노래를 부르다가도 입을 맞췄다. 무창포까지 이어졌다.

　군산과 김제와 부안까지도 갔던 길이다. 부안에선 입맞춤에 열중하느라 벌에 쏘인 듯 부은 입술을 생수로 적셨다.

독고찬과는 고창까지 더 내려가선 선운사에 들렀다. 비컨이 보낸 주소로 가려면 변산반도로 꺾어야 했다. 추억에서 깨어날 시간이었다.

변산해수욕장과 고사포해수욕장을 지나 적벽강을 돌아 격포해수욕장에 닿았다. 그 아래가 바로 채석강이다. 평일 오후인데도 관광객이 많았다.

격포터미널을 지나 주차장에 차를 세웠다. 비컨이 알려준 주소엔 격포 어촌계 어민회관이 자리를 잡았다. 늙수그레한 어부 두 사람만이 바둑을 두는 중이었다. 카멜 사첼백에서 아이폰을 꺼내 문자를 보냈다.

ㅡ 도착했어요.

ㅡ 방파제길 해식동굴

머리와 꼬리를 자른 여덟 글자가 차갑고 건방졌다.

채석강처럼 관광객이 많지는 않았지만, 스무 명쯤이 방파제를 오갔다. 방파제 오른편 해안에 드러난 바위들을 살피며 동굴을 찾았다. 움푹 들어간 곳이 많았지만 동굴이라 부를 정도는 아니었다. 조금 더 걸어 나가면 파도가 들이치는 바다였다. 야구 모자를 쓴 남자가 오른쪽 계단으로 내려서기에 따라갔다. 닭이봉을 두른 해식절벽으로 이어진 길이었다. 카메라 가방을 어깨에 멘 안내원이 경계선 앞에 서선 말했다.

"삼십 분 안에 나오셔야 합니다. 물이 들어오는 중이거든요. 그 때까지 안 나오면 고립될 수도 있습니다."

야구 모자는 잠시 시간을 계산하더니 고개를 저으며 뒤돌아섰다. 팽팽한 밧줄로 만든 경계선을 넘어 바위로 올라선 관광객은 나뿐이었다.

"해식동굴이 어딘가요?"

"가깝습니다. 저기예요."

안내원이 가리킨 절벽을 곁눈으로 살폈다. 서른 걸음도 채 떨어지지 않았다. 판화라도 깔아놓은 것처럼 층층이 누운 편마암을 건너기도 하고 오르거나 내리기도 하면서 나아갔다. 어떤 꼴은 흐릿했고 어떤 꼴은 이쪽에서 볼 때와 저쪽에서 볼 때가 달랐고 어떤 꼴은 어디서 보든 똑같았다. 온몸을 한꺼번에 때리는 소리에 고개를 돌렸다. 하얀 갈기를 흔들며 달려들던 파도가 돌에 부딪쳐 쓰러지고 쓰러졌다.

독고찬을 만나면서 씀씀이가 달라졌다. 동그라미가 적어도 둘 때론 셋 이상 더 붙는 제품을 사고 음식을 먹고 차를 몰았다. 그는 자기만의 기준을 최소한으로 두고 사랑을 표현하는 남자였다. 나는 그 기준을 건드리지 않고 받아들였다. 두 사람의 차이에 대해 이야기를 나누기엔 너무 가깝고 틈이 없었다. 틈이 생기려 해도 활활 불꽃이 일어 메워버렸다. 둘이 하나가 되어 굴러갈 때는 기준이나 가격표보다 함께 누리는 마음이 훨씬 중요했다.

독고찬은 회사를 매각한 뒤 쉬고 있었고, 나 역시 연극을 그만둔 다음부터는 정성을 다할 일이 없었다. 사랑이 우리 두 사람의 일이었다.

바위를 때리는 파도로부터 환희와 쓰라림과 분노와 슬픔을 느꼈다. 감정의 골골마다 기타 소리가 들리다가 끊기고 또 들리다가 끊겼다. 해식동굴엔 관광객이 없었다. 점점 거칠어지는 파도에 놀라 일찌감치 물러난 것이다. 걸음이 바빠졌다. 방금 시작된 멜로디가 무척 귀에 익었다.

동굴은 높고 또 깊었다.

허리를 잔뜩 숙인 채 기어 들어가는 동굴이 아니라, 고개를 들고 천장을 살피며 양팔을 높이 든 채 뛰어도 되는 동굴이었다. 파도가 수억 번 바위를 때려 만든 동굴로 접어들자, 기타의 한 음 한 음이 불꽃을 날리듯 뜨겁게 울렸다. 연주자는 동굴 제일 깊숙한 자리에 돌아앉아 있었다. 사람이나 물새나 파도에 신경 쓰지 않고 기타에만 집중하겠다는 자세였다. 나는 곧장 다가가선 어깨를 짚었다. 짚을 수밖에 없었다. 연주곡이 〈리옹을 달리다〉였다.

연주를 멈추고 남자가 고개를 돌렸다. 단정하게 묶어 내린 꽁지머리가 허리에서 찰랑거렸고, 코끝에 걸린 안경은 테가 없었다. 눈썹은 짙고 눈매는 여렸다. 살점이 없는 볼 때문에 광대뼈가 도드라져 보였다. 입술은 얇고 창백했으며 수염은 없고 턱은 뾰족했다. 청바지에 하얀 셔츠 그리고 운동화가 깔끔했다. 내가 좋아하는 군더더기 없는 스타일이었다. 무척 예민하고 매우 섬세한 영혼일 듯싶었다.

"오셨군요. 그레이스 님!"

가수 그레이스가 아니라 주식회사 그레이스의 대표이사 유다정으로 온 것이다.

비컨이 기타부터 내밀었다. 나는 기타와 그의 마른 얼굴을 번갈아 쳐다보았다. 비틀거리며 반걸음 물러났다. 이토록 집요한 눈길은 독고찬 이후 처음이었다. 내 팔꿈치를 붙들었다.

"꽤, 괜찮아요."

도움의 손길을 뿌리치며 턱을 들었다. 다시 시선이 마주쳤다. 그믐 바다를 밝히는 등대 불빛을 닮았다. 이름 하난 잘 지었네.

"자리부터 옮기죠. 곧 물이 들어온다는데……."

"팔 아픕니다."

비컨이 여전히 기타를 내민 채, 받지 않으면 한마디도 섞지 않겠다는 얼굴로 버텼다.

"늘 이런 식인가요?"

"제 기타에 어울리는 사람을 만났을 때만 이럽니다."

"누구누구였어요, 그 사람이?"

"처음입니다."

진담처럼 농담하고 농담처럼 진담하는 사람.

기타를 받아선 발등 위에 얹어 세웠다. 갈매기들이 시끄럽게 울었다.

"벨쿠르 광장에서 〈리옹을 달리다〉를 들었을 때, 이 동굴이 떠올랐어요. 여기서 부르는 걸 들으면 좋겠다고."

"듣다니요?"

말꼬리를 붙들었다. 누군가의 노래를 듣다가 내 식대로 불러보

고 싶다는 생각은 종종 했다. 그러나 그 가수를 내가 원하는 곳까
지 데려와서 부르게 하겠다고 생각한 적은 없다. 불가능한 일이므
로. 비컨이 기타를 쳐다보며 답했다.

"청아함이 동굴을 말끔히 씻어줄 것 같았어요. 어린 왕자가 부
르는 노래라고 해도 믿어줄 거예요. 왕자가 아직 어리니까 변성기
를 지나지 않았을 테고, 그러면 그레이스 님과 같은 목소리를 낼
수도 있겠죠?"

어린 왕자의 변성기를 논한 사람은 처음이었다. 나는 진지한 듯
유쾌하고 유쾌한 듯 진지한, 그래서 헷갈리는 상황부터 정리했다.
예술과 사업은 다르다. 예술적인 요소가 어느 정도 필요한 사업이
라 해도, 그것은 어디까지나 사업이지 예술은 아니다.

"노래하려고 온 게 아니에요."

"회사 대표가 가수 그레이스 님일 줄은 몰랐습니다. 그레이스
님이 대표가 아니었다면, 제가 이런 약속을 할 이유가 없겠죠."

이미 박힌 화살을 쪼개며 다시 과녁에 박히는 화살처럼 말했다.

"노래 그만둔 지 사 년이 넘었어요."

"사십 년도 아니고 겨우 사 년."

"못 해요."

"정말이죠?"

"자리를 옮겨서……"

"후회 안 하죠?"

"……."

파도가 쳤다. 고개를 돌리니 여름 하늘이 더 짙고 시원했다.

후회?

손톱 밑을 찌르는 바늘을 닮은 단어이면서, 친숙한 만큼 가장 멀리 두고 싶은 단어였다.

또래들에 비해 너무 많은 후회를 너무 자주 했다. 더 나은 곳으로 가기 위한 결단이었지만, 돌아오는 것은 실패와 좌절이었다. 그리고 후회를 했다. 후회의 창끝은 바깥이 아니라 내 자신을 향했다. 도움을 받았어야 한다는 후회가 아니라 내가 좀더 노력했어야 한다는 자책이었다.

지금이 아니면 영영 잡기 힘든 기회이긴 했다. 내 노래를 벌써 리옹에서 들었다지 않는가. 목을 풀지 않았으니 소리가 엉망일 것이다. 파도 핑계 동굴 핑계, 핑곗거리는 얼마든지 있었다. 문제는 자존심이다. 일과 일, 품질과 품질로 사람을 만나고 주문을 받는 것이 원칙이다. 노래를 의논의 전제 조건으로 삼고 싶지 않았다.

"어려우시군요. 알겠습니다."

비컨이 걸음을 떼려 했다.

바람처럼 동굴을 나가 포말처럼 사라지고도 남을 사람.

보름 전엔 리옹의 벨쿠르 광장이었고 지금은 채석강 해식동굴이다. 보름 후 뉴욕 혹은 북극에 있더라도 이상할 것 없는 행보다. 원칙을 깰 만큼 내 마음도 급해졌다.

"할게요. 해요."

평평한 바위를 골라 다리를 꼬고 앉은 후 기타줄을 튕기며 고개를 숙였다. 몸체에서 목으로 이어진 부분에 그려진, 날갯짓을 힘차게 하는 파랑새 한 마리가 눈에 띄었다. 깜짝 놀라 그 새를 쳐다보았다. 내 첫 기타에도 파랑새를 그렸었다. 데뷔 음반을 품에 안고 나오다가 돌부리에 걸려 넘어지는 바람에 목이 부러졌던 기타. 하필 부러진 자리가 새의 몸통을 관통하여, 두 날개를 찢어놓은 꼴이 되고 말았다. 그 후론 기타를 비롯한 어떤 악기에도, 그림을 그려 넣지 않았다. 물론 비컨의 기타에 담긴 파랑새와 내 첫 기타의 파랑새가 똑같지는 않다. 내 파랑새가 몸통은 더 작고 날개는 더 컸다. 그리고 더 짙은 파랑이었다. 그렇지만 내 첫 기타 외에 파랑새가 그려진 기타를 처음 봤다. 게다가 그 기타로 연주까지 해야 하는 상황이었다. 눈을 감았다. 그와 눈을 맞추면 음정이 흔들릴 것 같았다.

'벨쿠르 광장에서 별을 기다려.' 독고찬이 미국행을 강요하기 전에는 프랑스로 신혼여행을 갈 계획도 세웠었다. 파리도 걷고 싶지만 리옹을 달리고 싶은 마음이 더 컸다. '우리가 달려온 시간이 서로를 길들인 거야.' 그러나 지금은 가죽 가방이 주력 제품인 회사를 시작했다. 콧잔등을 비빌 정도로 가까웠던 결혼이 수평선 너머로 숨어버렸다. '장미 한 송이를 내게 줄래요? 당신에게만 문을 열게요.'

"나갑시다."

칭찬 한마디 없이, 비컨은 기타를 넘겨받아 어깨에 얹곤 해식동굴을 벗어났다. 나도 서둘러 뒤따랐다. 그의 어깨가 흔들릴 때마다 파랑새가 보였다가 숨고 또 보였다가 숨었다. 숨으면 사라지기라도 했을까 걱정이 되어, 더 가까이 다가가고 싶기도 했다. 동굴을 찾아갈 때보다 파도가 훨씬 가깝고 크고 매서웠다. 그는 바위와 바위 사이를 껑충 뛴 후 돌아서서 손을 내밀었다. 그 손을 쥐자 당기며 물었다.

"노래를 계속하지, 왜 여기까지 기어들어온 겁니까?"

'뛰어들다'도 아니고 '기어들어왔다'는 표현이 거슬렸다. 거슬리라고 하는 말일 것이다. 타로 정의 얼굴이 얼핏 스쳤다.

"노래는 그냥 하나요?"

"……."

그가 고개만 돌렸다. 되받아친 내 질문이 예상 밖인 걸까. 나는 대답을 기다리지 않고 가슴 저 밑바닥에 있던 문장을 하나 더, 무거운 그물을 당겨 올리듯 끄집어냈다.

"정규앨범 하나 만들려면 이천만 원 들거든요."

이천만 원이 넘는 명품 가방이 얼마나 많은가. 나는 겨우 이천만 원으로 그레이스를 창업했다.

"음원이 대세 아닌가요?"

"음원 하나 내고 마는 건 제 스타일이 아니에요."

빛나는 순간을 그때그때 흩뿌리는 쪽이 아니라, 여행을 끝낸 뒤 여정을 곱씹어 꾹꾹 눌러 담는 쪽이다.

"이천만 원 벌자고 노래 대신 회사를 만든 건 아닐 테고…… 뭡니까?"

드디어 옥정호 운해 이야기를 꺼낼 기회가 왔다. 사진을 보여주기 위해 가방에서 아이폰을 꺼내려는 순간 파도가 들이쳤다. 비컨이 재빨리 나서지 않았다면 폰은 물론이고 내 팔과 어깨까지 물벼락을 맞았을 것이다. 대신 그의 가슴과 얼굴이 흠뻑 젖었다.

"나가죠. 빨리!"

나부터 경계선을 넘어 채석강에서 벗어났고, 곧이어 그도 셔츠 소매와 바지 자락에서 물을 뚝뚝 흘리며 걸어 나왔다. 손수건을 꺼내 그의 얼굴을 닦으려 했다.

"이, 이거 치워……."

비컨이 내 손을 거칠게 밀었고 그 바람에 손수건이 떨어졌다. 침묵이 흘렀다. 내가 허리를 숙이곤 손수건을 집어 손에 쥐었다. 주먹을 쥔 꼴이었다. 큰 소리를 친 쪽은 까칠한 그였다.

"하나만 말해 둘게요. 만지지 마세요. 얼굴이든 팔이든 손가락 끝이라도 허락 없이 만지면, 그냥 갈 겁니다."

"아, 알았어요. 미안해요."

그는 손바닥을 불쑥 내밀었고, 나는 그 위에 손수건을 얹었다. 그는 손수건을 서너 번 허공에 털어낸 후 테 없는 안경의 물기 어린 알부터 닦기 시작했다. 나는 길고 야윈 손가락들의 움직임을 쳐다보았다. 동심원을 그리며 중심을 향해 원을 작게 만들고 또 반대로 가장자리까지 원을 크게 짓는 손놀림이 단정하면서도 리듬을 타듯 부드러웠다. 안경을 닦는 방식도 내 스타일이었다. 물론 나는 시력 검사만 하면 검사판에서 가장 작은 글씨까지 또렷이 보였기에 안경을 쓴 적이 없었다. 그렇지만 연극 무대에선 몇 번 안경을 쓰고 연기를 했다. 처음엔 알 없는 안경을 쓰다가, 어색하다는 지적을 받은 후 도수가 없더라도 안경알이 있는 안경으로 바꿔 썼다. 연습 내내, 거의 하루에 대여섯 번은 안경알을 닦았다. 부드러운 천으로 닦고 있노라면, 긴 대사도 곧잘 외워지고 표현하기 어려운 감정도 가닥이 잡혔다. 그때 내가 안경알을 닦는 방식과 손놀림이 비컨과 비슷했다. 눈을 감으니 손끝을 따라 익숙한 음악이 들려왔다. 악기는 클라리넷! 모차르트의 〈클라리넷 협주곡〉도입부를 두 배쯤 빨리 연주하는 듯했다.

놀란 마음을 가라앉히곤, 진작 건넸어야 할 감사 인사를 했다.

"고마워요."

추수가 끝난 벌판처럼 뒤늦었다 해도, 하는 것과 하지 않는 것은 차이가 컸다. 그 차이를 믿는 사람은 아주 적지만, 나는 믿음을 버리지 않았다. 비컨이 몸으로 가려주지 않았다면, 젖은 생쥐 꼴로 오들오들 떨었을 테고, 파도에 얻어맞은 아이폰의 작동을 걱정했을 것이다. 그는 보일 듯 말 듯 고개를 까닥거린 후 남은 안경알로 옮겨가선 다시 동심원을 그렸다.

물이 밀려들어 편마암을 덮는 데는 십 분도 채 걸리지 않았다. 여섯 시 반까진 나와야 한다고 강조했던 안내원이 비컨과 나를 앞세우곤 방파제로 올라왔다.

"여긴 사람들이 여전히 많네……."

비컨은 방파제 길을 거닐거나 바다 쪽으로 앉은 이들을 보며 말 끝을 흐렸다. 그래도 방파제를 따라 끝까지 갔다. 그 끝에도 벌써 열 명이 넘는 사람들이 모여 앉아 웃고 떠들었다. 비컨은 잠시 바다를 보다가 돌아 나왔다.

변산반도의 일몰을 사진으로 찾아본 적이 있다. 격포방파제에서 노을이 지길 기다렸다가 밤바다를 보며 캔 맥주를 마셔보라는 추천 글이 더러 눈에 띄었다. 그가 물었다.

"아는 곳 있어요?"

변산반도까지 오라고 한 사람은 그다.

"없어요."

"하여튼 여길 뜹시다. 이렇게 시끄러워서야……."

나도 조용한 곳을 원했다. 옥정호 운해 사진과 동영상 설명도 해야 하고, 디자인을 맡아달라는 설득도 해야 하니까. 가볍고 예민한 그가 깃털처럼 흩날리지 않고 옥정호 운해를 닮은 가방에만 집중하도록 붙들고 싶었다. 그가 주차장을 향해 걸으며 혼잣말을 뇌까렸다.

"아는 곳은 없지만……."

조금만 더 내려가자고 했다. 솔섬 근처가 일몰이 멋지다는 이야기를 친구에게 들었다고 덧붙였다. 내비게이션으로 확인하니 천천히 달려도 십 분이면 닿을 거리였다.

시동을 걸기 전에 옥정호 사진과 동영상부터 비컨에게 보냈다. 기타를 뒷자리에 얹고 조수석에 앉은 그가 아이폰을 꺼내 들었다. 나와 같은 기종이었다.

"와우!"

주차장을 벗어나기도 전에 차를 멈췄다. 환호성이 갑작스럽고 지나치게 컸다.

"이곳이 어딘가요?"

"옥정호라고 전북 임실에 있습니다. 원하시면 답사를 함께⋯⋯."

"가방입니까, 남성용? 여성용?"

"둘 다⋯⋯."

타로 정은 할 수만 있다면 가방에 지갑까지 만들어달라고 했다. 나는 차근차근 가고 싶었다. 비컨은 허리를 잔뜩 웅크린 채 아이폰 화면에 집중했다. 동영상을 다시 튼 것이다.

차를 몰고 주차장을 빠져나왔다. 조수석의 비컨에게 신경을 쓰다 보니 길을 잘못 들었다. 남쪽으로 내려가야 하는데 북쪽 길로 접어들고 말았다. 미리미리 꼼꼼하게 살펴두는 데다가 길눈까지 밝은 나로선 흔치 않은 실수였다. 바다노을 펜션을 지나 병속에든 편지 무인텔 앞에서 차를 돌렸다. 봉수 대지를 통과하여 궁항에 닿으니 수평선은 이미 익어 터지기 직전의 호박 같았다. 그가 폰에서 눈을 떼고 고개를 든 것은 상록해수욕장을 지날 때였다.

"들어갑시다."

"네?"

"해가 질 겁니다. 봐야죠. 어서 꺾어 들어가요, 바닷가로!"

핸들을 해안 쪽으로 돌리려는데, 횡으로 길을 막은 노란 저지대가 보였다.

"사유진가 봐요. 못 들어간다고 경고문도 붙여놨네요."

"세워!"

그가 명령하듯 반말을 내질렀다. 당장이라도 문을 열고 뛰쳐나갈 기세였다. 나도 호락호락 당하지 않았다.

"못 들어간다잖아? 어따 대고 소릴 질러?"

속력을 더욱 높이며 해안으로 난 샛길을 지나쳤다. 에어컨을 틀었는데도 코와 이마에 땀이 맺혔다. 펜션을 두 개를 더 지난 다음에야 국도를 벗어나서 해변으로 향했다. 넓은 공터엔 차도 사람도 없었다. 비컨보다 내가 먼저 차문을 열고 주먹을 쥔 채 나왔다. 턱까지 차올랐던 열기를 가라앉히기 위해 걸음을 뗐다. 독고찬의 얼굴이 다시 떠올랐다.

할 일의 전부가 사랑인 연인은 선운사를 거닌 후 변산반도 노을을 보러 갈 계획이었다. 그러나 갑자기 쏟아진 폭우 탓에 다음을 기약하며 상경했었다. 영영 오지 않을 기회였다.

가지런히 놓인 돌들을 내려서선 파도가 찰랑이는 바닷가로 걸어갔다. 비컨도 내가 움직이는 대로 따라했다.

오늘도 맑은 날은 아니었다.

구름들이 차츰 낮아져 수평선 가까이 몰려 있었다. 기운 해가 구름에 닿을 때마다 하늘이 바뀌었다. 해를 막은 구름이 여러 겹 띠처럼 길게 늘어섰고, 띠와 띠 사이로 햇살이 비쳤다. 번져나간 빛의 범위는 둥근 해의 위치를 가늠하기 힘들 만큼 넓었다. 그 빛이 상록선착장의 돌들을 은근히 데우고 둥지를 찾아 돌아오는 새들을 지그시 눌렀다. 성급한 바닷바람이 어둠을 몰고 와선 집과 도로를 덮으며 흙먼지를 날렸다. 모래들이 바람을 따라 굴러가다가 멈추고 또 굴러가다가 멈췄지만, 해변은 밤을 맞아들일 마음이 아직 없는 듯했다. 한 줌의 기억을 붙들고 앉은 노파의 주름진 손등을 닮았다. 모래사장에 찍힌 또렷한 발자국은 나와 비컨의 것뿐이었다. 사나흘 전에 다녀간 네댓 개의 발자국들이, 밀물이 들어도 닿지 않는, 내가 처음 디딘 발자국 주위에 흐릿하게 남아 있었다. 오늘처럼 강한 바람이 내일 새벽까지 분다면 그 발자국들도 영원히 사라질 것이다.

이 묘한 시간에 대해선 다양한 변주가 가능하다. 밝음과 어둠이 공존하는 시간일 수도 있고, 낮과 밤이 뒤섞이는 시간일 수도 있으며, 젊음과 늙음이 대면하는 시간일 수도 있다. 마지막이 시작으로 스며들 때는 마지막도 시작도 구별하기 힘들다.

어린 시절부터 저물 무렵을 아꼈다.

어둠이 스러지면서 밝음이 돋아나는 새벽도 좋지만, 그래서 옥정호의 운해에도 폭 빠져들었지만, 쨍하던 낮이 부드러워지면서 붉은 기운으로 만물을 감싸는 시간이 오면 방에 가만히 머물지 못하고 돌아다녔다. 좋아한다는 말로는 부족한, 위로를 받고 용기를 얻는 시간이었다. 마냥 기뻤다는 뜻은 아니다. 울음을 참고 절망과 후회를 품었을 때가 훨씬 많았다. 내게 저물 무렵은 삶과 죽음이 이어진 때였다. 이미 저승으로 건너간 형숙 씨와 경신에게 말을 건네고 노래를 들려드리는 시간, 이승에선 영영 만나기 어려운 사람들과의 지난날을 되짚는 시간, 무엇이든 해도 되고 무엇이든 하지 않아도 되는 자기만의 시간.

비컨, 이 남자도 저물 무렵을 아낄까.

일몰로 유명한 변산반도, 해가 지는 시각, 그리고 이 한적한 바닷가까지, 내가 이 세상에서 가장 좋아하는 시간과 공간으로 가득했다. 처음 만난 남자와 그 저녁 일몰을 바닷가에서 본 적은 없었다.

구름 띠가 점점 엷어졌다. 빛이 그 띠를 감싸자, 둥근 해의 모양이 새롭게 잡혔다. 띠를 기준으로 위가 아래보다 살짝 더 붉었다. 파도가 아래쪽 반원을 끄집어 당길 때마다 윤곽이 흐려졌다. 어디까지 수평선이고 어디서부터 해일까. 어디까지 물이고 어디서부터 불일까. 어디까지 꿈이고 어디서부터 현실일까. 사람들은 어디서부터를 따졌지만 명쾌한 답은 없었다. 그들이 무엇이라고 떠들어대든, 하늘과 바다는 자리를 바꾸며 세상을 탄생시킨 이야기를 거듭 만드는 중이었다.

"넘실대는군요."

반말로 고성을 지른 뒤 건네는 첫말 치고는 지나치게 정겨웠다. 곁눈으로는 나란히 선 그의 얼굴이 잘 보이진 않았다. 선착장에서 바다로 번진 붉은 기운의 한가운데에 놓인 등대부터 눈에 들어왔다. 등대를 보는 순간 넘겨짚고 싶어졌다.

"여긴 언제 왔었나요?"

비컨이 순순히 털어놓았다.

"여기까지 내려오진 않았습니다. 신발에 모래가 들어가는 걸, 같이 왔던 친구가 끔찍하게 싫어했어요. 방금 주차한 바로 그 자리에 차를 세운 뒤 앞좌석에 나란히 앉아 노을을 봤죠. 지금보다는 하늘이 더 맑았습니다. 구름이 정말 한 점도 없는 늦봄이었거든요."

말버릇 하나를 알아차렸다. 사귄 여자들을 '친구'라고 부른다는 것.

"그 친구랑…… 얼마나 머물렀나요?"

"한 시간쯤……. 반 시간이었을지도 모릅니다. 친구와 있을 땐 시간을 확인하지 않아서요."

노을만 보고 있기엔 한 시간은 너무 길었다. 더구나 연인이라면……. 입과 입을 맞추고, 몸과 맘으로 서로에게 더 깊이 몰두했으리라. 그사이 해는 수평선 아래로 내려가고, 해변의 붉은 기운도 어둠에 잠겼을 것이다. 저물녘은 사랑하기 좋은 시간이 아닌가. 관광객이 없는 변산의 해변은 사랑하기 좋은 공간이 아닌가. 깃털처럼 떠돌고 머뭇거림 없이 환호하는 이 남자는 사랑하기 좋은 남자일까.

"오늘도 그러려니 했겠군요. 그 친구처럼……?"

고개 돌려 나를 봤다.

"우린 친구가 아니잖아요?"

되묻는 그의 눈은, 장대비 쏟아지는 저녁 전봇대 아래에서 마주친 길고양이의 눈처럼, 이상하게 비렸다. 연인도 아니고 친구도 아닌데, 어찌하여 우리는 저 노을을 함께 보고 있단 말인가. 운해가 호수를 휘돌듯, 이곳까지 세 시간 넘게 차를 몰고 내려온 이유로 돌아가야 했다.

"운해를 가방에……."

눈이 먼저 웃었다. 두 개의 노을이 눈망울 속에서 흔들리자 나는 다음 단어를 건네지 못했다. 시선을 내리니 그의 손이 보였다. 요트의 하얀 돛처럼 날렵하고 고왔다. 아름다움을 찾는 마음이 손끝에 모인 건가. 그 손이 서서히 올라왔다. 자신의 왼 가슴을 손바닥으로 가볍게 두드리며 나를 안심시켰다.

"운해를 닮은 가방, 그거 하겠습니다. 모처럼 신나겠어요."

진심을 드러낼 때 가슴을 손바닥으로 덮는 습관을 그날은 몰랐다.

우리는 다시 모래사장과 파도와 바다를 거쳐 노을을 쳐다보았다. 해가 막, 기진맥진한 마라토너가 가슴을 내밀며 피니시 라인으로 달려들 듯, 선에 닿았다. 들불이 번지는 것처럼 수평선 전체가 검붉게 흔들리며 어른거렸다. 비컨은 고개를 약간 내리며 이제 확연히 밤의 세계로 들어온 바다를 향해 혼잣말을 뇌까렸다.

"더 넘실대는구나."

그리고 반걸음쯤 물러났다가 제자리로 돌아갔다.

반복을 피하는 남자였다. 말이든 행동이든 작품이든, 되풀이하는 것을 꺼려 했다. 싫어도 반복할 때는 남다른 의미가 담겼다.

넘실댄다는 말을 처음 들었을 때 출렁이는 파도에 대한 묘사려니 하고 대수롭지 않게 넘겼다. 그런데 다시 그 말이 날아들었다.

넘실대는 것은 물론 바다였지만, 또한 그의 몸과 마음이며 또한 내 몸과 마음이었다. 이렇게 넘실대며 함께 간다는 것은?

그를 흉내 내듯 반걸음 물러서며 물었다.

"친구하죠, 우리?"

비컨이 고개만 돌렸다. 질문하는 눈동자에도 밤이 차올랐다.

그레이스, 당신에게 친구란 어떤 의미인가요?

내가 양팔을 천천히 벌려 내밀곤 덧붙였다.

"나는 노을을 함께 본 사람과는 친구해요. 바다까지 넘실댈 때는 더더욱."

그가 웃으며 내 품으로 들어와선 안겼다. 친구끼리의 첫 포옹이었다. 넘실대기 좋은 밤이었다.

12
담기 위해, 버리기 위해

거부(巨富)가 된 비결을 묻는 사람들이 있다.

필사적으로 피하려 해도 피할 수 없는 자리가 있음을 이제는 안다. 내가 가죽을 만진다는 것은 내 작품을 사용할 사람이 나타났다는 뜻이다. 둘만의 만남은 사양하지만, 정중한 편지에는 단 한 줄이라도 답장을 보냈다. 그 편지를 세상에 공개하지 않는다는 비밀 준수 서약서를 동봉하긴 했지만.

질문하는 이들이 기대하는 대단한 비결을 답장에 적진 않았다.

작품을 최대한 적게 만들 것.

충고가 너무 짧다고 아쉬워하면 조금 길게도 적었다.

지금 못 만들면 죽겠단 생각이 들 때까지 작품을 만들지 말 것. 만들고 싶더라도 그 욕망이 생긴 이유를 발견하고 인정할 때까지 만들지 말 것. 만들고 싶은 욕망의 이유를 발견하고 인정하더라도 가장 나은 모양과 색깔을 고민하고 답이 나올 때까지 만들지 말 것. 모양과 색깔을 찾았더라도 내가 과연 이 작업에 집중할 몸과 감당할 마음을 갖췄는지 살펴보고 확신이 들 때까진 만들지 말 것.

이게 전부다.

지요한의 전시실에서 칼집 이천 개를 육 년 가까이 만들고 나왔다. 그 후 지금까지 만든 작품의 재료와 디자인과 가격과 수령자까지 모두 기억한다. 십 년 동안 만든 작품이 겨우 두 점이니까.

오 년마다 한 점씩 만든 것은 아니다. 첫 작품을 만들 때까지 십 년이 걸렸고, 그다음 작품은 한 달 만에 나왔다.

다시 말해, 십 년 동안 나는 가죽을 멀리했다.

집부터 팔았다. 엄마가 내 몫으로 남긴 국밥집 이 층을 내놓자마자 국밥집 부부가 계단을 올라와선 사버렸다. 아침 장사를 하려면 이웃 마을에서 새벽에 나와야 했는데, 이 층으로 이사를 하면 매일 두 시간은 더 잘 수 있겠다며 내 손을 붙잡고 고마워했다. 이렇듯 절실한 줄 알았더라면, 육 년 전 칼집을 만들기 시작할 때, 전세로라도 미리 내놓았다면 좋았으리란 생각이 들었다. 그러나 그때는 육 년씩이나 집을 비울 줄 몰랐다. 가죽으로 작품을 만들 줄도 몰랐고, 이 집을 떠날 줄도 몰랐다. 세상은 여전히 모르는 것 투성이다.

떠나는 날, 상철이 형이 물었다.

"누굴 찾으러 다닐 건데? 엄마야 혜경이야?"

엄마에겐 아서가 있고, 혜경에겐 아서가 필요했다. 적어도 그때는 그렇다고 믿었다.

전부 버리고 타아그만 챙겨 옆구리에 꼈다.

다시 혜경을 만날 때까지 십 년이나 걸릴 줄도 몰랐다.

솔직히 사나흘이면 재회하리라 여겼다. 지구라는 행성 어디에 있든 비행기로 하루 이틀이면 닿지 않는가. 그때까지 비행기를 탄 적이 없긴 했지만.

혜경은 대학에 가지 않았고 직장을 얻지도 않았다. 동쪽 마을로 가서 만난 혜경의 부모는 딸이 갑자기 사라졌다고만 했다. 혜경이 여고를 다닐 때부터 숲과 저수지와 무덤 사이에서 나와 함께 머물 렀다는 사실을 나무꾼과 사냥꾼과 묘지기와 거지가 뒤늦게 지껄 여댔기 때문에, 두 사람은 오히려 나를 의심했었다. 내가 몰래 혜경과 달아난 줄 오해한 것이다. 그런데 육 년 만에 불쑥 찾아와선 혜경의 행방을 물으니, 그들은 참았던 눈물을 쏟고야 말았다. 낙담한 그들을 위로했다. 그리고 맹세했다. 꼭 혜경을 찾아서 마을로 데려오겠다고. 그들의 바람이자 내 바람이었다.

십 년을 떠돌았다.

갔던 곳을 일일이 여기에 적을 필요는 없겠다.

중요한 사실은 어디에도 혜경이 없었다는 것이다.

첫 일 년은 집 판 돈을 썼고, 나머지 구 년은 무일푼으로 다녔다. 돈이 필요하면 그때그때 할 일을 찾았다. 일이라고 해봤자 그림 몇 장을 그려주는 것이 전부였다. 초상화나 풍경화는 자신이 없지만, 가죽 제품을 대상으로 삼은 정물화는 제법 잘 그렸다. 인류는 수많은 가죽 제품을 사용하며 살고 있다. 그러나 그 제품이 돋보이는 빛과 각도와 분위기를 아는 이는 매우 적다. 붓을 들기 전, 나는 제품을 부각시키기 위해 몇 부분만 조절했다. 제품이 훨씬 고급으로 바뀌었고, 그 차이를 충실히 그림에 담는 것만으로도 두둑한 수고비를 받았다.

십 년 만에 요한에게서 연락이 왔다.

프랑스 파리의 16구 레누아르 거리로 막 들어서던 오후였다. 열린 대문을 통과하여 정원의 빈 의자에 앉았다. 에펠탑 꼭대기가 보였다. 눈이 내리기 시작했기에 단층 건물로 몸을 피했다. 청동으로 만든 두툼한 손이 유리 상자에 담겨 있었다. 다가가선 그 손을 내려다보았다. 흙을 일구지도 않았고 노를 쥐지도 않았고 기계를 만지지도 않았지만, 긴 시간 닳고 닳은 손이었다. 그 손에 딱 맞는 장갑을 잠시 떠올리는데, 뿔테 안경을 쓰고 분홍 스웨터를 입은 여자가 별모양 가죽 조각을 매단 열쇠고리를 흔들며 다가왔다. 오른손에 든 열쇠고리가 아니라 등 뒤로 감췄던 왼손에 쥔 휴대전화를 건넸다.

요한은 내가 어느 곳에 있든지 찾아낼 남자였다.

작품의 의뢰인은 요한이 아니었다. 나는 가죽을 다시 만질 이유가 없었다.

"우정이라고 생각해도 좋아. 작품 가격은 내가 정했고, 이유는 아서 당신이 만들어."

이유가 되고도 남을 사람이란 뜻이다.

돈 대신 혜경의 주소를 원했다.

"돈은 돈대로 받고, 주소는 따로! 됐지?"

거절할 이유가 없었다. 의뢰인은 십 년 전 혜경의 출입국 기록을, 출석부를 확인하는 담임선생처럼 자유롭게 들여다보는 권력자였다. 나는 주소부터 알려달라 했지만, 요한은 동시에 주고받기를 원했다.

뿔테 안경을 쓴 여자가 열쇠고리를 흔들며 앞장섰다. 별이 여행자를 인도하듯, 요한이 마련한 몽마르트르 묘지 근처 지하 작업실까지 나를 데리고 갔다. 이십 분밖에 걸리지 않았다.

작업실로 들어가자마자 깜짝 놀랐다. 옹이와 나이테가 선명한 향나무 탁자가 가운데를 차지했고 의자 두 개가 마주 놓였다. 요한의 전시실을 옮겨놓은 듯했다. 벽을 둘러 천 자루의 칼이 없는 것이 결정적인 차이였다. 지하실까지 따라 내려온 여자가 자신의 이름을 말했다.

"줄리엣!"

지금까지 나는 단 한 명의 줄리엣밖에 몰랐다. 로미오를 따라

죽은 여자.

줄리엣은 의뢰인이 원하는 작품을 더듬더듬 한국어로 밝혔다.

"백곰 가죽 털모자!"

보름 만에 작업을 끝냈다. 가죽을 중간에 바꾸지 않았다면 닷새를 더 당겼을 것이다. 그 닷새가 내겐 뼈아팠다.

줄리엣이 작업실로 와서 털모자를 챙기고 휴대전화를 건넨 후 나갔다. 예상대로 나는 감시당하고 있었다. 감시 카메라를 찾고 싶었지만 발견할 수 없었다. 휴대전화로 문자가 날아들었다. 주소였다. 그 주소로 가기 위해선 대서양을 건너야 했다.

뒤이어 문자가 도착했다. 통장이 개설되었다는 것이다. 안내받은 대로 은행 홈페이지에 들어가니, 로그인 란에 아이디가 저절로 떴다.

'Arthur'

비밀번호를 잠시 고민하다가, 혜경의 생년월일을 쳤다. 로그인이 되자 입금액을 확인할 수 있었다. 요한은 내 예상보다 동그라미를 세 개 더 그렸고, 의뢰인은 털모자 하나를 얻기 위해 그 금액을 지불했다.

주소는 정확했다. 닷새 전에만 왔어도 혜경을 만났을 것이다.

문상객이 그 집을 겹으로 에워싸다시피 했다.

닷새 전 바위산을 오르다 실족사한 사람은 혜경이 아니라 남편이었다. 함께 등산을 나섰던 혜경은 실종되었다. 집에는 망자의 부모뿐이었다. 곰을 비롯한 덩치 큰 야생동물에게 불행의 책임을 돌리기도 했지만 물증이 없었다. 나는 검은 정장을 사 입고 그 집으로 다시 갔다.

일 층 거실 벽엔 결혼사진이 걸려 있었다. 2미터는 족히 넘어 보이는 백인 신랑 옆에 나비처럼 붙어 환하게 웃는 신부는 틀림없이 혜경이었다. 액자에 적힌 결혼식 날짜를 확인했다. 내가 칼집 천 자루를 요한에게 부탁하여 없앤 뒤 다시 백열한 자루째 만든 날이었다.

남편과 함께 산책은 물론이고 달리기와 자전거를 즐기던 마을에서 한 달을 기다렸지만 혜경은 돌아오지 않았다. 집중 수색의 성과도 없었다.

요한에게서 아침부터 전화가 왔다. 나는 짜증부터 냈다.

"당신에게 빚진 것 없습니다. 미행하지 마쇼."

"소식을 전하려는 것뿐이야."

소식? 혜경의 얼굴이 스쳤다.

"찾았습니까?"

"이번엔 가죽 지갑을 원하셔."

"내가 또 만들 거라 생각하십니까?"

"이유를 자네가 만든다면! 나는 그 여자 행방을 몰라. 하지만 내 의뢰인은 통도 크고 정도 많은 분이지."

"이미 죽었단 소문이 파다합니다. 세상을 떴다면 제가 이유를 만들 이유도 사라지지요."

"친절한 분이기도 하셔. 특별히 말씀을 주셨네. 자네의 이유는 따져볼 만하겠다고."

혜경이 살아 있다는 암시다. 확인할 길은 없었다. 거짓말이더라도 지금은 매달릴 수밖에 없다.

"하겠습니다."

요한의 목소리가 딱딱해졌다.

"의뢰인이 무엇을 원하는지 듣고 결정하게. 물론 난 자네 솜씨를 알지만, 이 행성의 으뜸 장인이라도 못 만드는 작품이 있을 수도……."

"하겠습니다."

혜경을 만날 수만 있다면 무엇이든 만들 것이다. 만들어야 한다.

"지갑엔 모두 열 개의 카드를 꽂아야 한다네. 한데 그 카드들 두께가 제각각이지. 카드를 각 칸에 꽂을 땐 부드럽게 들어가야 해. 뻑뻑한 느낌이 전혀 없어야 한단 말이지. 그리고 열 개의 칸에 열 개의 카드를 꽂고 지갑을 거꾸로 들었을 때, 단 하나의 카드도 떨어져선 안 돼."

그리고 요한은 작업할 집과 함께 카드의 두께를 알려줬다.

0.1밀리미터가 가장 큰 차이였다. 0.01밀리미터 차이로 카드가 떨어지기도 하고 붙어 있기도 했다.

그래도 나는 사흘이면 충분하다 여겼다.

꼬박 한 달이 걸렸다.

사흘 만에 하나씩 만들기는 했다. 지갑이 완성되면 줄리엣이 십 분 이내로 찾아왔다. 역시 이 방에도 감시 카메라가 있었다. 열 개의 카드를 꺼내 차례대로 꽂았다. 그리고 지갑 아홉 개를 눈앞에서 찢었다. 겉보기엔 나무랄 데 없었지만, 열 개의 서로 다른 간격을 두지 못했다.

잠을 점점 줄였다. 마지막 열흘은 의자에 앉아 잠깐씩 조는 것이 전부였다. 눈을 아무리 크게 떠도 0.01밀리미터 간격을 두긴 어려웠다. 결국 눈이나 뇌가 아니라 그 차이를 감지한 손이 만들어야 했다. 가죽을 누르는 검지의 미세한 힘이 각 칸을 0.01밀리미터 두껍게도 하고 얇게도 했다.

요한이 왜 만류했는지 아홉 개를 실패한 후 깨달았다. 목과 어깨와 팔꿈치와 팔목을 거쳐 열 손가락 마디를 지나 손톱 밑까지 돌아가며 저렸다. 피가 통하지 않는 느낌이 서서히 번져나가다가 갑자기 관절들이 송곳으로 찌르듯 아팠다. 비명을 내질렀다. 할 수만 있다면 마디마디를 모두 자르고 싶었다. 진통제도 듣지 않았다. 세면대에 더운 물을 받아 양손을 넣으니, 그나마 통증이 조금씩 줄었다. 그렇게 서서 잠깐 졸다 깨고 나니 더욱 심각한 문제가 생겼다. 손은 물론 팔꿈치까지 살갗이 딸기처럼 부풀어 올랐다. 일찍이 외할머니가 앓았던 불치병이었다. 살갗이 화끈거리면서 불개미들이 돌아다니듯 근지러웠다. 팔을 묶어두기 전에는 벅벅 긁지 않을 도리가 없었다. 피딱지가 덕지덕지 앉은 손으로도 포기하지 않고 계속 작업을 이어나갔다.

열 번째 지갑마저 실패했다면, 가죽을 두드리던 손망치로 내 팔꿈치부터 손톱까지 뭉갰을 것이다.

주소를 얻고 자신감을 잃었다.

똑같은 지갑을 다시 만들라고 하면 두 팔을 잘라달라 애원했을 터였다. 이 세상에는 내가 가죽으로 만들 수 없는 작품도 있다는 생각을 그때 처음 했다. 가죽 털모자보다 동그라미가 두 개 더 많은 금액이 통장에 찍혔다.

주소는 정확했다.

안개 자욱한 호숫가 호텔에 아침 첫 손님으로 들어갔다.

'Arthur'란 이름으로 예약했기 때문에, 혹시 혜경이 정문 밖까지 마중을 나올까 기대했다. 그러나 혜경은 예약 장부를 볼 지위에 있지 않았다. 나는 프런트 직원에게 동양인 여직원이 있느냐고 물으려다가 그만두었다. 이곳으로 오는 기차 안에서 호텔 홈페이지를 샅샅이 뒤졌다. 1940년에 문을 연 호텔은 객실이 모두 이백 개였다. 십일 층 스카이라운지에서 감상하는 석양이 특히 아름답다고 했다.

십 층 복도 마지막 객실에 짐을 풀자마자 밀린 잠에 빠져들었다. 줄리엣에게 주소를 받은 후 사흘을 눕지 않고 버텼다. 기차로 이동한 일곱 시간은 정신이 맑았다. 엄격하게 말하자면, 뒤늦게 들이친 극심한 고통 때문에 졸지도 못했다. 때론 바늘로 때론 송곳으로 때론 드릴로 쑤셔대는 고통이 숨바꼭질을 하듯 두 팔을 돌아다녔다. 팔을 뻗고 접고 비틀고 흔들었다. 고통을 조금이라도 줄이거나 잠시라도 잊을 수 있다면, 히말라야 요가의 자세라도 도전했을 것이다. 기차에서 내리고서야 겨우 통증이 멎었다.

꼬박 이십사 시간을 잤다.

타이그를 옆구리에 끼고 복도로 나섰다.

프런트로 다시 갔다. 동양인 여직원은 모두 열두 명인데, 혜경이란 이름은 없었다. 나는 혜경의 영어 이름을 몰랐다. 직원들 사진을 비롯한 개인 정보는 제공받을 수 없었다.

엘리베이터를 타고 십 층으로 돌아갔다. 객실 문이 반쯤 열려 있었고 청소기 돌아가는 소리가 요란했다. 복도를 걸었다. 복도 끝 내 방에서 나는 소리였다. 되돌아 나오려다 문틈으로 들여다보았다. 그리고 멈춰 섰다. 숨쉬기도 힘들었다. 혜경이었다.

룸메이드가 문을 등진 채 침대 커버를 벗기느라 바빴다. 객실 청소와 정리를 전담하는 동안 모두 머리를 단정하게 묶고 초록 셔츠와 바지를 입었다. 나중에 안 사실이지만, 동양인 여직원 열두 명 중 열 명이 룸메이드였다. 호텔 총괄 지배인 롯은 룸메이드들을 뒤에서 보면 누가 누군지 구별하지 못하겠다는 소리를 곧잘 했다. 얼굴을 확인하지 않더라도 나는 혜경을 단번에 알아보았다. 내가 만지고 쓰다듬고 누르고 두드리고 맛보던 그 등이니까.

다가가려다 돌아 나왔다.

혜경은 이 호텔의 직원이었다. 당장 붙잡지 않더라도 사라지지 않을 것이다.

내 방식대로 재회의 인사를 건네기로 결심했다.

호텔에서 가장 가까운 도시로 나가선, 차를 사고 소가죽을 사고 도구를 샀다.

혜경이 객실 청소를 하는 오전은 피했다. 점심을 먹은 후부터 늦은 밤 잠들 때까지 작업을 쉬지 않았다. 또래 친구들 부탁이었다면 닷새에도 마쳤겠지만 보름이나 걸렸다. 세 배 더 공을 들인 화이트 쇼퍼 백이었다.

개인용품 외에도 소설책 서너 권은 더 넣을 만큼 넉넉했다. 주먹 하나 겨우 들어갈까 싶은 앙증맞은 가방을 즐기던 날들은 지나갔다.

객실로 들어가는 혜경을 확인하고 복도 끝에서 되돌아왔다. 침대 위에 가방을 미리 놓아뒀다. 문틈으로 청소기 돌아가는 소리가 들리다가 멎었다.

혜경은 가방을 들어 이리저리 살핀 뒤 품에 안았다. 내가 혜경의 등을 알아보듯 혜경도 그 작품을 내가 만들었단 사실을 알아차렸을 것이다. 엄마가 남긴 타이그에 실린 작품들에 대해, 요한의 전시실에서 사랑을 나누며 사흘 낮 사흘 밤 동안 직접 설명을 들었으니까.

혜경의 야윈 어깨가 떨렸다. 눈물을 흘리기 시작한 것이리라. 등 뒤로 가서 가만히 안아주고 싶었다. 위로와 반가움을 지나 다시 만난 기쁨을 확인하는 입맞춤에 닿는다면 이보다 더 좋은 흐름은 없었다. 걸음을 떼려는데, 혜경이 갑자기 분주하게 욕실과 거실과 침실을 오갔다. 그리고 쓰레기통을 죄다 모으더니, 내가 만든 쇼퍼 백에 쏟아붓기 시작했다. 가방이 복어처럼 부풀자, 혜경은 베란다를 향해 몸을 돌렸다.

"혜경아!"

이름을 부르며 달려가는 내 발보다 창을 열고 베란다 밖으로 가방을 던진 혜경의 손이 더 빨랐다. 가방이 십층을 낙하하여 호수에 빠지기 전에 혜경은 소리를 내질렀다. 수면에 생긴 파문이 없어질 때까지 비명은 그치지 않았다.

나는 물러나지도 못하고 다가서지도 못한 채 멈춰 섰다.

쓰레기를 채울 만큼 내 가방이 형편없는가. 쓰레기를 채운 가방은 쓰레기인가. 가방을 던져버리는 건 곧 그 가방을 만든 나를 던져버리겠단 뜻인가. 혜경이 왜 나를, 내가 만든 가방을 그렇게 한단 말인가.

가라앉았던 통증이 다시 엄지손톱 밑을 파고들었다. 살갗이 매우 빨리 부풀어 오르는 바람에 손톱이 떨어져나가기 직전이었다. 이번엔 쉽게 가라앉지 않을 듯했다.

〈2권에 계속〉

본문 인용 작품 출처

5쪽 아녜스 바르다·제퍼슨 클라인, 오세인 역, 『아녜스 바르다의 말』, 마음산책, 105쪽.

11쪽 윌리엄 셰익스피어, 최종철 역, 『로미오와 줄리엣』, 민음사, 36쪽.

109쪽 윌리엄 셰익스피어, 최종철 역, 『오셀로』, 민음사, 184~185쪽.

110쪽 윌리엄 셰익스피어, 이경식 역, 『템페스트』, 문학동네, 13쪽.

121쪽 테네시 윌리엄스, 김소임 역, 『욕망이라는 이름의 전차』, 민음사, 54쪽.

147쪽 테네시 윌리엄스, 김소임 역, 『욕망이라는 이름의 전차』, 민음사, 131~132쪽.

268쪽 한채윤 작사 작곡 노래, 〈날고 싶어〉

당신이 어떻게 내게로 왔을까 1

초판 1쇄 2021년 3월 30일

지은이 | 김탁환
펴낸이 | 송영석

주간 | 이혜진
기획편집 | 박신애 · 김혜영 · 심슬기
외서기획편집 | 정혜경 · 송하린 · 양한나
디자인 | 박윤정 · 기경란
마케팅 | 이종우 · 김유종 · 한승민
관리 | 송우석 · 황규성 · 전지연 · 채경민

펴낸곳 | (株)해냄출판사
등록번호 | 제10-229호
등록일자 | 1988년 5월 11일(설립일자 | 1983년 6월 24일)

04042 서울시 마포구 잔다리로 30 해냄빌딩 5 · 6층
대표전화 | 326-1600 팩스 | 326-1624
홈페이지 | www.hainaim.com

ISBN 978-89-6574-385-9
ISBN 978-89-6574-406-1(세트)